EL SISTEMA

엘 시스테마,
꿈을 연주하다

빈민가 아이들에게 미래를 약속한 베네수엘라 음악 혁명

체피 보르사치니 지음 | 김희경 옮김

푸른숲

Venezuela Bursting with Orchestras

일러두기
1. 본문에 나오는 인명, 지명, 상호명 등 고유명사는 국립국어원의 외래어표기법과 표기 용례를 따랐다.
2. 고유명사가 아닌 일반적 표현 중 맥락상 원문을 알아야 이해가 가능한 부분은 '뜻(원문)'의 순서로 표기했다.
3. 단행본은 《 》, 잡지와 신문, 방송 프로그램과 곡명은 〈 〉로 표기했다.
4. 괄호 안의 보충 설명은 모두 역자가 덧붙인 것이다.
5. 이 책은 카리베 은행(Banco del Caribe)이 2005년 발간한 《Venezuela Bursting with Orchestras》(영문판)
   를 번역, 편집한 것이다.

지금 베네수엘라에서
무슨 일이 일어나고 있는지 주목하라

사이먼 래틀(Simon Rattle, 베를린 필하모닉 오케스트라 상임 지휘자)

유럽인만이 음악을 제대로 이해할 수 있다고 생각하는 것은 위험하다. 물론 유럽인은 음악을 잘 알지만, 세계의 다른 지역 사람들도 그에 못지않다. 만약 누군가가 음악을 이해하는 데 있어서 유럽인이 우월하다는 오랜 믿음을 고수하고 있다면, 나는 그에게 베네수엘라에 가보라고 말할 것이다. 나는 베네수엘라가 쿠바와 함께 그 뿌리에서부터 대단히 음악적인 곳이라고 확신한다.

베네수엘라에 자리 잡은 음악 교육 시스템, 즉 모든 사람이 이웃을 돕고 열네 살 아이가 열한 살 아이를, 열한 살 아이가 여덟 살 아이를 가르치는 엘 시스테마(El Sistema)는 그야말로 기적이라 할 수 있다. 그것은 여러 세대의 음악가들 사이를 흐르는 혈관과도 같다. 나는 영국의 프로페셔널 오케스트라와는 할 수 없었던 일을 베네수엘라 청소년 오케스트라의 현악 섹선과는 해낼 수 있었다. 오케스트라에는 쉽게 도달할 수 없는 숙련도와 경험, 악기 자체와 관련된 많은 세부 지식들이 필요하다. 그러나 베를린 필이 극복하기 어려웠던 많은 일을 이 젊은 베네수엘라 음악가들은 쉽게 달성해 냈다.

베네수엘라 청소년 오케스트라의 아이들은 믿을 수 없을 정도로 잘 훈련받았고 주어지는 과제를 신속하게 수행한다. 여기서는 누구도 격려하려고 애쓸 필요가 없다. 누군가 다른 사람보다 두각을 나타낸다면 비판이나 질시 대신 동기 부여를 하는 문화가 자리 잡고 있기 때문이다. 뭔가 잘못되었거나 누군가 실수를 하면 아이들은 모두 웃음을 터뜨리면서 이렇게 말한다.

"오케이, 그 소리는 이상했지만 더 나아질 거야."

이 같은 태도를 보며 나는 음악은 단 한 가지, 행복을 뜻한다고 믿고 꿈꾸던 내 어린 시절을 떠올렸다. 베네수엘라에서 음악을 하는 사람들의 얼굴에서 발견할 수 있는 것은 바로 그 행복이다.

유럽인은 오랜 음악 전통을 지녔다는 점에서 축복받은 존재다. 그러나 그 혜택은 동시에 위험도 내포하고 있다. 오랜 전통에 의존한 나머지, 세계의 다른 지역에서 무슨 일이 일어나고 있는지를 보지 못하기 때문이다. 이것이 우리가 베네수엘라에서 벌어지고 있는 일을 주의 깊게 살펴봐야 하는 이유다. 처음에 우리는 그들을 가르치고 돕는다는 생각으로 베네수엘라에 왔다. 그러나 이제 이곳에서 우리가 해야 할 과제의 70퍼센트는 배우는 일이라고 말할 수 있다.

독일에 있을 때 많은 사람들이 내게 지금 베네수엘라에서 무슨 일이 벌어지고 있는지를 설명하려고 애썼다. 그러나 나는 내 눈으로 직접 보기 전까지는 그 말들을 믿을 수 없었다. 베네수엘라에서 보낸 시간은 내 음악 인생에서 가장 행복하고 만족스러운 나날이었다. 나는 우리 모두가 얼마간 서로 연결되어 있고, 이 젊은이들을 미래에 다시 만나게 되리라 믿는다. 베네수엘라 음악가들이 발전해나가는 과정과 조금씩 음악 세계를 정복해가는 것을 지켜보는 일은 참으로 즐겁다.

2004년 7월

음악, 모든 사람이 누려야 할 권리

클라우디오 아바도(Claudio Abbado, 루체른 페스티벌 오케스트라 음악 감독)

이탈리아에서는 현재 소수의 사람들만이 음악을 경험할 수 있는 권리를 누리고 있다. 이 나라에서 음악은 문화적인 삶의 기본 요소로 여겨지지 않는다. 베네수엘라는 개발도상국으로 간주되는 나라이지만, 우리가 배울 점이 많은 '엘 시스테마'를 가지고 있다. 베네수엘라에서는 음악이 매우 중요한 사회적 가치를 지니는데, 이는 내가 이전까지 다른 어떤 나라에서도 보지 못한 현상이다. 이 모든 일은 호세 안토니오 아브레우(José Antonio Abreu)라는 인물 덕분에 가능했다. 그는 30년 전 거리의 아이들을 범죄와 마약에서 구해내기 위해 음악 교육 시스템을 만들었다. 거리의 아이들에게 '공짜로' 문화를 배우는 기회를 제공한 것이다. 이 기회는 결국 더 나은 삶을 살아갈 수 있는 가능성을 의미한다.

엘 시스테마의 교육 시스템은 밑에서부터 올라오는 방식으로 짜여 있다. 온 나라의 구석구석까지 음악 학교들이 자리 잡고 있으며, 온갖 종류의 음악 학교들, 심지어 장애인을 위한 음악 학교, 바이올린을 만드는 학교까지 있다. 베네수엘라에 머무는 동안 나는 젊은이들과 많은 이야기를 나누었는데 그들 대부분은 덜 혜택 받은 지역 출신이었다. 그들은 음악 덕분에 자신이 더 양호하고 품위 있는 환경에서 살게 되었다고 말했다.

가장 인상적인 두 가지는 그들의 열정과 에너지다. 그들은 스스로가 매우 복 받은 존재라고 여긴다. 가난한 집안 출신이지만 지금은 청소년 오케스트라의 제1플루트 주자가 된 소녀와 같은 아이들의 목록을 나는 끝없이 이어갈 수 있다. 이들에게 솔로이스트란 매우 낯선 개념이다. 그들은 무엇보다 오케스트라에서 함께 연주하는 걸 즐긴다. 그들이 음악에 개인이 아니라 집단으로서 다가가는 모습은 대단히 아름답다.

엘 시스테마는 지난 30년 동안 베네수엘라 역대 정부의 지원을 중단 없이 받아왔다. 누구나 아브레우 박사의 아이디어에 동의했다. 이 아이디어는 어떤 종류의 정치적 이념으로부터도 독립적인, 아주 분명하고 기능적인 시스템이었기 때문이다.

엘 시스테마는 은유적으로 말하면 피라미드로 묘사할 수 있다. 저변에는 어린이 오케스트라들, 중간에는 청소년 오케스트라들, 꼭대기에는 직업 연주자들로 구성된 시몬 볼리바르 청소년 오케스트라(Simón Bolívar Youth Orchestra)가 있다. 이 시몬 볼리바르 청소년 오케스트라를 통해 전도유망한 젊은 음악가들이 등장하고, 이들은 다른 음악가들에게 상징이자 본받을 만한 모범이 된다. 베를린 필에서 더블베이스를 연주하는 열아홉의 에딕손 루이스(Edicson Ruiz), 시몬 볼리바르 청소년 오케스트라의 지휘자이자 '아브레우 학교'의 최고급 인재이며 현재 베를린에서도 지휘하는 구스타보 두다멜(Gustavo Dudamel)이 그 같은 사례다. 엘 시스테마는 빈곤과 테러에 대한 싸움이 어떻게 시작되었는지를 보여주었다. 그리고 무엇보다 그 싸움은 현재 진행형이다.

2005년 3월 14일,
〈라 레푸블리카 *La Republica*〉

독자들이 내가 이 책을 쓰면서 느꼈던 것과 같은 만족을 느끼게 되기를 바란다. 23년간 예술과 문화에 대한 글을 쓰는 저널리스트로 살아오면서, 나는 우리 베네수엘라 사람들에게 축복과도 같은 엘 시스테마를 가까이에서 지켜보는 행운을 누렸다. 엘 시스테마 안에서 한 몸처럼 살아온 수십만 명의 어린이, 청소년, 청년 음악가들의 꿈과 이상을 모아 이 책을 펴내게 된 것에 나는 자부심을 느낀다.

책을 쓰기 위해 사람들을 인터뷰하고, 증언을 모으고, 1인칭 시점으로 기술된 경험과 리포트, 엘 시스테마를 추동하는 가치에 대한 분석 자료를 모았다. 그 결과 우리의 위대한 성과물을 진실하게 반영하는 데 필요한 폭과 깊이를 갖춘 기록을 만들어낼 수 있었다.

과거에 음악가가 되고 싶었던 꿈을 실현할 수 없었던 어린이들, 더 나은 미래를 개척하기 위해 열심히 싸우는 젊은이들, 그리고 오케스트라의 씨가 전국에 뿌려진 나라에 태어날 미래 세대에게 한없는 사랑과 존경을 담아 이 책을 바친다.

첫 번째

우리 가족은 오케스트라 안에서 태어났다

카를로스 비야미사르(Carlos Villamizar)와
마리아 에우헤니아 프라도(Maria Eugenia Prado) 부부

카를로스, 마리아 부부와 두 딸

카를로스와 마리아 부부가 내게 그들의 사랑과 음악에 관한 이야기를
들려주는 동안 집 안은 온갖 소리로 부산스러웠다. 여덟 살 난 큰딸 마리아
엘리사는 자기 방에서 바이올린을 연습하고 있었고, 네 살짜리 꼬마 소녀

세실리아는 사람들의 주의를 끌려고 리코더를 불며 악보대를 이쪽저쪽으로 옮기느라 정신이 없었다. 여기에 아버지가 바이올린, 어머니는 첼로를 꺼내 연습을 시작하자 실내는 더욱 소란해졌다.

이들 가족은 시몬 볼리바르 청소년 오케스트라 안에서 태어났다 해도 과언이 아니다. 카를로스는 창립 멤버로 30년간 이 조직과 함께했고, 마리아는 24년간 첼리스트로 활동했다.

마리아는 대학 입학을 기다리는 동안 아우구스토 브란트 음악 학교에서 리카르도 우레아(Ricardo Urea)가 주도하여 푸에르토 카베요 청소년 오케스트라를 만든다는 말을 들었다고 한다.

"나는 한 번도 악기를 손에 들어본 적이 없었어요. 음악 학교에 가서 기초부터 배우기 시작했지요. 내가 첼로를 고른 건 특별히 관심이 있어서가 아니라 그들이 오케스트라에서 첼로를 연주할 누군가가 필요하다고 했기 때문이에요. 나는 음악을 배우면서 동시에 엔지니어링을 전공했죠. 어느 날엔가 엄마한테 카라카스에 가서 한 달간 첼로 집중 훈련을 받겠다고 말했어요. 그게 결국 24년간의 집중 훈련이 될 줄은 몰랐지요. 나는 오디션을 통해 시몬 볼리바르 청소년 오케스트라에 합류했고 그게 내 인생을 바꾸어 놓았어요. 그 전까지는 내가 뭘 하고 싶은지 아무런 생각이 없었고, 예술가가 된다는 건 꿈조차 꿔본 적이 없었어요. 예술의 세계로 들어서는 것은 경이적인 체험이었죠. 여러 사람을 만나고 여러 곳을 여행했어요. 아브레우 박사는 우리 인생에 커다란 기회를 제공해주었습니다.

함께 연주하고 함께 일하며 오케스트라 안에서 가족으로 사는 것이 어떠냐고 물으셨지요? 우리는 오케스트라에서 만나 결혼했고, 7년 뒤에 아이를 가졌어요. 부부가 오케스트라 스케줄에 맞춰 산다는 것은 늘 함께 있고 집과 일터에서 삶을 공유한다는 뜻이죠. 우리는 삶을 풍성하게 할 수 있었고 함께 성장했어요. 그러나 카를로스와 나는 연주하는 악기가 달라서 만날 시간을 좀처럼 내지 못했어요. 리허설 도중에 이쪽 줄에서 저쪽 줄로 신호를 보내곤 했지요. 그가 저녁에 만나자고 신호를 보내면, 내가 활로 '예스'라는 신호를 보내는 식이었죠."

이제 아이들이 자라서 벌써 가족 4명 가운데 3명이 음악가이고, 막내 세실리아도 곧 '비야미사르 프라도 4중주단'의 일원이 될 것이다. 딸들이 음악을 배우는 것에 대해 카를로스는 이렇게 말했다.

"나는 내 딸들도 음악을 공부했으면 좋겠어요. 음악이 그들에게 새로운 감각 세계를 열어줄 테니까요. 음악은 삶에 대한 다른 관점을 제공해줍니다. 아이들에게 지켜야 할 규율을 가르쳐줄 것이고 시간을 조직하는 방법을 알려줄 거예요. 아브레우 박사가 말한 것처럼요. '음악은 어린이가 앞으로 자기 삶에서 무엇인가를 성취할 수 있도록 돕는다. 나는 어린이들이 무엇이든 자기가 하고 싶은 바로 그 일을 하기 바란다. 그러나 어떤 일을 하든 오직 음악과 예술만이 줄 수 있는 인간적 측면을 간직했으면 한다.'"

두 번째

또 하나의 가족, 엘 시스테마

루이스 에르난데스(Luis Hernández)와 이스벳 가라찬(Hisvett Garrachan) 부부

루이스, 이스벳 부부와 두 딸

　루이스와 이스벳 가족의 삶은 바이올린을 중심으로 펼쳐진다. 다섯 살배기 베로니카가 악기 연주를 제대로 배우려면 좀 더 기다려야 하지만, 이 젊고 아름다운 가족의 중심에는 언제나 음악이 있다.

　루이스 에르난데스는 엘 시스테마에서 성장한 많은 사람들 중 하나다. 그의 어머니와 현재 테레사 에르난데스 오케스트라의 감독인 누나가 그를 열 살 때 푸에르토 카베요 어린이 오케스트라에 등록시켰다. 후에 그는 카라카스로 가서 카라카스 청소년 오케스트라의 창단 멤버가 되었고, 아르코스 청소년 오케스트라를 만들었으며, 그란 마리스칼 데 아야쿠초 오케스트라의 콘체르티노(concertino, 소규모 협주곡을 뜻하는 말로, 그것을 연주하는 오케스트라 안의 소규모 독주 악기 연주자 그룹을 가리키기도 한다)로 활동했다. 그리고 마침내 시몬 볼리바르 청소년 오케스트라에 입성해 3년간 연습한 끝에

아내 이스벳처럼 제2바이올린 섹션에 자리를 갖게 됐다. 시몬 볼리바르 청소년 오케스트라와 17년, 엘 시스테마와는 25년 이상을 함께해온 셈이다.

"내 삶이 어땠느냐고요? 나는 엘 시스테마가 진화해온 놀라운 과정을 내 안에서도 봅니다. 나는 몬탈반 어린이 청소년 오케스트라에서 워크숍을 열곤 하는데, 아이들이 요즘 연주하는 곡들이 얼마나 어려운지 잘 알고 있어요. 엘 파라이소의 시몬 볼리바르 음악원에서도 수업을 하고 차카오 청소년 오케스트라에서도 가르치지요. 가장 큰 즐거움은 내가 시몬 볼리바르 청소년 오케스트라 안에 피난처를 갖고 있다는 점이랍니다."

루이스는 자랑스럽게 말했다. 그는 엘 시스테마 안에서 아내를 만났다. 이스벳은 라 링코나다 센터에서 그가 가르치던 학생이었다. 그녀는 한때 수영 선수였는데, 오리노코 강을 헤엄쳐 건너기도 했다. 이스벳이 말했다.

"나는 열두 살 때 바이올린을 배우기 시작했어요. 루이스가 내 선생님이었지요. 그때 그는 스무 살이었고요. 그 후 서로 만나지 못한 채 5년이 흘렀고 우리는 다른 환경에서 다시 만났어요. 그란 마리스칼 데 아야쿠초 오케스트라에서 이번엔 동료로 만난 거죠. 우리는 4년간 데이트를 했고 결혼해서 첫딸 엘리자베스를 낳았어요. 엘리자베스는 지금 에밀 프리드만 학교에 다니는데 매우 숙련된 예비 바이올리니스트랍니다."

루이스가 말을 받았다.

"나는 엘 시스테마 안에 있으면 안전하다고 느껴요. 내가 음악 말고 다른 일을 한다는 건 상상할 수조차 없어요. 나는 나 자신이 바이올리니스트, 음악가일 뿐만 아니라 사회 활동가라고 생각합니다. 전부 다른 계층에서 온 아이들, 특히 내가 수업을 하는 로스 초로스 센터의 소외된 아이들을 가르치는 일은 내게 큰 즐거움을 줍니다."

자신의 일을 설명하는 루이스의 눈이 만족감으로 빛났다.

세 번째

내가 얻은 기회를 다른 사람에게도 주고 싶어요

레나르 호세 아코스타 라미레스(Lennar José Acosta Ramírez)

레나르 아코스타는 현재 로스 초로스 센터에서
클라리넷을 가르치고 있다.

레나르 아코스타는 엘 시스테마 덕분에 삶이 극적으로 바뀌었다. 지금
그는 거리를 떠돌던 어린 시절과는 완전히 다른 삶을 살고 있다. 그의 이야

기가 너무나 인상적이라 그에게는 직접 한 편의 글을 써달라고 부탁했다.

나는 1982년 2월 19일 카라카스에서 태어나 어린 시절 내내 카라피타에서 살았다. 사실 카라피타에서 보낸 유년 시절은 잘 기억하지 못한다. 늘 이곳저곳으로 이사를 다녔기 때문이다. 우리는 머물러 살 만한 집을 갖지 못했다. 두 달은 이모 집에서, 그다음 두 달은 어머니 친구 집에서 사는 식이었다.

어머니가 재혼을 하는 바람에 나는 어머니를 따라 라 칸델라리아로 옮겨 갔다. 우리 형제자매는 모두 넷인데 아버지가 전부 다르다. 어머니는 내 남동생의 아버지와 결혼했다. 새아버지, 그러니까 어머니의 새 남편은 나와 형을 좋아하지 않았다. 나는 내가 집에서 원하지 않는 존재라는 느낌이 들었다. 그게 내가 집을 나온 이유다. 내게는 새아버지가 여러 명 있었는데 대부분 우리를 함부로 대했다. 나는 열세 살에 생부를 만났다. 어머니 이름은 마리아 데 로스 앙헬레스 라미레스, 아버지 이름은 루이스 에르난데스. 아버지라는 사람은 내 인생에서 아무것도 아니다.

나는 라 칸델라리아에 있는 학교에 갔다. 여덟 살 때는 마리뇨 구역 학교의 2학년이었다. 나는 늘 내가 알아서 학교에 갔다. 여덟 살이 되면 보통 갖고 싶은 게 생기기 마련이다. 지금 생각나는 건 어머니한테 자전거가 갖고 싶다고 말했던 일이다. 어머니는 사줄 수 없다고 했다. 늘 내 물건을 갖고 싶었지만 어머니는 내가 원하는 걸 줄 수 없었다. 아주 기본적인 것, 집과 음식만 겨우 마련할 수 있는 형편이었다. 어머니는 파출부로 일했다.

여덟 살 때 나는 라 오야다 시장에서 오후에 음료수 파는 일을 시작했다.

6학년 때까지는 그 일을 하면서 공부를 했다. 그러던 어느 날 어떤 남자가 파이를 팔아보라면서 나를 고용했다. 나는 물건 파는 데 소질이 있었고 하루에 80볼리바르를 벌었다. 파이를 팔면서 옷을 파는 아이들을 알게 됐고 그들이 타르헤테로스(tarjeteros)라고 부르는 사람들, 즉 옷 도매상의 명함을 나눠주는 길거리 판매원들을 알게 됐다. 그 뒤로 나는 신발과 옷을 팔기 시작했다. 그들이 가격을 정해주면 나는 그것을 팔았다. 나는 더 많은 돈을 벌 수 있었다. 그러나 이건 내게 일어날 수 있는 가장 나쁜 일이었다. 돈의 노예가 되어버렸기 때문이다. 돈과 사랑에 빠지고 난 뒤 나는 공부하는 걸 잊어버렸다. 우리 엄마는 종일 일했고 내가 옷을 파는지 뭘 하는지 알지 못했다. 나는 늘 내 문제에서 가족을 배제해왔다.

얼마 후 다른 사업에도 연루되기 시작했다. 나는 야심만만했고 어릴 때부터 반드시 특별한 사람이 되겠다는 목표가 있었다. 그러나 불행하게도 잘못된 길, 마약으로 빠져들었다. 아홉 살 때부터 담배를 피웠고 열두 살때는 마약에 손을 댔다. 처음엔 마리화나였고 다음엔 코카인과 크랙(crack, 코카인을 정제한 환각제)을 피웠다. 엄마나 형제들을 다치게 하고 싶지 않았기 때문에 열두 살 때 집을 아주 떠났다. 일단 마약의 세계에 발을 들여놓으면 자신을 둘러싼 모든 것에 공격적으로 반응하게 된다. 나는 마을의 황폐한 지역인 엘 침보라소에 가서 살았고 라 칸델라리아 근처의 판자촌들, 핀토 살리나스 등지에서 시간을 보냈다. 어린 나이였지만 어둠의 사업과 연관되면서 강도짓으로 꽤 많은 돈을 만질 수 있었다. 내 하루는 어떤 곳을 털기 위해 주변을 답사하고 누가 남았는지, 누가 돈을 가져가는지 잘 살펴본 다음 행동을 결정하는 식으로 흘러갔다.

겨우 열두 살짜리가 주머니에 50만 볼리바르를 갖고 다닐 때도 있었다. 길거리에서 훔치는 건 너무 시시해 보여서 하지 않았고, 늘 크게 한탕 벌이는 것을 꿈꿨다. 소매치기는 돈벌이가 되지 않는다. 그보다 더 많은 돈을 벌어서 내 가족을 판에 박힌 생활에서 구해내고 싶었다. 나는 엄마한테 돈을 가져다주었고, 내가 일을 하고 있으며 꽤 잘한다고 말하곤 했다. 엄마가 집에 없을 때면 집에 들러 형제들과 이야기를 나누고 그들에게 돈을 주고 왔다. 그러면서도 집으로 돌아갈 생각은 절대로 하지 않았다. 내가 집에 돌아가면 다른 사람들에게 나쁜 영향을 끼칠 거라고 생각했기 때문이다.

마약에 취해 환각 상태가 되면 내가 다른 곳에 있는 것처럼 느껴졌다. 마음에서 원치 않는 모든 것을 몰아내고 나 자신만의 세계를 창조할 수 있었다. 나는 하룻밤에 열다섯 번에서 스무 번씩 마약을 하곤 했다. 내가 처음으로 총을 손에 든 것은 열세 살 때의 일이다. 38구경 총이었는데 늘 휴대하고 다니긴 했지만 실제로 사람을 죽인 적은 없다. 나는 대부분의 시간을 빈민촌에서 보냈고, 그래서 두려움도 거의 없었다.

마지막 강도짓은 나보다 나이 많은 두 소년과 함께 전자제품 도매점을 턴 것이다. 위층에 혼자 남아서 돈과 물건이 든 박스를 다 싸고 아래층에 내려갔을 때 경찰이 도착했다. 밖에서 우리를 기다리기로 약속했던 차량은 벌써 내뺀 뒤였다. 나는 죽자고 달리기 시작했다. 경찰이 쫓아왔고 결국 파세오 아나우코에서 붙잡혔다. 붙잡힐 때 구아이레 강에 총을 버렸다. 범행을 자백할 때까지 그들은 나를 두들겨 팼다. 주머니에 있던 돈으로 경찰을 매수해보려 했지만 통하지 않았다.

나는 코티사로 잡혀 갔고 그다음에 형사 경찰대로 이송됐다. 그곳의 감옥에서 나는 칼에 가슴을 찔렸다. 그곳은 적자생존의 세계다. 가장 강하지는 않더라도 거칠어야 존중받는 곳이다. 나는 나이를 열두 살이라고 속여 소년원에 갈 수 있었다. 실제로는 열다섯 살을 앞둔 나이였지만 나이에 비해 몸집이 작았기 때문에 그들의 눈을 속일 수 있었다. 그들은 나를 로스 초로스 소년원에 보냈다. 그곳에 갈 때 나는 긴 머리에 티셔츠와 반바지 차림이었다. 강도짓을 하기 직전에 축구를 했기 때문이다. 처음엔 어린아이들만 눈에 띄었는데 식당에 들어가자 큰 아이들이 다가왔다. 나는 혼자 중얼거렸다.

"무슨 일이 벌어지려고 하는 거지? 나는 할 만큼 했다고."

하지만 아무런 문제도 일어나지 않았다. 나는 '난 아무 잘못이 없어'라는 듯한 태도를 취했고 쿨하게 행동했다. 밥을 먹으러 자리에 앉긴 했지만 별로 배가 고프지 않았다. 10명가량의 아이들이 나를 둘러싸더니 내 음식을 먹어도 되겠느냐고 물었다. 나는 기분이 나빠서 그냥 음식을 줘버렸다. 그들은 내게 연거푸 질문을 퍼부었지만 나는 아무 말도 하지 않았다. 비밀을 유지해야 했기 때문이다. 만약 내가 마약을 팔고 강도짓을 했다고 사실대로 말했다면 큰 문제가 되었을 것이다. 그곳의 사회복지사들이 물정을 모르는 사람들도 아니었으니까. 내가 한 짓을 알면 그들은 당장 법원에 신고할 것이다. 마약과 강도 전력이 있는 아이는 이곳에 머물 수 없으니 나를 '미니 라 플란타(La Planta, 카라카스의 악명 높은 감옥)'라고 불릴 만큼 무시무시한 시설로 보낼지도 몰랐다.

로스 초로스에는 82명의 소년과 56명의 소녀가 있었는데 이들은 주로 본드 냄새를 맡거나 버려지고 착취당하고 학대받던 아이들이다. 마약을 할 수가 없어서 나는 늘 신경이 곤두섰다. 그러나 그곳에도 역시 몰래 약을 만드는 아이들이 있었다. 나는 그들에게 부탁해 약을 구했다. 한 달쯤 지나 나는 센터의 리더가 되었다. 나는 아이들에게 겁을 주고, 아이들 주변을 맴돌며 대장 짓을 했다. 내가 "이걸 해!" 하고 명령하면 그대로 되었다. 그렇게 나는 잘 지냈고 내가 하고 싶은 건 뭐든지 다 했다. 공부는 하지 않았다. 이미 6학년을 마친 데다 센터에서는 오직 읽기와 쓰기만 가르쳤기 때문이다.

로스 초로스에서 주방 보조원 훈련 코스에 배정받았을 때 내가 약을 일부 분실해서 모든 사람이 처벌을 받는 일이 있었다. 나는 리더였기 때문에 더 가혹한 처벌을 받았고, 거센 비난을 받았다. 그건 정말로 괴로운 일이었다. 어느 날 센터 측이 내게 주방 보조원 훈련 코스에 다시 갈 의향이 있느냐고 묻기에 나는 그렇다고 대답했다. 나는 그들이 주는 차비를 받아들고는 그 길로 달아나 다시는 돌아가지 않았다.

처음에는 카라보보 공원 근처에 있는 친구 집으로 갔다. 그때 나는 이미 열다섯 살이었다. 얼마 후 친구 집에서 빈민촌인 카라피타로 옮겼다. 총을 구했고 다시 마약을 하기 시작했다. 그리고 라 호야다에서 마약 딜러를 시작했는데, 그곳은 길거리에서 공공연하게 마약을 파는 사람들이 있을 정도로 마약 거래가 성행하는 곳이었다. 나는 마약을 인형으로 위장해 팔았다. 그러던 어느 날 경찰의 급습으로 다시 붙잡히고 말았다. 나는 이미 수배 명단에 올라 있었기 때문에 다시 로스 초로스로 보내졌다.

그들이 왜 나를 로스 초로스로 돌려보냈는지는 잘 모르겠다. 거긴 14세 미만 아이들만 수용하는 곳이고 나는 그때 이미 열다섯 살이었는데 말이다. 물론 로스 초로스에 수용되는 것은 전과 기록에 남지 않으므로 내게 이로운 일이었다. 나는 여전히 리더였다. 그러나 이번엔 대부분의 시간을 혼자 보냈다. 아무도 믿지 않았기 때문이다. 나는 아이들을 관찰하기 시작했다. 그들의 좋은 면과 나쁜 면을 유심히 살펴보았고, 그들이 갖고 있지 않은 것과 좋건 나쁘건 내가 가진 것을 비교해보았다. 내가 다시는 헤어날 수 없는 구멍에 나 자신을 빠뜨렸다는 생각이 들기 시작했다. 이 자각은 매우 강렬했고 나를 괴롭혔다.

그 무렵에 청소년 오케스트라 프로젝트가 로스 초로스에 왔다. 나는 언제나 지루했고 아무것도 하고 싶지 않았지만, 음악은 늘 좋아했다. 그래도 악기를 연주한다는 것은 상상조차 해보지 못했다. 나는 기악곡과 베네수엘라 음악을 좋아했다. 언젠가 TV에서 오케스트라의 연주 장면을 보았는데 많은 악기들을 한자리에서 함께 연주하는 것이 보기 좋았다. 나중에 알고 보니 그건 시몬 볼리바르 청소년 오케스트라의 연주 장면이었다.

악기들이 도착했을 때 나는 트럼펫을 연주하고 싶었다. 하지만 남는 게 없었다. 이미 악기 배정이 모두 끝나버렸던 탓이다. 첼리스트 겸 지휘자이자 멋진 선생님이기도 한 마누엘 미하레스(Manuel Mijares)가 클라리넷이 하나 남았다고 알려주었다. 나는 그게 뭔지도 몰랐지만 클라리넷을 보는 순간 매료되었다. 매우 품위 있고 우아한 악기였다. 마누엘은 첫 네 음을 알려주었고 나는 종일 그 네 음만 연습했다. 클라리넷 선생님이 따로 없었기 때문이다. 그 뒤에 프레디 벨라스코(Freddy Velazco)가 왔다. 그는 내게 클라리넷 연주의 첫 단계를 보여주고 가르쳐주었다. 그가 떠난 뒤엔 에드가 프로니오(Edgar Pronio)가 왔다. 그는 내가 정말로 음악과 관계를 맺도록 해준 사람이다. 그는 나에게 악보 읽는 법 그리고 음악의 언어와 기술을 가르쳐주었다.

나는 열일곱 살 때 로스 초로스를 나왔다. 그리고 고등학교에 진학해 공부와 음악을 계속하기 위해 카라피타로 돌아갔다. 그것이 내가 판사와 맺은 합의였다. 그렇게 오랫동안 시설에 있다 보면 격리에 익숙해지고, 스스로가 수치스러운 사람처럼 느껴지며, 다른 사람의 눈을 똑바로 볼 수 없게 된다. 나는 집 안에 틀어박혀 두문불출했다. 과거가 나를 괴롭혔다. 어느 날 내가 두들겨 팬 적이 있는 소년이 찾아와 마약을 사게 돈을 달라고 요구했다. 나는 없다고 대답했다. 그냥 무시해버려도 됐을 텐데, 나도 모르게 우발적으로 나가서 싸우기 시작했다. 그 순간 나는 그때까지 내가 얻은 모든 것이 사라지고 있다고 느꼈다. 그때 자동소총으로 무장한 다섯 명의 흉악한 남자들이 위쪽의 빈민촌에서 내려왔다. 그들은 나한테 여기서 뭐하는 거냐고 물었고 나는 사실대로 설명했다. 그들은 내게 아무 짓도 하지 않았다. 하느님 감사합니다! 그때 나는 삶이 얼마나 중요한지 깨달았고 두 번 다시 그곳에 가지 않았다.

나를 둘러싼 그 모든 비참한 일을 되짚어보고, 마약으로 망가진 아이들을 관찰하면서 나는 스스로를 거울에 비춰보게 되었다. 그러고는 내가 이와 같은 방식의 삶을 원하지 않는다는 사실을 깨달았다. 그것이 내가 음악을 공부하기로 결심한 이유다. 음악은 내 삶을 구원했다. 내 안에 고여 있던 분노를 밖으로 끄집어내도록 도와주었다. 만약 음악이 내게 찾아오지 않았더라면, 내게 관악기 다루는 법을 알려주고 내 행동을 교정하고 재교육을 받는 과정에서 많은 도움을 주었던 자원봉사자 이그나시오 폼보나(Ignacio Fombona) 같은 사람이 내게 손을 내밀지 않았더라면, 오늘 나는 여기 이 자리에 없을 것이다. 음악은 내게 문을 열어주었다. 나는 정말로 새로운 삶을 시작했다. 음악을 만들고 연주하는 일뿐 아니라 가구 제작도 배웠다.

요즘 나는 로스 초로스에서 클라리넷을 가르친다. 발데마르 로드리게스 (Valdemar Rodríguez) 교수가 나를 그곳에 배정해주었다. 엘 시스테마는 내게 장학금을 주었고, 나는 엘 파라이소의 음악원에서 공부했다. 라틴 아메리칸 클라리넷 아카데미에서도 수업을 들었다. 음악 교육 전문대학인 IUDEM(Instituto Universitario de Estudios Musicales) 입학시험을 보았는데 합격하진 못했다. 그래서 다시 시험을 치르기 위해 여름 학기를 듣는 중이다. 그게 요즘 내가 하는 일이다.

나는 대안 시스템을 통해 주말에 공부하는 방식으로 고등학교 과정을 마쳤다. 아침에는 카라카스디자인협회에서 산업 디자인을 배운다. 이 비용은 로스 초로스의 자원봉사자인 이그나시오 폼보나가 대줬다. 우리 엄마는 산 크리스토발로 돌아왔다. 임신 중인 누나는 예전에 살던 낡은 동네에 그대로 살고 있다. 경미한 정신 지체를 겪고 있는 형도 그곳에 남았다. 남동생은 엄마와 함께 머물고 있는데 클라리넷을 배우기 시작했다. 내가 권유해 시작한 일이다.

이제 우리 가족은 내가 살아온 이력을 다 안다. 내 목표는 내가 얻은 인생의 기회를 다른 사람에게도 주는 것이다. 내가 살았던 방식으로 사는 많은 아이들에게는 그곳을 벗어날 수 있는 방법을 알려주고, 주변 세계에 대해 그들이 품고 있는 분노를 풀어주는 일이 필요하다. 나는 그 친구들에게 내가 살아온 삶을 들려줄 때 전혀 부끄럽지 않다. 사람은 자신이 살아야 하는 인생을 살게 되는 법이다. 운명이 내 앞에 마련해둔 삶이기 때문이다.

인생에서 다른 기회를 얻으려면 공부를 열심히 해야 한다. 나는 카라카스 청소년 오케스트라에서 연주했다. 많은 곡을 연주했지만, 그중에서도 특히 내가 떠나온 삶을 떠올리게 하는 곡이 하나 있다. 〈운명의 힘〉이라는 곡인데 누가 작곡했는지 몰라도 나는 그 곡을 좋아한다. 내가 겪어온 많은 감정이 그 안에 담겨 있는 것만 같다. 나는 모차르트 클라리넷 협주곡도 좋아한다. 우리 엄마는 내가 이룬 변화에 아주 행복해하신다. 나는 솔로로 연주하고 싶다. 하고 싶은 것, 원하는 것은 여전히 많다. 중요한 것은 내가 노력하는 한 점점 더 내가 원하는 삶에 다가서리라는 것이다. 나는 세계를 여행하며 다른 장소, 다른 사람들을 더 알고 싶다.

클라리넷은 나에게 모든 것이나 마찬가지다. 내 악기를 누군가 빼앗으려 들면 나는 매우 사나워진다. 지금까지 세 번쯤 클라리넷을 도둑맞을 뻔했다. 이 클라리넷은 열일곱 살 생일 선물로 받았는데 내가 지금까지 받은 선물 중에서 최고다. 예전에는 늘 자전거나 장난감을 갖는 꿈을 꾸곤 했지만, 생일날 집에 도착해서 이 클라리넷을 보고 나서는 더 이상 아무것도 바라지 않게 되었다. 이걸로 충분하니까. 나는 사이먼 래틀 경이 지휘하는 연주에 참여하고 싶다. 그의 리허설을 보았는데 정말 대단한 거장 같았다. 나는 모든 것을 올바른 방식으로 해왔고, 지금 내게 필요한 모든 것, 음식, 옷, 교육을 다 누리고 있다. 요즘은 알타미라에 산다. 결혼해서 딸 하나를 낳고 아내와는 헤어졌다. 내가 딸을 돌봤지만 불행하게도 아이는 한 살 때 세상을 떠났다. 이제 나는 스물두 살이고 여자 친구가 있다. 나는 음악으로 그녀의 마음을 얻었다.

만약 내가 가족 중 한 사람이 음악인인 집안에서 태어났더라면 지금까지와는 다른 삶을 살 수 있었을 것이다. 나는 음악을 무엇과도 바꾸지 않을 거라고 맹세했다. 엘 시스테마는 내게 새로운 기회를 주었다. 엘 시스테마는 모든 사람을 끌어안는다. 그리고 아브레우 박사는 이 모든 사람의 아버지이다. 나는 진심으로 말할 수 있다. 아버지란 당신을 낳은 사람이 아니라 당신을 키운 사람이라고.

차례

EL
SIS
TEMA

#1

오케스트라의 나라

시민들이여, 조국을 사랑하라.
조국이 위대해서가 아니라 너의 조국이기 때문이다.
― 세네카

음악은 장식이 아니다.
음악은 깊게 뿌리박힌 인간의 조건에 대해 말해주며
우리가 누구인지 알려준다.
나는 이 프로그램이 음악에 관계된 문제일 뿐 아니라
더 넓게는 사회 운동이라고 생각한다.
이 프로그램은 많은 사람을 구했고
앞으로도 계속 그들을 구원할 것이다.
― 사이먼 래틀

20세기 후반 베네수엘라에서 엘 시스테마(오케스트라 시스템인 엘 시스테마를 운영하는 조직의 공식 명칭은 '베네수엘라 국립 청년 및 유소년 오케스트라 시스템 육성 재단Fundación del Estado para el Sistema Nacional de Orquestas Juveniles e Infantiles de Venezuela이다. 원문은 이 조직을 지칭할 때마다 공식 조직의 약칭인 FESNOJIV를 사용하고 있지만 번역본에서는 우리에게 익숙한 명칭인 '엘 시스테마'를 사용했다)보다 더 인상적이고 잘 통합되어 있으며 미래 지향적인 사회문화적 프로젝트는 없었다. 모든 아메리카 대륙을 통틀어도 지난 30년간 이처럼 선명한 문화적 폭발을 이뤄낸 음악 교육 모델은 없었다. 이 프로젝트는 음악을 통해 수십만 명의 어린이, 청소년, 부모, 가족 공동체의 마음을 얻었다.

아마존 정글에서부터 가장 현대적인 도시에 이르기까지, 북동부의 누에바 에스파르타 해변에서부터 국토 최남단의 아마소나스 주에 이르기까지 베네수엘라처럼 전국에 백 개 이상의 오케스트라가 있는 나라는 찾기 어려울 것이다. 2010년 현재 베네수엘라에는 취학 전 아동, 어린이, 청소년 레벨 등으로 나뉜 5백 개가량의 오케스트라와 음악 그룹이 활동 중이다. 25개 주에 221개의 지역 센터가 설립되었는데, 그중 스무 곳 이상은 전문 음악 교육 시설과 기술 지원 시설을 갖추고 있다. 지금까지 이 조직을 거쳐간 베네수엘라 사람은 약 30만 명. 그들 중 다수는 다섯 살에서 스무 살 사이이며 60퍼센트가 빈곤층 출신이다.

이 숫자가 보여주는 결과는 오로지 하나의 원칙에 의해 이루어질 수 있었다. 그 원칙은 음악으로부터, 악기 연주를 통해, 갈채로부터, 세계 여행과 음악가라는 직업으로부터 무엇인가를 얻으려면 취학 전 아이들부터 어린이, 청소년, 성인에 이르기까지 사회 계층이나 인종에 상관없이 누구든 지속적이고 일상적으로 음악을 연습할 수 있어야 한다는 것이다.

엘 시스테마는 단지 음악을 다루는 사람의 숫자만 늘려놓은 것이 아니다. 이 모델은 베네수엘라 음악의 수준을 몇 단계나 높여놓았다. 연주자, 작곡가, 음악 교사, 오케스트라 감독과 솔로이스트가 이전보다 더 중요해졌고, 높은 급여를 받는 직업이 되었다. 그들이 사회적으로 소외되거나 낮은 평가를 받는 일이 사라졌다. 엘 시스테마가 달성한 수준 높은 음악과 베네수엘라 음악들의 가치는 베를린에서 일본에 이르기까지 중요한 국제무대의 시험을 통과했으며 전 세계 음악 애호가들과 전문가들에게도 인정받았다. 베네수엘라의 뛰어난 피아니스트인 다비드 아스카니오(David Ascanio)는 엘 시스테마의 음악 수준에 대해 다음과 같이 말했다.

"엘 시스테마 덕택에 베네수엘라 음악들은 클래식 음악을 연주하는 것에 대한 두려움을 떨쳐버렸습니다. 이 교육 방법은 큰 어려움 없이 세대에 걸쳐 음악가들을 키워내고 있습니다. 오늘날 당신은 어린아이들이 대담한 확신을 품고 세계적 작곡가들의 음악을 연주하는 모습을 볼 수 있습니다. 엘 시스테마는 우리에게 음악을 배워가는 과정에 마음을 열도록 가르쳤습니다. 그 결과 우리 연주자들은 음악을 제대로 연주하는 한층 심오한 방법을 갖게 되었습니다. 이제 베네수엘라는 세계의 위대한 예술 중심지들과 견주어도 뒤떨어지지 않는 높은 수준에 도달했습니다."

엘 시스테마, 그 위대한 아이디어의 탄생

위대한 아이디어가 마음속에 들끓다 보면, 그 아이디어는 많은 다른 아이디어를 끌어들인다. 이것이 하나의 아이디어가 구체적 현실로 윤곽을 드러내는 방식이다. 새로운 아이디어가 태동하는 시절을 지켜보았던 사람들의 목소리를 한자리에 모아보았다. 각자 다른 음조와 크기로 말하지만 이들의 목소리는 개인으로서, 또 하나의 사회로서 조화를 이루었다. 물론 베네수엘라 음악의 역사적 현장에는 다른 목소리들도 있었고, 다른 책임을 지거나 다른 방향을 향해 걸어간 사람들도 많았다. 그러나 그들은 음악의 아름다움과 에너지를 공유한다는 점에서 모두 하나였다.

여기에서는 베네수엘라를 바꾼 거대한 프로젝트의 개척자들이 우리에게 엘 시스테마로 알려진 일생일대의, 국가적 차원의 모험이 어떻게 탄생되었는지를 들려줄 것이다. 이들을 한자리에 모으기란 쉽지 않았다. 물리적 거리 때문이 아니라 이들 대부분이 매우 바쁜 사람들이고, 다른 업종에서 일하는 노동자들이자 한 가족의 가장이기 때문이다. 그러나 아름다운

호세 안토니오 아브레우 박사(뒷줄 가운데)와 엘 시스테마의 개척자들

추억과 뜨거운 열정으로 가슴 벅차오르던 순간들을 한두 명의 생각이나 기억만으로 재현해낼 수는 없는 노릇이다. 다행히도 상당수가 여전히 음악과 관련된 일을 하고 있었고 교사, 지휘자, 엘 시스테마의 매니저들인 덕분에 한자리에 모아 엘 시스테마의 30년 역사를 들을 수 있었다.

2004년 8월의 어느 날 밤, 이 위대한 문화적 과업을 탄생시킨 '아버지', 즉 호세 안토니오 아브레우 박사의 집에 모인 이들은 젊은 날의 기억을 하나둘씩 꺼내놓았다. 사진이 가득 담긴 박스를 열고 먼지가 내려앉은 비디오를 틀어보며 오랜 기억을 들춰보고 서로를 놀리며 화기애애한 시간을 보냈다. 이들은 거대한 퀼트를 함께 짜듯 한 사람 한 사람씩 라이프 스토리를 들려주었다. 밤을 꼬박 새고 날이 밝아올 때까지 1975년 2월 12일 시작된 이야기의 퍼즐 조각을 함께 맞추었다. 여러 목소리가 동시에 뒤섞인 이 연대기에는 이들이 함께 겪어온 기쁨과 그 시절에 대한 감사의 마음, 그때로 다시 돌아가고 싶은 소망이 담겨 있다.

먼저 그들은 엘 시스테마 탄생 당시 베네수엘라의 문화적 분위기에 대한 이야기를 들려주었다. 1975년에서 1980년 사이 베네수엘라의 문화적

토양을 묘사하기에 '들끓는 용광로'라는 표현보다 더 적절한 말은 없을 것 같다. 그 당시 베네수엘라의 지식인 중 가장 뛰어난 두뇌들은 새로운 조직을 만들고, 낡은 것을 새롭게 바꾸며 오늘날의 문화 예술적 성취의 기초를 닦았다. 그 시절은 문화적 창작물의 양적 질적 수준을 모두 높이고, 창의적 엘리트들이 새로운 문화적 흐름에 참여하도록 자극하는 시기였다.

그 5년간 다양한 문화 조직과 기구들이 태동하지 않았다면, 그리고 그토록 창의적이고 담대한 정신이 나타나지 않았다면 그 뒤에 우리가 목격한 바와 같은 활기찬 시기가 펼쳐지지는 않았을 것이다. 1980, 90년대의 놀랄 만한 문화적 풍요로움, 개인이 세운 재단과 기업들의 후원으로 이루어진 미술 분야에 대한 막대한 투자 등은 이 경이로운 시기 없이는 불가능했다. 이 시기 동안 베네수엘라의 두 지도자 카를로스 안드레스 페레스(Carlos Andres Pérez, 1974~1979년과 1989~1993년 두 차례 집권한 베네수엘라의 대통령)와 루이스 에레라 캄핀스(Luis Herrera Campins, 1979~1984년에 집권한 베네수엘라의 대통령)는 새로운 문화 정책을 마련하려 노력했다.

오케스트라가 창단되기 이전에 먼저 현대 체임버 발레, 케일라 에르메체오 발레 학교, 카라카스 베네수엘라 국립 발레 등의 문화 예술 그룹들이 잇따라 등장했다. 해외에서 활동하던 베네수엘라 무용가들의 후계자들이 조국으로 돌아와 선구자가 되기를 꿈꾸기 시작했다. 1974년에는 아야쿠초 도서관, 카라카스 현대 박물관, 국립 미술관 등이 만들어졌고, 현대적인 시설을 갖춘 공연 전용 극장도 세워졌다. 1973년에는 문화예술협회의 후원으로 카라카스 국제 연극 페스티벌이 열렸다.

1975년 4월 30일 엘 시스테마의 모태가 되었던 후안 호세 란다에타 국립 청소년 오케스트라가 첫 번째 공식 콘서트를 열었을 때는 베네수엘라에 이 오케스트라를 뒷받침할 만한 다양한 음악 학교와 음악 관련 조직들이 이미 존재했다. 산타 카피아에 있는 후안 호세 란다에타 음악 학교, 호세 앙헬 라마스 음악 학교, 1930년 비센테 에밀리오 소호(Vicente Emilio Sojo)가 설립한 베네수엘라 심포니 오케스트라, 블랑카 에스트레야 데 메스콜리 음악 학교 등이 바로 그런 곳들이다. 그 밖에도 각 지역에는 개성 넘치는 수많은 음악 밴드가 있었다. 뿐만 아니라 합창단 조직도 활발해 UCV 대학 오르페움, 아라구아 필하모닉 합창단, 페데리코 비예나스 합창단, 카라보보 주 필하모닉, 산타 마리아 대학 합창단, 카라카스교육협회 합창단 등이 생겨났다.

1975년에 정부는 문화예술협회를 국가문화원으로 바꾸고 시인인 루이스 가르시아 모랄레스(Luiz Garciá Morales)를 초대 국가문화원장으로 임명했다. 마리아 크리스티나 안솔라 데 네우만(María Cristina Anzola de Neumann)이 관장하는 문화예술재단, 베네수엘라 현대 음악회, 바르로벤토 블랙 극장 등이 생겨났다. 시립 극장에서는 카라카스 국제 발레단이 비센테 네브라다(Vicente Nebrada)가 연출을 맡고 산드라 로드리게스(Zhandra Rodríguez)를 수석 발레리나로 하는 데뷔 공연을 가졌다. 잡지 〈엘 팔소 쿠아데르노 El Falso Cuaderno〉가 창간됐고, 1976년 마누엘 에스피노사(Manuel Espinoza)의 주도로 국립 미술관이 문을 열었다. 아르투로 우슬라르 피에트리(Arturo Uslar Pietri, 베네수엘라의 저명한 작가이자 정치가로 20세기 중남미 문학 발전에 큰 역할을 했을 뿐 아니라 베네수엘라의 역사와 문화, 당면한 현안들에 대해 날카롭고 분명한 견해를 제시하며 실천적인 지식인의 모습을 보여주었다)는 소설《죽은 자의 사업》을 출간했고 유네스코 이사회의 멤버로 선출됐다. 카라카스 국제 발레단이 첫 해외 공연 여행을 시작했고, 안토니아 팔라시오스(Antonia Palacios)는 여성으로서는 처음으로 국립 문학상을 받았다. 1978년에는 베네수엘라 역사상 최초로 열여섯 편의 장편 극영화가 제작됐다. 1979년에는 알데마로 로메로(Aldemaro Romero)가 카라카스 필하모닉 오케스트라를 창립했다. 1980년에는 베네수엘라 심포니 오케스트라가 50주년을 맞았고 정부 조직 내에 문화부가 신설됐다.

엘 시스테마, 정확히 말한다면 후안 호세 란다에타 국립 청소년 오케스트라(엘 시스테마는 이 오케스트라가 창립되고 4년 뒤인 1979년에 정식으로 설립되었다)는 이런 분위기 속에서 탄생했지만 그래도 초기 멤버들의 고생은 이만저만이 아니었다. 그들은 연습을 위해 이곳저곳으로 떠돌아다녀야 했다. 처음엔 프라도스 델 에스테에 있는 릴리아나 모레노의 집 차고를 빌렸다. 그 뒤 캄포 알레그레에 있는 후안 호세 란다에타 음악 학교에서도 연습을 할 수 있었다. 이 학교를 이끌던 마에스트로 앙헬 사우세(Ángel Sauce, 베네수엘라의 작곡자이자 바이올리니스트, 지휘자)가 아브레우 박사의 아이디어를 좋아했기 때문이다. 시간이 지날수록 곳곳의 음악가들이 찾아와 합류하면서 오케스트라 멤버가 늘어났다. 사람이 늘어나자 그들은 악기를 어깨에 메고 남부 볼레이타의 신두(Sindú) 공장으로 향했다. 공장의 창고는 매혹적이었다. 모두가 함께 창고를 청소한 뒤 기계와 낡은 고철 더미 사이에서 겨우 연습을 할 수 있었다.

그러는 동안에도 아브레우 박사는 새로운 장소를 찾아다녔다. 오케스트라는 문화예술기금에 속해 있는 중앙공원의 펜트하우스에도 갔고, 심지어 알타미라의 돈 보스코 성당에서도 연습을 했다. 마침내 그들은 테레사 카레뇨 복합 극장의 호세 펠릭스 리바스 홀에 이르렀다. 그 홀이 본부로 배정됐지만 어느 날 극장에서 그들을 내보내려고 했다. 하지만 그들은 그곳에서 오케스트라를 정식으로 발족시키는 그랜드 콘서트를 여는 날까지는 절대로 나갈 수 없었다. 그날 밤 아브레우 박사는 멤버들에게 이런 말을 했다고 한다.

"너희는 베네수엘라 어린이, 청소년 오케스트라의 창단 멤버들이다. 너희는 위대한 과업의 개척자들이야."

8명의 창단 멤버들은 음악 학교에 다니고 있거나 음악을 공부했지만 연주할 곳이 없어 음악을 포기했던 학생들이었다. 당시 베네수엘라에 오케스트라는 베네수엘라 심포니 오케스트라와 술리아 심포니 오케스트라 두 개뿐이었다. 클래식 음악이 부유층의 고상한 취미 정도로 여겨지던 시절이었다. 첼리스트로 창단 멤버였던 플로렌티노 멘도사(Florentino Mendoza)의 말을 들어보자.

"유럽에서 첼로를 공부하고 1975년 무렵 돌아왔는데 눈앞이 캄캄했어요. 당시 베네수엘라의 심포니 오케스트라는 베네수엘라 음악가들을 단원으로 뽑지 않았거든요. 절망적이었죠. 음악 환경이 그토록 척박하리라고는 상상조차 못 했어요. 어쨌든 음악을 포기할 수는 없어서 친구와 함께 공부하고 있는데, 어느 날 아브레우라는 사람이 청소년 오케스트라 프로젝트를 시작하려고 한다는 말을 들었어요. 그땐 시작하자마자 곧 사라져버리는 또 다른 오케스트라이겠거니 생각했지요. 아브레우의 구상이 음악 이상의 프로젝트라는 걸 알게 된 건 나중의 일입니다."

또 다른 창단 멤버로 바이올리니스트인 울리세스 아스카니오(Ulyses Ascanio)는 바이올린을 그만두고 3년간 록 그룹에서 전자 기타를 치다가 아브레우를 만나 다시 활을 잡게 된 경우다.

"동생인 다비드한테서 아브레우에 관한 이야기를 처음 들었을 때만 해도 나는 청소년 오케스트라를 만들든 말든 무슨 상관이냐고 생각했어요. 그저 호기심으로 동생을 따라서 리허설을 한다는 돈 보스코 성당에 갔었지요. 비쩍 마른 호세 안토니오가 한 손에 바이올린을 들고 다가오더니 내게 '바이올린 켤 줄 안다면서?' 하고 물었어요. 그렇다고 했더니 그가 이렇게 말하더군요. '그럼 이제 네가 제1바이올린 주자다. 저기 가서 앉아라!' 나는 겁에 질렸어요. 몇 년간 바이올린을 켜보지 않았거든요. 게다가 그때 나는 고등학교를 졸업한 뒤 기술을 배우면서 대학에 갈지 말지 고민하고 있었어요. 그러나 호세 안토니오의 넘치는 에너지와 믿을 수 없을 만큼 긍정적인 힘 때문에 프로젝트에 합류하게 되었죠. 맙소사, 생각해보니 그게 벌써 30년 전의 일이군요!"

8명의 창단 멤버가 한자리에 처음 모인 날을 카를로스 비야미사르는 지금도 생생하게 기억한다.

"그 자리에 온 사람들 중 누구도 아브레우가 시작하려는 것이 무엇인지 정확하게 알진 못했어요. 우리 8명은 마에스트로 아브레우의 설명을 함께 들었는데 요점은 연주하는 것, 함께하는 것 두 가지였어요. 아주 단순하지만 진심에서 우러난 계획이었어요. 국가 차원의 운동은 언급조차 하지 않았지요. 그 후로 석 달 동안 소문이 퍼지면서 점점 더 많은 젊은 연주자들이 합류했지요. 자리를 둘러싼 경쟁도 없었고, 모두 아브레우가 제안한 자리에 가서 앉아 연주를 시작했어요."

연습은 매일 대학 수업이 끝나자마자 저녁 8시쯤 시작해 한밤중에 끝났다. 토요일에는 일단 한번 시작하면 끝나는 시간이 따로 없었다. 놀라운 일은 연습이 끝나갈 즈음에도 먼저 떠나는 사람이 아무도 없었다는 것이다. 심지어 먼저 가도 되느냐고 묻는 사람조차 없었다. 그러나 한 가지는 확실했다. 아브레우 박사와 함께하는 리허설은 지독했다. 그는 한 사람씩 돌아가며 각 파트를 연주하게 했기에 모든 리허설이 끔찍한 도전이었다. 미리 준비해 오지 않으면 그 자리에서 불쌍한 처지를 면치 못했다. 그는 한 사람 한 사람 돌아가며 가장 어려운 소절을 연주하도록 했다. 아무 때나 가장 방심하고 있을 때 말이다.

콘체르티노 연주자 헤수스 에르난데스(Jesús Hernández)는 연습 도중에 아브레우 박사가 했던 말을 아직도 기억하고 있다.

"지칠수록 몸을 더 혹사시켜야 해. 그래야 피로를 뛰어넘어 계속할 힘을 얻을 수 있어."

연습이 언제 시작하는지는 모두 정확히 알고 있었지만, 언제 끝날지는 누구도 알지 못했다. 얼마나 연습을 했던지 라틴아메리카 지역을 여행하며 공연할 때 갑자기 정전이 된 적이 있었는데, 그 완벽한 어둠 속에서도 오케스트라는 순전히 기억에만 의존해 공연을 무사히 마쳤다.

리허설이 끝나면 즐거운 시간이 왔다. 예술과 음악, 문학, 철학, 인생에 대한 아브레우 박사와의 폭격과도 같은 대화가 기다리고 있었기 때문이다. 그 시간은 매우 특별했고, 어느 누구도 대화가 끝나기를 바라지 않았다. 멤버들은 늘 더 듣고 싶어 했다. 그 시간은 정말 즐거웠다. 한 시간 반, 두 시간, 때로는 그 이상 지속됐다. 오케스트라의 결성은 단지 음악적, 기술적 차원의 문제만이 아니었다. 그것은 삶을 풍요롭게 해주는 일련의 주제를 아우르는 열린 교육이기도 했다.

오케스트라의 첫 솔로이스트로서 피아노를 연주했던 다비드 아스카니오는 아브레우 박사가 만들어준 특별한 시간을 이렇게 소개했다.

"그는 내가 음악의 기초를 공부하도록, 더 높은 경지를 향해 나아가도록, 음악이 다른 예술과 맺고 있는 관계를 잘 알 수 있도록 가르쳤습니다. 예를 들어 나는 그가 레오나르도 다 빈치의 그림을 모차르트의 교향곡과 비교 분석하는 특별한 대화의 자리에 참석한 적이 있습니다."

아브레우 박사 이외에도 창립 멤버들은 이후 엘 시스테마에서 교사로 활약하면서 학생들이 예술 혹은 문화 전반이라는 큰 그림 아래서 음악을 배우고 즐길 수 있도록 이끌었다. 지휘자이자 작곡가로 활동했던 후안 카를로스 누녜스(Juan Carlos Núñes)는 이후 엘 시스테마에서 젊은이들을 가르치면서 서양 음악이 열심히 노력해 도달해야 하는 기준을 가지고 있다는 것, 그리고 음악을 문화적으로 이해하려면 세계 음악의 역사와 변치 않는 심미적 규칙을 이해해야 한다는 것을 강조했다고 말했다.

이들의 첫 콘서트는 노동자들에게 바친다는 의미로 메이데이 하루 전날인 4월 30일 외무부에서 열렸다. 아브레우 박사는 외무부에서 일했고 그곳에 아는 사람이 많았다. 그러나 그런 사실과는 상관없이 그는 최대한 많은 지지자를 모으려면 어떻게 해야 하는지 자기만 아는 방식이 있기라도 한 양 움직였다.

멤버들은 그날 밤 어떤 일이 벌어질지 몰라 매우 흥분한 상태였다. 콘서트가 열리는 장소는 무척 더웠고 불빛이 바로 눈앞에서 비추었다. 모두 말끔하고 검소한 옷을 입고 있었다. 멤버들의 대다수가 아직 어렸기 때문에 이 콘서트의 중요성을 전혀 모르고 있었다. 그들은 비발디의 〈바이올린과 첼로를 위한 협주곡〉, 모차르트의 〈한밤의 세레나데〉, 바흐의 〈두 대의 바이올린을 위한 협주곡 D단조〉, 모차르트의 〈마술피리〉 서곡을 연주한 뒤 란다에타의 베네수엘라 국가로 끝을 맺었다.

1975년 4월 30일 외무부에서 열린 첫 콘서트

콘서트에는 굉장히 많은 사람이 모였다. 지휘를 맡았던 아브레우 박사는 열정과 감정으로 충만했다. 마지막에는 서로 축하의 인사를 나눴다. 모든 멤버가 말 그대로 행복에 겨워 소리를 질렀다. 멋진 데뷔를 한 데다가 무엇보다 자신들이 속지 않았다는 것을 확인했기 때문이다. 그날 그들은 장학금과 일할 기회, 음악가로서의 커리어에 대한 모든 기대와 약속이 진짜라는 것을, 모두 가능하고 실현될 수 있는 일이라는 것을 알았다. 그토록 열심히 찾아 헤매던 목적을 찾은 것이다.

목표를 정하고 그것을 이루기 위해 노력하는 경험은 삶에 의미와 가치를 부여한다. 베이스를 연주했던 리차드 블랑코 우리베(Richard Blanco Uribe)는 엘 시스테마를 통해 자신의 인생이 완전히 달라졌다고 이야기한다.

"엘 시스테마는 내가 사회 안에서 행복하게 살 수 있는 도구를 선물해주었습니다. 오케스트라에서 일했던 5년은 내 인생에서 가장 멋지고 건설적인 시기였죠. 엘 시스테마는 수천 명의 베네수엘라 청소년을 올바른 길 위에 올려놓았고, 그들에게 미래를 선물했습니다. 또한 다소 독특한 사회경제적 조건을 가진 베네수엘라 같은 나라가 어떤 목표를 설정하고 그것을 달성해낼 수 있다는 것을 보여줌으로써 세계 문화사에서 전례 없는 위상을 얻었고요. 무엇보다 엘 시스테마는 우리 마음속에 열심히 노력하면 원하는 것을 이룰 수 있다는 자각을 심어놓았습니다. 엘 시스테마 덕분에, 음악 덕분에 나는 완성된 인간이 되었습니다."

프랑크 디 폴로는 후안 호세 란다에타 국립 청소년 오케스트라가 창립될 때 아브레우 박사 다음으로 중요한 역할을 했던 사람이다. 그는 오케스트라의 콘체르티노였으며 '청소년 오케스트라회'의 유일한 그리고 앞으로도 유일할 회장이기도 하다. 저명한 가수 페도라 알레만(Fedora Alemán)의 아들인 디 폴로는 새로운 프로젝트를 앞두고 아브레우 박사가 늘 의존하는 사람 중 하나다.

아브레우 박사를 어떻게 만나게 되었나요?

나는 네 살 때 바이올린을 켜기 시작했고 열두 살 때 비올라를 배웠습니다. 비올라 선생은 당시 베네수엘라 심포니 오케스트라의 제1비올라 주자였지요. 열다섯 살 때 첫 콘서트를 열었는데, 그보다 몇 년 전에 이미 호세 안토니오 아브레우라는 청년에 대한 이야기를 들었습니다. 우리는 나중에 페드로 안토니오 리오스 레이나(Pedro Antonio Ríos Reyna)가 지휘하는 베네수엘라 중앙 대학 체임버 오케

"우리는 우리의 전부를 바쳤다"

Interview
프랑크 디 폴로Frank Di Polo

프랑크 디 폴로와 그의 아내 베아트리스 아브레우

스트라에서 만났지요. 나는 그룹의 유일한 비올라 주자였습니다. 어느 날 호세 안토니오가 오케스트라를 지휘하러 왔어요. 우리는 친구가 되어 함께 연주하고 콘서트를 하고 여기저기 사람들을 찾아다니기 시작했지요. 그를 만나고 얼마 후 나는 풀브라이트 장학금을 받고 미국에 가게 되었습니다. 거기에서 스물한 살 때까지 머물렀어요. 스물한 살 때 리오스 레이나가 내게 전화를 하더니 베네수엘라 심포니 오케스트라의 제1비올라 주자 자리를 제안했지요.

베네수엘라 심포니 오케스트라에서는 얼마나 있었나요?

6년이요. 전체 연주자 중 86명이 외국인이었고 10명만 베네수엘라 사람이었죠.

나는 한 친구의 사례를 기억합니다. 바순을 연주하던 친구였는데 산타 카피야 학교를 졸업할 무렵 그 친구가 선생 중 한 사람인 체코 출신 음악가 에게 베네수엘라 심포니 오케스트라에 자리를 알아봐줄 수 있느냐고 물었 습니다. 그랬더니 선생이 이렇게 말했어요. "이봐, 그 오케스트라에 들어가 려면 거기 멤버 중 하나가 죽거나 자살을 해야 해." 그 친구는 졸업식 날 호 세 안토니오와 우리 앞에서 악기를 집어 들더니 석유를 끼얹고 불을 질러버 렸어요. 이것이 호세 안토니오가 그 8명의 청년들과 함께 후안 호세 란다에 타 국립 청소년 오케스트라를 만든 이유였지요. 어느 날 호세 안토니오가 내게 말했습니다. "프랑크, 이 아이들을 돌보는 일을 하려 하는데, 나를 좀 도와주게. 우리는 그룹을 만들 거야." 그때 나는 모든 일을 그만둬버렸어 요. 성공적으로 오디션을 치른 클리브랜드 오케스트라의 자리를 포함해서 말이죠. 우리는 1974년에 연습을 시작했습니다. 그때 나는 서른 살이었는 데 가장 나이가 많은 멤버였죠. 그들은 나를 후안 호세 란다에타 국립 청소 년 오케스트라회의 회장으로 임명했어요. 그것은 오늘날까지도 내가 갖고 있는 직책입니다.

그럼요. 울리세스 아스카니오, 소피아 뮐바우어(Sofía Mühlbauer), 카를로 스 비야미사르, 헤수스 알폰소(Jesús Alfonso), 에드가 아폰테(Edgar Aponte), 플로렌티노 멘도사, 카를로스 로베라(Carlos Lovera), 루세로 카세 레스(Lucero Cáceres). 우리는 작은 현악 오케스트라를 만드는 것으로 시작했습니다. 카라카스의 여러 장소들을 옮겨 다니며 연습했지요. 당시엔 다른 지역 출신 음악가들이 카라카스로 점점 많이 옮겨오던 때였어요. 우리는 첫 콘서트를 외무부에서 열었습니다. 그 콘서트 이후에 콜롬비아, 멕시코, 과달루페 등에서 우리를 초청하기 시작했죠. 스코틀랜드의 애버딘 축제에 9개국 청소년 오케스트라와 함께 참여해달라는 초청장이 왔을 때, 호세 안토니오가 나더러 멕시코의 거장인 카를로스 차베스(Carlos Chávez, 멕시코의 작곡가이자 지휘자)를 만나보라더군요. 나는 멕시코에 가서 그를 설득해 데려왔죠. 우리는 페스티벌 프로그램을 함께 만들었어요. 우리의 공연은 기대 이상으로 성공적이었죠.

계속 쉬지 않고 노를 저었군요. 오케스트라가 전국적으로 확산될 즈음 조직 차원에서는 어떤 일이 일어났나요?

호세 안토니오는 두 가지 차원에서 움직였습니다. 하나는 정치적 차원이죠. 이곳저곳을 누비고 다니면서 오케스트라를 위한 경제적 지원을 얻고 정부와 주지사, 장관들을 설득하고 자원을 모으러 다녔어요. 다른 하나는 음악적 플랫폼을 위한 기초를 다지는 일이었지요. 오케스트라의 창립 멤버들은 처음부터 미래 세대를 위한 모델로서 각자가 관리자의 역할까지 책임지는 것을 배웠어요. 우리는 연주했고, 콘서트를 열었고, 수업을 하러 전국 곳곳을 다녔고, 세미나를 열었죠. 이것이 바로 모든 국립 청소년 오케스트라의 공통분모가 '주는 것(giving)'으로 확립된 이유일 겁니다. 아이들이 음악 경력을 쌓아갈 수 있도록 우리가 줄 수 있는 모든 것을 주는 거죠.

엘 시스테마는 여기 베네수엘라에서만 확산된 게 아니에요. 나는 멕시코에서 파타고니아에 이르기까지 14년간 오케스트라의 씨를 뿌려왔습니다. 안데스개발공사에서 오케스트라를 만드는 프로젝트를 진행했는데, 그 일을 통해 나는 세계에서 가장 높은 곳에 오케스트라를 만들었어요. 지난 4년간은 볼리비아의 안데스 산맥 해발 4200미터에 위치한 마을에 오케스트라를 만들었습니다. 이렇게 14년간 과테말라, 산살바도르, 브라질, 콜롬비아, 아르헨티나, 우루과이, 파라과이, 카리브 연안 그리고 멕시코까지 수많은 곳을 다니며 오케스트라의 씨를 뿌렸어요. 각국 정부는 우리의 프로젝트에 흥미를 보였고, 우리는 그들이 스스로 기반을 다질 수 있도록 전체적인 계획을 디자인해주었습니다.

그 세월 동안 당신은 솔로이스트로서 자신의 커리어가 지체되고 있다고 느낀 적은 없습니까?

30년이 흘렀지만 우리가 이 과정을 시작할 때 지녔던 생각에는 변함이 없어요. 우리는 이 운동에 우리 자신, 사람이 줄 수 있는 가장 좋은 것, 씨를 뿌리려는 의지, 최고 수준의 프로페셔널리즘으로 음악을 만들어내는 행복감 등 우리의 모든 것을 바쳤습니다. 최근 몇 달 사이 나에게 가장 만족스러웠던 일은 사이먼 래틀 경의 지휘로 우리 아이들이 말러 교향곡 제2번을 연주하는 것을 비디오로 제작한 일이에요. 며칠 전에 나는 울리세스 아스카니오와 이야기하면서 지금 오케스트라에 있는 아이들의 수준이 우리 때보다 훨씬 높다는 말을 한 적이 있습니다. 그 아이들은 뛰어난 스승들 아래서 최상급의 교육을 받으니까요. 아주 어릴 때부터 오케스트라 훈련을 시작하고요. 우리는 누릴 수조차 없었던 일들이죠. 우리가 그동안 싸워왔던 건 바로 이런 결실을 얻기 위해서였습니다.

당신은 교사로서 만족하고 있나요?

만족하다마다요. 3년 전에 나는 베네수엘라 비올라 이동 학교를 만들어서 전국 각지에 비올라를 전파했어요. 바로크음악부터 탱고, 베네수엘라 전통음악까지 모든 음악을 연주하면서요. 단, 오직 비올라와 비올라 앙상블로만 연주했지요. 바르키시메토의 사나레에서는 다양한 연령대의 청소년 187명과 굉장한 경험을 했어요. 우리는 일주일 내내 쉬지 않고 연습을 했습니다. 정말 열심히 가르쳤죠. 결국 우리만이 아는 방식으로 아름답게 조화를 이룬 대단한 콘서트를 열 수 있었습니다.

그 세월을 거쳐오면서 혹시 멈춰 서서 성공과 실패를 저울질하고 따져보는 시간을 가진 적이 있나요?

이 배에 올라탄 우리 모두에게 똑같이 일어난 일이 하나 있어요. 우리는 노를 젓기 시작했고, 계속 노를 젓고 있으며, 멈출 시간이 없다는 자각이 바로 그것입니다. 콘서트를 하다가 문득 주변을 응시하며 깊은 숨을 들이쉬고 충족감을 느낄 때가 있어요. '바로 이거야!' 하는 느낌이 들지요. 1분 후 박수갈채가 사라지고 나면 다음에 더 나아지기 위해서는 뭘 해야 하는지 생각해요. 이것은 호세 안토니오가 1975년에 처음 맞춰놓은 이래 계속 구르는 바퀴예요.

매니저, 음악가, 교사, 해외 공연 프로그램 기획자 등의 역할 이외에도 당신은 날카로운 감각을 가진 사진가이자 비디오 제작자로도 알려져 있습니다. 엘 시스테마 역사의 상당 부분을 기록하고 계시죠?

처음부터 나는 진행되는 모든 일의 역사를 보존하는 데 관심이 있었어요. 미키 마우스 장난감처럼 보이는 작은 카메라로 시작해 비디오카메라로 옮겨와 모든 콘서트와 세미나, 마스터 클래스를 기록하기 시작했지요. 오늘날 이 모든 자료는 국립시청각센터에서 보존하는 소중한 자산이 되었습니다. 이 기록을 위해 우리는 기술자와 사진가들을 미리 준비시켜야 해요. 내 아내 베아트리스 아브레우(Beatriz Abreu)는 콘서트와 세미나, 수업의 촬영을 준비시키는 역할을 맡고 있어요. 이 일을 하려면 촬영에 대해서도 알아야 하고 음악에 대해서도 꽤 많이 알아야 해요. 우리는 풍성한 시청각 자료들로 베네수엘라는 물론 전 세계의 더 많은 학생들에게 우리의 교육을 확산하려고 합니다.

엘 시스테마는 멤버들의 일상과 감성 구석구석에까지 영향을 미쳤다. 그들은 타인과 조화로운 관계를 맺으며 즐거운 흥분 속에서 살아가는 방법을 엘 시스테마 안에서 배웠다. 그들이 한자리에 모였을 때의 분위기는 두 단어로 요약된다. 우정과 재미. 동지애의 모델을 찾는다면 바로 이것이라고 말할 수 있지 않을까. 새로운 음악가가 합류하면 아브레우 박사는 그 사람을 모두 앞에 소개했고 멤버들은 큰 박수로 신입 음악가를 환영했다. 새로

온 사람도 오케스트라의 중요한 부분이라는 느낌을 가질 수 있도록 환대했다. 다양한 배경을 가진 사람들이 모여 생활하면서 함께 나누는 것, 규율과 질서에 대한 존중, 책임과 의무, 헌신과 같은 인간적 가치도 배울 수 있었다. 또한 국내외로 공연 여행을 다니는 과정에서 사회가 조금씩 변화하고, 그들 자신도 성장해가는 걸 느끼며 '주는 사람이 결국 받게 되어 있다'는 깨달음도 얻었다. 엘 시스테마가 멤버들의 삶에서 중요한 거의 모든 가치를 주었다 해도 과언이 아니다.

오케스트라는 초창기부터 해외 공연을 많이 다녔다. 1975년 오케스트라가 출범한 지 얼마 되지도 않았을 무렵 그들은 멕시코로 첫 해외 공연을 떠났다. 아브레우 박사가 멕시코로 공연 여행을 가겠다고 발표한 뒤로는 휴식이라곤 없었다. 떠나기 전 한 달 동안은 산꼭대기에 격리된 채로 연습만 했다. 매일 아침 9시부터 한밤중까지 미친 듯이 연습했다.

후안 호세 란다에타 국립 청소년 오케스트라의 첫
해외 공연 여행

연습보다 더 걱정스러운 건 해외여행에 필요한 것들을 준비하고, 비행기 연료를 사기 위해 1만 볼리바르를 모으는 일이었다. 그 당시엔 해외여행이나 공연을 조직하고 사무를 맡아볼 인력이 없어서 오케스트라 멤버들이 직접 뛰어다니며 일을 처리해야 했다. 아브레우 박사도 짐을 메고 돌아다녔고, 연주자 중 누군가가 행정적인 실무를 전담해야 했다. 20년 이상 오케스트라의 투어 코디네이터를 맡았던 후안 페드로 우스카테기(Juan Pedro Uzcátegui)는 당시를 이렇게 회상한다.

"그때 저는 대학 4학년이었습니다. 아브레우 박사가 나를 불렀을 때 내가 공연 여행을 준비하는 일을 맡게 되리라고는 생각도 못 했지요. 우리는 보통 일주일 안에 모든 준비를 마쳤습니다. 연주자들 모두가 스탠드를 설치하거나 악기를 관리하거나 비행기표를 마련하는 등의 일을 맡아서 처리해야 했어요."

아브레우 박사가 여행 경비와 연료비를 기부받기 위해 백방으로 뛴 덕분에 그들은 조금씩 필요한 것을 갖춰나갔다.

공연 레퍼토리는 언제나 아브레우 박사가 골랐다. 그가 고르는 곡들은 늘 복잡하고 어려웠다. 요즘 아이들에겐 '누워서 떡 먹기'일지 모르겠지만 당시 그들에겐 그랬다. 곡의 어려움과는 별개로 그의 지휘봉은 성숙함을 요구했고, 아이들은 그것을 마스터해야 했다. 그건 '바비큐 파티를 준비하자'처럼 쉬운 일이 아니었다. 아브레우 박사가 마음속에 짜놓은 음악적 직물을 완벽하게 재현해야 했다. 그가 지휘하는 방식, 그의 타이밍과 구절법은 모두에게 지속적인 도전이었다. 그는 차이코프스키를 연주하든 바흐나 모차르트를 연주하든 언제나 "함께 이겨내자"고 말하곤 했다.

첫 번째 여행은 아름다운 경험이었다. 비행기는 별로 편안하지 않았지만 벅찬 동료애가 있었다. 멕시코에서 그들은 1년 뒤 자신들 앞에서 지휘하게 될 마에스트로 카를로스 차베스를 만났고 이후 볼리비아, 에콰도르, 콜롬비아, 애버딘, 베네치아 등 세계 곳곳으로 공연 여행을 다녔다. 여행길에서 젊

고 꾸밈이 없었던 그들은 개성 강한 록 음악가들처럼 보였다. 한 사람 한 사람이 빛나는 재능을 가지고 있었고, 팀워크도 좋았다. 무엇보다 그들은 오케스트라가 자신을 더 나은 음악가로 만들어줄 거라는 낙관주의로 충만했다.

이런 낙관주의를 품고 연주 여행을 떠났던 아이들은 엘 시스테마 안에서 음악가로, 교육자로, 행정가로 성장해 이제 그 시절의 자기만큼이나 작지만 반짝이는 아이들을 키워내고 있다. 그들은 하나같이 엘 시스테마의 일부로 살아온 자기 인생을 자랑스럽게 여기며 다시 태어나도 같은 길을 걷겠다고 자신 있게 말한다. 그들은 꿈의 힘을 믿는다. 오케스트라에서 지휘를 맡았던 이고르 란스(Igor Lanz)의 말처럼. "처음에 사람들은 우리가 오케스트라가 되지 못할 거라고, 자루 속에서 시끌벅적 떠드는 고양이 떼 같은 모양새가 될 거라고들 했다. 그러나 오늘 그 '고양이 떼 자루'는 놀랄 만한 앙상블이 되었다. 보르헤스가 《끝없이 두 갈래로 갈라지는 길들이 있는 정원》에서 들려준 이야기가 생각난다. 많은 개인적 꿈들은 누군가가 이미 꾸었던 꿈에 수렴된다. 내가 말하고 싶은 것은 많은 사람들이 같은 꿈을 꾼다면, 결국 그 꿈은 실현된다는 것이다."

초창기 엘 시스테마 주요 콘서트 일지

1975년

2월 12일　호세 안토니오 아브레우와 앙헬 사우세 등이 후안 호세 란다에타 국립 청소년 오케스트라를 창립하다.

4월 30일　외무부에서 노동절 기념 콘서트를 열다. 마라카이, 바르키시메토, 트루히요 등에서 온 80명의 음악가들이 참여하다.

7월 13일　아라구아 필하모닉 합창단과 함께 멕시코로 여행을 떠나다. 아브레우와 후안 카를로스 누녜스가 지휘하다.

8월 6일　콜롬비아 투니아에서 열린 제3회 국제 페스티벌에서 대성공을 거두다. 다비드 아스카니오가 솔로 피아니스트로 연주하다.

10월 2일　테레사 카레뇨 극장이 오케스트라의 이름을 딴 영구 좌석을 지정하다.

10월 10일　멕시코의 지휘자이자 작곡가인 마에스트로 카를로스 차베스가 시립 극장에서 열린 콘서트에서 오케스트라를 지휘하다.

1976년

1월 14일　카를로스 차베스가 오케스트라와 함께 연주하기 위해 베네수엘라에 오다.

2월 2일　'연주하라, 그리고 싸워라(Play and Fight)'라는 멋진 슬로건이 만들어지다. 오케스트라의 첫 생일 즈음 멤버가 150명으로 늘어나고, 연말에는 3백 명을 넘어서다.

2월 12일　그룹의 본부인 호세 펠릭스 리바스 홀 오픈 기념식에서 오케스트라가 콘서트를 열다. 차베스의 지휘로 베토벤, 차이코프스키, 바그너 및 베네수엘라 작곡가들의 곡을 연주하다.

5월 18일	에콰도르, 멕시코, 콜롬비아 공연에서 대중적, 비평적으로 대성공을 거두다. 과달루페에서 세 차례의 콘서트를 열다.
8월 7일	스코틀랜드 애버딘에서 열린 국제 청소년 오케스트라 페스티벌에 베네수엘라가 처음으로 참여하다. 마에스트로 차베스가 지휘하다.
8월 9일	애버딘과 런던에서 오케스트라가 대성공을 거두다. 페스티벌 조직자가 페레스 대통령에게 축하 전보를 보내다. 베네수엘라 비올리스트인 프랑크 디 폴로가 애버딘에서 국제 청소년 오케스트라의 '콘체르티노'에 선출되다.
8월 27일	베네치아에서 화가 티치아노의 서거 4백 주년을 기념하여 콘서트를 열다. 바이올리니스트 카를로스 비야미사르가 솔로 연주를 하다.
12월 14일	UN에서 고등 음악 교육을 위한 센터 설립에 합의하고, 본부를 베네수엘라에 두기로 하다.

1977년

1월 20일	젊은이 주간에 4백 명의 라틴아메리카 청년들이 모이다. 2월 7일에서 12일 사이에 안드레스 베요 어코드의 제1회 청소년 오케스트라 대회에 참가하다.
6월 15일	야라쿠이에 첫 번째 센터를 세우다.
8월 2일	구아야나 지역에 볼리바르 센터를 만들어 재능 있는 젊은이들을 교육하다.
12월 12일	헨델의 〈메시아〉를 공연하다.

1978년

6월 15일	청소년부 장관 알폰소 발도 카사노바(Alfonso Baldo Casanova)와 아브레우가 오케스트라의 트루히요 센터를 발족시키다.
6월 24일	다수가 빈민층 출신인 모나가스 청소년 오케스트라 단원이 370명이 되다.
7월 6일	오케스트라가 '베네수엘라 시몬 볼리바르 청소년 오케스트라'로 이름을 바꾸다. 카를로스 안드레스 페레스 대통령의 주최로 미라플로레스에서 대규모 콘서트를 열다.
9월 10일	국립 어린이 오케스트라가 호세 펠릭스 리바스 홀에서 데뷔하다.
10월 10일	메리다 청소년 오케스트라가 데뷔 공연을 열다.

11월 5일   카라카스 청소년 오케스트라가 호세 펠릭스 리바스 홀에서 창단 공연을 열다.

11월 8일   푸에르토 카베요 청소년 오케스트라가 첫 콘서트를 열다.

11월 18일   단 석 달 만의 연습으로 구아리코 청소년 오케스트라가 발족하다.

1979년

2월 20일   전국적 규모의 오케스트라 교육 조직을 위한 재단인 'FESNOJIV'가 청소년부의 후원
으로 설립되다.

5월 13일   아브레우가 '국립 음악상'을 받다.

7월 5일   페몬 인디언 어린이들이 단 석 달 만에 바이올린 연주를 배우다. 빠른 교육을 강조하
는 스즈키 교육법(Suzuki Method, 아이들이 자라면서 모국어를 자연스럽게 익히듯 악보를
읽기에 앞서 반복적으로 음악을 듣고 연주할 수 있는 환경을 만들어주면 누구나 악기를 연주
할 수 있다는 교육관에서 나온 교수법)의 창시자 스즈키 신이치(鈴木鎭一)의 제자 고바야
시 다케시(小林武史)가 오케스트라를 지휘하기로 계약을 맺다.

7월 19일   루이스 에레라 캄핀스 대통령이 키보르 청소년 오케스트라 발족식에 참여하다.

7월 24일   카라카스 어린이 청소년 오케스트라와 프리드먼 학교 오케스트라를 홍보하고 발전
시키기 위해 에밀 프리드먼 학교와 국립 청소년 오케스트라의 협동 프로그램이 시
작되다.

9월 20일   호세 펠릭스 리바스 홀에서 스즈키 교육법의 결과를 선보이다. 국립 어린이 오케스트
라와 산타 엘레나 데 우아이렌 지역의 엘리아스 파체코 음악 학교 아이들이 참여해
하이든, 베토벤을 연주하다.

11월 11일   평론가 구스타보 탐바스치오(Gustavo Tambascio)가 〈엘 나시오날 *El Nacional*〉 신문의 E섹션에 시몬 볼리바르 청소년 오케스트라의 연주회에 대한 의견을 쓰다. 이에 대한 아브레우의 대응이 국내 음악 비평에 대한 논쟁을 일으키다.

1980년

2월 12일   시몬 볼리바르 청소년 오케스트라가 호세 펠릭스 리바스 홀에서 5주년을 기념하다.

6월 15일   오케스트라가 코스타리카로 연주 여행을 떠나다.

8월 24일   구아나레 청소년 오케스트라가 창단되다.

8월 31일   365명의 청소년들이 참여하는 동부 국립 청소년 오케스트라가 창단되다.

9월 4일   델타 아마쿠로 청소년 오케스트라의 창단과 함께 마침내 엘 시스테마가 전국으로 확산되다.

출처: 〈엘 나시오날〉 자료실

꿈을 현실로 만든 사람, 호세 안토니오 아브레우

엘 시스테마의 산파 호세 안토니오 아브레우 박사는 1939년 5월 7일 트루히요 주 발레라 마을에서 아브레우-안셀미 집안의 첫째 아이로 태어났다. 그는 라라 주의 도시 바르키시메토에서 첫 음악 수업을 받았으며 1957년 수도 카라카스로 이사했다. 카라카스의 호세 앙헬 라마스 고급 음악 학교에서 베네수엘라 거장들의 문하생이 된 그는 비센테 에밀리오 소호에게 작곡을 배웠고, 모이세스 모레이로(Moisés Moleiro)에게 피아노를 배웠으며, 에벤시오 카스테야노스(Evencio Castellanos)에게 오르간과 하프시코드를 배웠다. 1964년에 그는 임시 조교수와 대(大)작곡가(Master composer)의 타이틀을 동시에 받았다. 곤살로 카스테야노스 유마르(Gonzalo Castellanos Yumar)에게 오케스트라 지휘를 배운 뒤부터는 베네수엘라 주요 오케스트라들의 지휘자로 초청받기 시작했다.

아브레우 박사는 1975년 시몬 볼리바르 청소년 오케스트라의 전신인 후안 호세 란다에타 국립 청소년 오케스트라를 설립했다. 이후 세계적 명성을 얻게 된 이 오케스트라는 애국주의적이며 독창적인 프로젝트의 심장과도 같은 존재다. 아브레우 박사는 이어 그의 삶에서 가장 빛나는 도전을 시작했다. 그것은 바로 엘 시스테마를 만드는 일이었다. 그는 지휘봉을 들고 클래식과 현대음악의 가장 중요한 레퍼토리를 직접 감독했을 뿐 아니라 이 거대한 사회적, 음악적 네트워크를 구축하는 원동력이 되었다.

아브레우 박사는 음악의 길을 걸으며 동시에 계획과 경제학(planning and economy) 교수로서 중요한 커리어를 개척했다. 그는 카톨리카 안드레스 베요 대학을 졸업했고, 미국 펜실베이니아 대학에서 석유 경제학을 전공해 박사 학위를 받았다. 경제학자라는 또 다른 임무에서도 그는 기획조정부의 계획 관리자, 국가경제원 상담 고문과 같은 중요한 직책을 맡았다. 또한 1988년에서 1994년까지는 문화부 장관과 국가문화원장을 맡았다. 그는 음악과 행정이라는 두 길을 동시에 걸으며 예술적, 사회적 감수성과 애국적, 라틴아메리카적 자각을 자기 안에 깊이 새겨 넣었다.

아브레우 박사와의 인터뷰는 중앙 공원에 있는 그의 사무실에서 여러 차례에 걸쳐 이뤄졌다. 폴더가 가득 쌓인 사무실은 꾸밈없이 소박했고, 그는 비서에게 어떤 전화도 연결시키지 말라고 지시했다. 그를 인터뷰하면서 나는 30년 이상에 걸친 그의 노력에 대해 우리가 이미 알고 있는 것보다 더 많은 것을 알아내고 싶었다. 엘 시스테마라는 거대한 성취를 이루었을 뿐 아니라 수많은 베네수엘라 청소년, 젊은이들과 함께 자신의 목표를 확장시키려 끝없이 싸워온 그가 정확히 어떤 사람인지 알고 싶었다.

당신의 어린 시절은 어땠나요? 그리고 당신이 음악의 길을 가도록 영향을 끼친 사람은 누구입니까?

그 이야기를 하려면 제 선대(先代)로 거슬러 올라가야 합니다. 1년 전에 나는 트루히요의 몬테 카르멜로에 머물렀어요. 그곳은 내 어머니가 태어난 곳이고 나의 가족인 안셀미 가르바티 집안이 조상 대대로 살아온 고향이기도 하지요. 어린 시절의 추억이 많이 남아 있는 곳이기도 하고요. 내 조상은 이탈리아 이민자들이었어요. 이탈리아 엘바 섬에서 몬테 카르멜로로 건너 왔지요. 외할아버지와 외할머니는 엘바 섬에서 결혼했는데 섬 반대쪽에는 리보르노라는 중요한 항구 도시가 있었습니다. 외할머니는 그곳의 오페라 하우스로 정기적으로 공연을 보러 다니셨어요. 그분은 음악적인 영혼의 소유자이셨고 숙련된 음악인이기도 했지요. 두 분은 이민 올 때 배에 밴드용 악기들을 싣고 왔는데, 종교 행진이나 축제, 대중 행사 때 필요한 음악을 연주하는 악기들이었다고 하더군요.

그러니까 사람들이 말하듯 피는 속일 수 없는 것이로군요. 아들이나 손자들 중 한 명은 음악인이 될 운명이었을 텐데, 그게 당신이었나 보네요. 외할아버지는 어떤 악기를 연주하셨나요?

외할아버지가 실제로 악기를 연주했는지는 나도 잘 모르겠어요. 하지만 밴드에 대해 놀랄 만큼 해박했다는 건 알고 있지요. 외할아버지가 몬테 카르멜로에 사실 때 밴드를 위해 유니버설 심포니 레퍼토리를 작곡했는데 그때 쓰셨던 오케스트라 편곡을 나는 외워서 알고 있답니다. 지금도 그 곡을 보관하고 있지요.

그러니까 그분들은 트루히요에서 밴드를 창단한 거군요.

네. 마을 아이들 46명을 모아 밴드를 만들었는데, 악기는 돌려가며 썼다더군요. 외할아버지가 감독을 했던 이 밴드는 오늘날 몬테 카르멜로 교향악 밴드가 되었지요. 당시 그들은 청소년 오케스트라였는데 현악기는 없었어요. 그때는 몬테 카르멜로와 다른 지역을 연결해주는 운송 수단이라고는 노새가 끄는 짐수레뿐이었는데도 외할아버지는 수년간 밴드를 이끌고 안데스 산맥의 모든 마을에 공연을 다녔죠. 외할아버지의 공연 프로그램과 그분이 직접 베르디와 마스카니를 편곡한 악보를 나중에 어머니가 내게 주셨죠.

아브레우 박사의 외할아버지 안토니오 안셀미 베르티가 창단한 트루히요주 최초의 음악 밴드

외가에 도착했을 때 그 세계가 당신에게 준 인상은 어땠습니까?

나는 그 느낌을 생생하게 기억하고 있어요. 그때 나는 여섯 살이었고 부모님과 함께 바르키시메토에 살고 있었지요. 형제 중 하나가 백일해를 앓아서 격리되어 있는 동안 어머니가 나를 외가에 데려가셨지요. 가장 인상 깊었던 것은 뒷마당에 널빤지로 만들어놓은 무대였어요. 외할아버지가 젊은이들과 함께 셰익스피어의 작품과 카스티야의 고전들을 공연하기 위해 만든 것이었지요. 거기엔 무대의상과 커튼, 무대장치로 가득한 트렁크가 있었는데, 전부 외할아버지가 만드셨다고 하더군요. 그분은 또 단테, 페트라르카, 보카치오의 석고 흉상들로 집 안을 장식하셨어요. 몬테 카르멜로의 집에는 외할아버지가 외증조부로부터 물려받은 가리발디의 휘장으로 장식한 복도와 외할머니가 예전에 쓰시던 세계 최상급의 테이블 리넨 그리고 수많은 책들이 있었죠. 그 대단한 책들의 많은 수는 저자가 헌정한 것이었는데, 그런 것들을 보고 깊은 감명을 받았어요.

당신이 예술과 처음으로 접한 경험이라고 할 수 있겠네요. 당시 트루히요의 마을에서는 어떤 문화적인 일이 벌어지고 있었습니까?

그 마을은 농촌이었지만 문화적 수준이 높았습니다. 카르멘의 성모 성 당엔 메리다 신학교 출신의 걸출한 주임 사제들이 있었어요. 메리다 신학 교에서는 그레고리안 성가를 가르쳤는데, 몬테 카르멜로에 있는 작은 성당 의 오르간 연주자가 거기에서 공부했지요. 그는 진정한 그레고리안이었어 요. 나는 그를 예배당 안의 거장이라고 생각했죠. 그때부터 음악과 성가에 대한 나의 사랑이 시작되었습니다.

여섯 살 때 몬테 카르멜로에 머물면서 외할머니와 함께한 시간이 당신 안의 많은 것들을 일깨웠군요. 다양한 방식들로 말이죠.

거의 모든 면에서 그랬죠. 외할머니는 광범위한 음악 문헌과 자료를 소 장하고 계셨어요. 그중엔 이탈리아 최대의 악보 출판사인 리코르디에서 펴 낸 오페라 대본 원본도 포함되어 있었지요. 베르디와 푸치니의 오페라를 모두 외우셨던 외할머니는 내 곁에 앉아서 이탈리아어 대사를 스페인어로 번역해 들려주시곤 했어요. 외할머니는 노래하고 나는 그걸 따라 외우면서 함께 많은 시간을 보냈죠. 배움에 대한 사랑도 그때 시작됐지요. 그 시절에 나는 마을 학교의 교장 선생님이었던 알리데 이모한테서 많은 것을 배웠습 니다. 이모는 내게 베네수엘라를 사랑하도록 가르쳤어요. 그 당시 시골 학 교들에선 국사를 정말 철저하게 가르쳤거든요. 또 저학년을 대상으로 매주 문화의 밤이 열렸는데 그 자리에서 시 창작, 시 낭송, 노래, 음악, 연극에 눈을 뜨게 되었지요. 학교에서 아이들의 예술적 잠재력을 일깨우려 노력한 덕분이죠. 당시엔 수학이나 논리적인 지식을 가르치는 것과 예술적이고 창조적인 감수성을 기르는 것 사이에 균형이 잡혀 있었습니다.

몬테 카르멜로에서 보낸 날들은 정말 의미 있는 시간이었네요.

일곱 살 때 그 마을을 떠나 바르키시메토로 돌아올 때 나는 이미 음악적인 삶, 독서 습관, 예술 공연에 대한 열정에 깊게 매료돼 있었습니다. 그래서 바르키시메토에서 음악을 공부하기로 결심했지요. 부모님은 내가 그 방면의 소질을 계발할 수 있도록 계속 격려해주셨어요. 아버지는 기타, 그리고 네 줄짜리 쇠줄 기타인 레킨토를 매우 잘 치셨어요. 어머니는 노래를 아주 잘하셨고요. 나는 그렇게 음악적인 환경에서 자랐습니다.

악기 연주는 언제 배우기로 결심하셨나요?

아홉 살 때입니다. 바르키시메토에는 도랄리사 데 메디나(Doralisa de Medina)라는 뛰어난 피아노 선생님이 있었는데, 그분께 배우게 해달라고 아버지한테 부탁했지요. 도움닫기를 위해 출발한 셈이죠. 그녀는 직관력 있는 뛰어난 피아니스트였어요. 프랑스 거장의 제자이기도 했고요. 음악을 명랑하고 쾌활하게 대하던 분이었지요. 악기만을 강조하지 않고, 악기 연주를 합창과 다른 분야로 구성된 음악 세계의 일부로서 바라보았죠. 어떤 목표를 정해놓고 그것을 뛰어넘어야 한다고 강요하는 일은 절대로 없는 선생님이었고요. 덕분에 아이들은 자기만의 속도로 발전할 수 있었습니다. 그녀는 매우 인기가 좋아서 따르는 학생도 많았어요.

그 무렵에 당신의 성격 형성에 가장 큰 영향을 끼친 사람은 누구입니까? 아버지 아니면 어머니?

두 분 다죠. 각각 다른 영향을 끼치셨어요. 아버지는 내게 삶과 일, 좋은 행동, 정직과 정확성 등 남자의 기본 덕목을 가르치셨어요. 엄격하면서도 따뜻한 사랑, 모범 사례라고 할 만큼의 헌신을 보여주셨지요. 어머니는 감수성이 풍부한 분이셨는데, 그분의 가장 큰 즐거움은 피아노를 연주하는 것이었습니다. 어머니는 바르키시메토의 우리 집 주변에 음악 공동체를 만드셨어요. 그 지역에서는 우리 집이 피아노가 있는 유일한 집이었거든요.

그때가 1945년부터 50년까지 5년간인가요?

네. 그 당시 바르키시메토 시내엔 베네수엘라 심포니 오케스트라의 제1 플루트 주자였던 라울 나폴레온 산체스 두케(Raúl Napoleón Sánchez Duque)가 이끌던 라라 주립 음악 아카데미가 있었습니다. 열두 살이었던 나는 음악 아카데미의 오케스트라 멤버로 활동하고 있었죠. 그즈음엔 재능 있는 외국 음악인들이 베네수엘라로 들어오기 시작했는데, 나는 그중에서 바이올리니스트 올라프 일친스(Olaf Ilzins)에게 바이올린을 배웠습니다. 또 마에스트로 안토니오 카리요(Antonio Carillo)의 손에 이끌려 베네수엘라 작곡가들의 음악을 익히기 시작했고요. 그는 우리 집안의 친구였는데, 매우 뛰어난 5중주단을 갖고 있었고 숙련된 만돌린 연주자였어요. 나는 마에스트로 플라시도 카사스(Plácido Casas)가 이끌던 라라 필하모닉 오케스트라와도 협연할 기회를 얻었죠. 이를테면 전후좌우 사방이 모두 음악으로 둘러싸인 환경에 있었던 셈이에요. 마에스트로 카리요와는 우리의 민속음악을 연주하고 공부했습니다. 도랄리사 데 메디나 선생님과는 클래식을 연습했고요. 음악 아카데미에서 우리는 차이코프스키, 모차르트, 베토벤 같은 세계적 음악가들의 곡을 연주했지요. 그곳에는 또 러시아에서 막 돌아온 베네수엘라의 발레리나 타오르미나 게바라(Taormina Guevara)가 이끄는 무용 학교가 있었어요. 그 무렵 바르키시메토 시의 4백 주년을 기념하기 위해 후아레스 극장이 문을 열었는데 그에 맞춰 타오르미나 게바라 발레단과 바르키시메토를 여행 중이던 베네수엘라 심포니 오케스트라가 참여한 대규모 축제가 열렸지요.

당신은 그때 이미 오케스트라 연주에 사로잡혔군요.

정말 그랬어요. 나는 뛰어난 바이올리니스트인 파스토라 과니파(Pastora Guanipa)와 함께 연주하곤 했던 걸 기억하고 있습니다. 그 경험은 악보를 읽는 실력을 키우는 데 아주 많은 도움이 되었어요. 그때 나는 음악인이 된다는 것이 어떤 의미인가, 오케스트라 연주가 얼마나 중요한가를 자각하기 시작했습니다.

학교생활과 음악 활동을 어떻게 동시에 할 수 있었죠?

완벽하게, 그리고 매우 즐겁게 해냈지요. 늘 더 할 일을 찾아다녔어요. 내가 이끄는 삶을 사랑했지요. 나는 라 사예 학교를 다니다가 코스타리카 학교로 옮겨 학업을 계속했는데, 거기엔 뛰어난 수학 선생님들이 있었어요. 그곳에서 수학적 과학과 음악적 예술 사이의 긴밀한 관계, 즉 표면적으로는 양립 불가능하고 이중적으로 보여도 실제로는 완벽한 조화를 이루는

라라 필하모닉 오케스트라 시절의 아브레우 박사(첫째 줄 왼쪽 끝)

관계를 접하게 되었지요.

언제 그리고 왜 카라카스로 이사하게 되었습니까?

1957년 말쯤 마에스트로 비센테 에밀리오 소호와 함께 음악 공부를 계속하기 위해 카라카스에 오기로 결정했습니다. 마에스트로 앙헬 사우세가 나를 호세 앙헬 라마스 학교에 데려가 수준 높은 음악 공부를 시작하게 되었지요.

경제적 문제는 어떻게 해결하셨나요? 그 당시엔 음악으로 생계를 잇기 어려웠을 텐데요, 그렇지 않나요?

무슨 말씀을. 국내 밴드와 오케스트라에서 활동하던 음악인들은 생계유지가 가능했어요. 의사처럼 돈을 많이 버는 직업은 아니었지만 그럭저럭 할 만했어요. 물론 내가 음악 공부와 대학에서의 커리어를 함께 추구한 이유가 자력으로 경제 문제를 해결해야 한다는 생각 때문이긴 했지요. 카라카스에는 본가, 외가 쪽 모두 친지가 많았기 때문에 초기 정착에 많은 도움을 받았지요. 나는 산 이그나시오 학교에 등록했고 고등학교를 거기서 마쳤습니다. 고급 음악 학교에서 피아노, 클라비코드, 오르간을 배웠고 나중엔 오케스트라 수업을 듣고 지휘도 배웠지요. 학업을 마친 뒤에는 피아노, 키보드, 오르간 연주에서 교수 자격을 얻었습니다. 나중엔 작곡가 타이틀도 받았고요. 그다음에는 카톨리카 안드레스 베요 대학을 다녔고, 첫 직장으로 외교부 경제 정책 분과에서 일했죠. 대학 2학년 때는 간신히 조교 일을 얻었어요. 졸업한 후에는 베네수엘라 중앙은행의 국가 회계 분과에서 일하기 시작했고요. 음악 공부는 마쳤고, 1961년에 경제학자로 졸업하면서 주로 회사 조직 분야에서 일을 하기 시작한 것이죠. 동시에 나는 베네수엘라 심포니 오케스트라의 객원 지휘자였고, 종종 피아노와 클라비코드 연주회도 열었습니다.

당신은 두 세계에서 살았군요.

그래요. 음악은 내 영혼의 양식이고 경제학자로서 가졌던 직업은 나 자신과 가족을 부양할 수단을 제공해주었습니다.

당신의 삶엔 거의 알려지지 않은 측면도 있습니다. 정계 진출 말이죠. 왜 그리고 어떻게 정치와 연을 맺게 되었습니까?

정치에 대한 관심은 내가 카톨리카 안드레스 베요 대학에 다닐 때 시작 됐습니다. 정치는 두 가지 이유에서 나를 매료했어요. 첫째는 내 인생 경험 때문인데요. 당시 '믿음과 행복(Fe y Alegría, 1955년 카라카스의 빈민가 사람 들에게 양질의 교육을 제공해 그들을 사회에 통합시키려는 사회 운동에서 시작되어 현재 라틴아메리카와 카리브 해 지역 17개국 백만 명 이상의 어린이들에게 교육 혜 택을 제공하고 있다)'이라는 단체를 만들던 호세 마리아 벨라스(José María Vèlaz) 신부와 함께 카티아의 빈민 지역에서 했던 활동을 계기로 사회적 행 동의 가치에 확신을 갖게 되었어요. 내 나라의 사회적 현실에 가까이 다가 서게 된 것은 그 경험 덕분입니다. 또 다른 이유는 내 직업의 이념적 구조 때문이지요. 경제적 사고방식과 정치적 사고방식은 서로 떼려야 뗄 수 없 게 연결돼 있어요. 그 시절의 논란 많았던 경제 개념들은 정치 모델과도 깊 은 관계를 맺고 있었지요. 그 시절엔 국가의 사회적 상황에서 개인을 분리 시킨다는 게 불가능했어요. 그런 배경에서 당대에 대한 정치적 자각이 내 안에서 싹트게 된 거죠. 어떤 당파에 소속되지는 않았지만.

언제부터 정치적으로 활발한 활동을 시작했습니까?

그 시절에 나는 스스로를 정당 정치인이라고 생각하지 않았어요. 아르 투로 우슬라르 피에트리가 나타나기 전까지는 말이죠. 그는 작가 출신으로 1961년 대통령 선거에도 출마했습니다. 나는 그가 주도한 운동에 동참했 는데 그러던 중에 보결선거에서 하원의원으로 선출됐고, 5년간 하원 재정 위원회 소속 경제위원회 위원장을 맡기도 했어요. 1965년까지 5년간 의회 에서 활발하게 활동했지요. 이 경험을 통해 정부와 일하는 방법, 정부의 구조에 대해 매우 잘 알게 되었습니다.

자신이 정치적으로 적극적이었다고 생각하시나요?

정치인으로서 말하자면 아니지요. 특히 베네수엘라 사람들이 정치인을
어떤 직업으로 간주하는지에 비춰 말한다면 절대로 아니지요! 나는 나 자
신을 경제학자, 정치인, 음악가로 쪼개고 싶은 적이 한 번도 없었어요. 인간
은 그렇게 쪼개질 수 없는 단일체입니다. 나는 내가 원하는 것을 했어요. 그
건 국가를 위해 봉사할 수 있는 커리어를 개발하는 것이었죠. 내 미래가 교
육을 통한 봉사라는 절대적인 소명과 함께하리라는 건 분명했거든요. 내가
대학 교육에 헌신하리라는 걸 나는 잘 알고 있었지요. 19년간 나는 7개의
대학에서 교수 생활을 하면서 젊은이들과 자주 접촉할 수 있었습니다.

마에스트로 아브레우, 우리는 당신이 다국적 조직과 회사뿐 아니라 국가 경제의 관리 및
경영에 필요한 광범위한 지식과 기술을 가졌다는 걸 알고 있습니다. 그 기술도 이 모든 경험
에서 온 것인가요?

물론입니다. 나는 경제 고문이었어요. 뒤에 계획 담당자로 대통령 직속
기획조정부에 합류했고 국가경제원 고문과 일반 계획 관리자가 되었지요.
차관급에 해당하는 자리였는데 거기서 우리는 국가 경제 계획 개발에 착수
했습니다. 이는 매우 중요한 경험이었지요. 이 일을 통해 라틴아메리카 각
국의 고위급 경제 관료들을 많이 만날 수 있었거든요. 열여섯 살에서 서른
다섯 살까지 20년간 나는 국가를 위해 일했습니다. 이 과정에서 국제 조직,
라틴아메리카 자유무역협정(FTA) 등과 접촉하면서 경제개발의 새로운 지

평을 알게 되었지요. 나는 베네수엘라가 라틴아메리카 상거래협회(ALAC)의 파트너가 되게 하는 데 기여했어요. 안데스협정을 만들고 대륙의 경제적 통합을 꾀하는 데에도 참여했고요. 이와 함께 대륙 전체에 걸친 문화적 통합에 대한 논의도 시작되었답니다.

이제 이야기가 1970년대에 이르렀군요.

1973년에 나는 건강상의 문제를 겪었습니다. 복부에 큰 수술을 받아야 했거든요. 수술 이후 1년 동안 회복 기간을 가졌는데, 그 시기에 미국에서 대학원에 다녔어요. 이때 미국의 예술을 접할 수 있었죠. 이를 통해 다른 나라에서 음악이 진화해온 과정, 오케스트라와 합창단의 역동성 등을 이해할 수 있게 되었습니다. 무엇보다 미국의 음악 교육 현황을 알게 되었어요. 이는 음악과 관련된 나의 직업적 기준을 보완하고 가다듬는 데 대단히 중요한 역할을 했습니다.

베네수엘라에 돌아온 다음에는 어떤 일이 벌어졌습니까?

내가 막 서른다섯 살이 될 무렵이었지요. 그때 나는 이전까지 수행해온 모든 봉사의 사명을 종합해 하나의 프로젝트에 집중해야겠다고, 나의 조직적, 음악적, 교육적 경험을 종합해낼 수 있는 프로젝트에 집중해야겠다고 결심했습니다. 그때 나는 훌륭한 조직, 거대한 기획을 구축하는 데 필요한 모든 수단을 갖고 있었으니까요.

1974, 75년 무렵 베네수엘라에는 오케스트라가 베네수엘라 심포니 오케스트라 협회와 술

리아 심포니 오케스트라, 이렇게 2개밖에 없었습니다. 하지만 이 시기에 베네수엘라에는 많은 문화적 조직들이 생겨났죠. 국립 미술관과 문화예술기금이 생겼고, 문화예술협회는 국가 문화원이 되었습니다. 무엇보다 산드라 로드리게스나 비센테 네브라다처럼 중요한 예술가들이 이 나라로 돌아왔지요. 그때는 문화적으로 들끓던 시기였습니다. 이 모든 것이 당신의 프로젝트에 영향을 끼쳤나요?

네, 당시의 문화적 기후는 우리가 프로젝트를 착수하는 데 잘 들어맞았습니다. 아시다시피 내가 계획한 프로젝트는 조직적 과제였습니다. 이 프로젝트는 단지 오페라 시즌에 국한된 일도 아니고, 대학에 새로운 피아노 교수 자리를 만드는 일도 아니었지요. 절대로 아니었어요. 이건 베네수엘라에서 새로운 음악 교육을 하기 위한 프로젝트였고 새로운 제안이었습니다. 당시엔 악기 연주자로 훈련을 받고도 일할 수 있는 조직이 드물어 직업적으로 더 발전할 길을 찾지 못하는 청년들이 많았어요. 베네수엘라 심포니 오케스트라는 좀 더 어린 아이들에게 오케스트라 연주를 가르치기 위해 실험적 오케스트라를 만들었습니다. 후안 호세 란다에타 음악 학교의 교장인 마에스트로 앙헬 사우세도 오케스트라 지휘를 활성화하고 싶어 했고요. 이렇게 분위기가 무르익던 그때가 우리 베네수엘라 전 국민이 자신들의 교향곡과 젊은 교향악단을 가질 수 있는 가능성이 막 시작된 시기였지요.

당시의 음악적, 문화적 환경에서는 이 새로운 음악 교육 모델에 대해 어떤 종류의 반대가 있었나요?

구조적 변화는 본래 반응을 만들어내기 마련입니다. 그건 좋은 거예요. 프로젝트의 효율성을 측정하려면 이 반대에 맞서야 하기 때문에 반대는 긍정적 요소입니다. 프로젝트는 반대 없이 스스로를 증명할 수 없어요. 반대는 우리에게 우리 존재를 입증해 보일 수 있는 역사적 기회를 주었습니다. 우리는 반대를 환영했어요. 우리 자신과 맞서기 위해 그게 필요했거든요.

1975년 2월 12일 베네수엘라 국립 청소년 오케스트라가 탄생한 뒤 당신들의 모토는 '연주하라, 그리고 싸워라'였습니다. 매우 능동적이면서도 서로 대립하는 2개의 동사인데요, 왜 그 단어들을 택하셨나요?

우리는 최초의 반대에 부딪혔을 때부터 우리가 단지 연주만 할 수는 없다는 걸 잘 알고 있었습니다. 그 싸움에서 등을 돌릴 수가 없었어요. 왜? 반대하는 측에 우리가 옳다는 것을 증명해야 했으니까요.

그 모토는 엘 시스테마의 개성, 기질과도 상통하는 면이 있습니다. 당신이 계획한 시스템이 자리 잡기까지의 어려움을 반영하기도 하고요.

맞습니다. 우선 이 시스템을 전국으로 확산시키는 데 필요한 교사, 교수, 지휘자들을 훈련시키는 것부터가 도전이었어요. 그 일에만 30년이 걸렸습니다. 그게 우리의 가장 기본적인 도전이었지요.

시몬 볼리바르 청소년 오케스트라의 창단 멤버들이 공통적으로 하는 말이 있습니다. 바로 믿음입니다. 그들은 이렇게 말합니다. "호세 안토니오는 거대한 기념비와도 같은 믿음의 소유자다. 우리는 미래에 대한 꿈이 그의 머릿속에만 존재한다고 생각했다." 그들이 당신을 불신한다고 느낀 적도 있나요? 그때 기분이 어떠셨나요?

괜찮았어요. 나는 단순히 시간문제라고 생각했습니다. 우리가 올바른 길 위에 있다는 것을 증명할 시간 말이죠. 일시적인 의심이 있다고 해도 신경 쓰지 않았어요. 그런 의심을 환영했습니다. 처음에 의심했다가 그다음에 믿게 되면 믿음이 두 배로 강해지거든요. 그런 일로는 절대로 근심하지 않았어요. 나는 언제나 우리가 단단한 기초 위에 서 있다고 절대적으로 확신했습니다.

처음 시작할 때부터 당신의 프로젝트는 국가적 규모였습니다. 이제 막 소생하려는 국가, 우리가 꿈꿔볼 수 있는 다른 모습의 베네수엘라였지요. 민주주의적 이상, 정의, 사회 통합의 실현, 예술을 통해 어린이와 젊은이들을 구원하는 것, 사람들의 감수성을 키우는 일, 집단적 개인적 충만함을 향해 일하고 교육하는 것, 이런 것들이 당신의 '음악적 국가'가 견지한 가치입니다. 당신은 '오케스트라의 국가'가 우리가 매일 살고 있는 국가에 스며들 거라고 보시나요?

엘 시스테마는 베네수엘라에 안성맞춤인 일입니다. 처음부터 나는 오케스트라가 통합된 국가의 가장 아름다운 표현이라고 생각했습니다. 나는 전국에 엘 시스테마의 씨를 뿌리면서 원하는 것을 성취하려는 의지와 에너지로 가득한, 활기에 넘치는 베네수엘라를 보았어요. 공동체에, 모든 마을과 주에 그리고 가정에 오케스트라가 등장해 베네수엘라 사회를 바꾸고 있다는 것은 의심할 여지가 없는 일이었어요. 여기서 중요한 것은 만약 다른 예술 양식이 같은 일을 할 수 있다면, 이는 곧 예술이 나라 전체를 바꾸는 필수적, 전략적, 혁명적 수단이 될 수 있다는 뜻입니다.

이 위대한 사회적 문화적 과업의 아킬레스건은 무엇이었나요?

모든 장기적 프로젝트에서 아킬레스건은 단기적인 것입니다. 이 프로젝트는 본질상 장기간에 걸쳐 진행되어야 했어요. 아킬레스건은 처음 시작할 때 나타났습니다. 기나긴 지평선에서 사라지지 않는 유령, 그것은 바로 불확실성이었지요. 절대로 앞날을 예측할 수 없고 늘 위험한.

당신과 함께 일했던 사람들의 말에 따르면 당신은 하나의 일을 끝내기 전에 이미 다른 프로그램, 다른 콘서트, 다른 프로젝트를 만들고 있는 것 같다고 하던데요.
맞아요. 그렇습니다.

동료들을 당황시키지 않으면서 당신의 열정을 행동으로 옮기는 일이 어떻게 가능했지요?
그 지칠 줄 모르는 에너지는 나의 것이 아닙니다. 그건 프로젝트의 생명 전체를 비추는 불멸의 빛이에요. 이건 몇 세기에 걸친 프로젝트입니다. 역사지요. 스스로 에너지를 뿜어내고, 그 안에서 활동하는 중요한 사람들, 즉 어린이와 젊은이들을 하나의 에너지로 통합시키는 프로젝트지요. 우리의 어린이와 젊은이들은 이 억제할 수 없는 에너지를 흡수한 사람들입니다. 그것 때문에 빛이 나는 거예요. 그들은 그 에너지를 확산시키고 연장시킵니다. 예를 들어 베를린 필의 수석 지휘자인 사이먼 래틀 경이 카라카스에 도착하고 바로 이틀 뒤에, 시몬 볼리바르 청소년 오케스트라는 에스테베스(Antonio Estévez, 베네수엘라의 작곡가)의 〈라 칸타타 크리올라〉의 놀라운 해석을 만끽하면서 연주할 수 있었어요. 동시에 그때 카라보보 오케스트라는 10주년 기념식을 가졌고, 아마조나스 오케스트라는 타악기를 기다리고 있었고, 또 다른 오케스트라는 국내외 투어를 다니고 있었죠. 모든 오케스트라가 각자의 목표, 각자의 순간, 각자의 꿈을 갖고 있어요. 그 에너지가 우리를 움직이는 것입니다.

사이먼 래틀 경의 방문은 엘 시스테마의 30주년과도 시기가 잘 맞아떨어졌지요. 이제 엘 시스테마는 어떤 방향으로 나아가려고 하나요?

현재 엘 시스테마에서 활동하는 멤버들이 누리는 것과 똑같은 기회를 더 많은 아이들과 젊은이들에게 주는 쪽으로 가야지요. 이 나라의 모든 어린이가 언제든 비용에 구애받지 않고 자유롭게 예술을 접할 수 있어야 합니다. 카라카스를 비롯한 모든 마을에 운동 시설과 합창단, 오케스트라가 있다고 상상해보세요. 정말 근사할 겁니다! 이 나라, 라틴아메리카, 카리브 해 연안 국가들의 모든 어린이와 청소년들이 자유롭게 예술을 즐길 수 있다고 상상해보세요! 이 프로젝트가 제3세계와 선진국 모두를 위한 역사적 깃발의 역할을 하는 것을 상상해보세요! 18세기 말 유럽은 산업혁명을 통해 당대의 위대한 힘을 창조하며 이와 비슷한 도약을 했습니다. 이제 라틴아메리카와 카리브 해 연안에서 예술을 통해 위대한 인간적, 창의적 혁명의 불씨를 당기는 것은 우리의 몫입니다. 우리는 그러한 변화를 이룰 수 있습니다.

이 일이 전 세계로 확산되고 베네수엘라 안에서도 지속적으로 성장할 수 있기 위해 필요한 건 무엇일까요?

각 주 정부가 이 프로젝트를 제도 교육 안으로 수용해야 합니다. 모든 학교에서 두 살짜리 아기부터 대학생에 이르기까지 모든 학생에게 예술을 가르치는 것을 기본 커리큘럼으로 만든다면 그날부터 우리 나라는 뭔가 달라질 겁니다. 이를 실현하기 위해서는 우리의 이상에 헌신하는 교사들을 더 많이 양성하고 훈련시켜야 합니다. 그게 아마 우리 프로젝트의 다음 단계 목표가 될 겁니다. 정규교육 과정에 포함된 오케스트라 시스템, 학교에서의 의무적인 예술, 음악 교육 말이죠.

미래의 베네수엘라를 어떻게 보시나요?

베네수엘라는 하나의 거대한 교육기관이 되어야 해요. 교육의 원칙과 내용, 목적을 자각하는 현명하고 선진적이며 심층적인 교육 시스템을 갖춘다면 베네수엘라는 합당한 미래를 맞을 수 있을 거라고 봅니다.

당신의 음악적 선호에 대해 이야기해볼까요? 음악에서 당신에게 더 비중 있게 다가오는 요소는 무엇입니까? 정확성, 지성 아니면 감성?

음악은 내게 전체로서 다가오고 내 느낌, 꿈, 향수, 환상, 에너지를 일깨웁니다. 음악은 행동과 헌신을 요구해요. 음악은 소년 시절 이래로 지금까지 내가 완전한 존재로 살기 위해 필요한 발전기이자 에너지예요. 음악이 없었다면 인생은 견디기 어려운 사막과도 같았을 겁니다.

기분이 좋지 않거나 힘든 시기를 지날 때 음악은 당신에게 어떤 의미입니까?

음악은 역경을 희망으로 바꿉니다. 내가 맞닥뜨린 도전을 행동으로 옮기게 합니다. 내가 꿈으로부터 현실, 완성을 향해 도약할 수 있게 합니다.

당신이 좋아하는 작곡가는 누구인가요? 누구에게 가장 친밀감을 느끼세요?

모두 다요. 평생 나는 그들 모두에게 배웠어요. 그리고 어떤 순간, 하루의 어느 시간대, 그날그날의 일정 안에서 시간에 따라 선호하는 음악이 다릅니다. 예를 들어 하루 일과를 마쳤지만 여전히 긴장이 풀리지 않고 일의 부담에 짓눌려 있을 때 나를 더욱 사로잡는 음악이 있지요. 잠자리에서 일어났을 때나 여유로울 때, 마감의 압박에 시달리지 않을 때는 브루크너의 교향악적 언어가 이상적입니다. 잠이 들 준비가 되었을 땐 바그너나 라벨, 드뷔시의 음악을 좋아해요. 아침에 가장 먼저 하는 일은 바로크음악을 듣는 것입니다. 바흐를 들으면서 잠에서 깨어나 하루를 시작할 준비를 하죠. 비발디의 음악에는 생명력이 있어요. 모차르트의 음악은 하루 중 어느 때 들어도 좋습니다. 새 책을 읽기 시작할 때나 문학에서 새로운 것을 얻고자 할 때는 과감하고 도전적이며 첨단을 달리는 현대음악을 좋아합니다.

록 음악과 팝 뮤직에 대해서는 어떻게 생각하시나요?

내가 자연스러운 자세로 명상하면서 듣는 음악은 아니에요. 록 음악은 듣지 않습니다. 젊은이들의 파티처럼 그런 음악이 연주되는 환경에 있을 때 그냥 들을 뿐이지요. 나는 젊은이들과 가까워지기 위해 일부러 록 음악을 듣지는 않습니다. 교육과정과 학교 수업, 교향악 합창 연습에서 젊은이들과 계속 접촉하고 있으니까요. 솔직히 록 음악을 접하는 일은 거의 없어요. 최소한에 그칠 뿐이죠. 그러나 베네수엘라 민속음악과 관련해서는 정반대입니다. 나는 베네수엘라뿐 아니라 라틴아메리카, 나아가 전 세계의 민속음악을 좋아하고 심취해서 즐기고 있어요. 전 세계의 민간전승 음악을 모은 유네스코 컬렉션을 좋아하지요. 그것은 내게 보물과도 같은 음반이고 실제로 자주 듣습니다. 여행을 할 때는 20세기 대중 예술가들의 음반을 보유한 레코드 가게를 샅샅이 뒤지는 걸 좋아하죠.

음식은 뭘 좋아하시죠? 그리고 좋아하는 문학 작품은 어떤 것입니까?

나는 베네수엘라 음식을 가장 즐깁니다. 그리고 이탈리아 음식도 좋아하지요. 책은 뭐든지 다 읽고요. 아시다시피 내 일을 제대로 하고 내가 책임지는 분야에서 다루는 정보들을 알기 위해서는 모든 걸 읽어야 해요. 예술과 음악 분야 독서만 하는 게 아니고 밤에는 경제학, 계획, 무역, 국제 관계의 최신 트렌드를 폭넓게 공부합니다. 의회나 세미나에 참석하고 국내외에서 논문도 발표해야 하거든요. 게다가 우리 젊은 음악인들, 학생들, 엘 시스테마에서 훈련받고 있는 전문가들 중에는 박식한 사람들이 많아요. 그들과 대화를 나눌 수 있어야 하기 때문에 많은 걸 읽습니다. 이를 통해 그들처럼 높은 지적 수준을 갖출 수 있고, 내 지식을 더욱 풍성하게 할 수 있지요.

왜 당신은 결혼해서 가정을 꾸리지 않았나요?

나는 나 자신을 학생들을 책임지는 교사라고 생각합니다. 그 책임감은 전적이고 절대적인 헌신과 관련돼 있어요. 이 헌신은 내 모든 에너지와 인생을 송두리째 필요로 하고 나를 온전히 흡수해버립니다. 이건 정확히 어떤 사람들이 성직자가 되는 이유와도 같아요. 나는 처한 환경이 어떠하든 삶이 성직을 수행하는 것과 같다고 생각해요. 성직자의 옷이나 일생에 걸친 헌신을 보여주는 다른 상징적 표시를 걸치는 것은 내게 부차적인 일입니다. 본질적인 것은 성직자의 삶에 필적하는 완벽한 헌신이지요. 나에게 성직자와 같은 삶을 산다는 것은 영광스러운 일입니다.

사이먼 래틀의 방문을 환영하는 오케스트라 단원들

국립 어린이 오케스트라 단원들과 함께 피렌체 거리를 걷고 있는 아브레우 박사

#2

음악으로 미래를 선물하다

음악은 역경을 희망으로 바꾼다

– 호세 안토니오 아브레우

정식 명칭이 '베네수엘라 국립 청년 및 유소년 오케스트라 시스템 육성 재단'인 엘 시스테마의 공식 조직은 1979년 2월 20일 법령 3,093조에 의거해 청소년부의 후원으로 설립되었다. 베네수엘라 정부는 1975년 2월 12일 첫 번째 청소년 오케스트라가 창립됐을 때부터 이미 호세 안토니오 아브레우의 음악 프로젝트를 전폭적으로 후원해왔다. 법적 절차에 따라 엘 시스테마를 만든 것은 그 결실의 하나라고 할 수 있다.

　　이 재단을 설립한 것은 음악인들의 훈련을 위한 조직적, 행정적 플랫폼의 역할을 하기 위해서다. 엘 시스테마 재단은 프로그램 운영을 위해 필요한 자금 조달은 물론 지방의 행정조직, 베네수엘라 정부와 외국 정부, 개인 회사 등과의 사이에서 필요한 합의, 교환, 계약을 도맡아 하고 있다. 그러나 엘 시스테마의 가장 중요한 목적은 베네수엘라의 사회 현실에 맞는 방식으로 전국에 새로운 음악 교육 모델을 보급하고, 각 지역의 문화적 특성을 더욱 공고히 하는 것이다. 또한 교육과 예술을 통해 어린이와 청소년 그리고 그 가족들의 개성 형성에 인간적으로 기여하고, 가난이나 장애, 약물 중독 등의 문제에 직면한 사람들의 미적, 직업적 능력을 개발하여 사회 통합을 달성하는 것이다. 이 마지막 임무를 수행하기 위해 엘 시스테마는 정부 부처 중 가족부와 계약을 맺었다. 이 계약은 정부가 가족과 사회를 위해 수행하는 프로그램에 엘 시스테마의 음악적 네트워크를 통합하여 전국 각지의 어린이 오케스트라와 청소년 오케스트라를 사회 변화의 기본 도구로 사용한다는 내용이다.

엘 시스테마는 거대한 네트워크다. 이 네트워크는 음악 운동을 지원하기 위해 설립된 센터들, 가령 악기 제작 아카데믹 센터, 불우한 어린이들을 위한 지원 센터, 엘 시스테마의 필요에 따라 미래에 설립될 다른 센터들뿐 아니라 어린이, 청소년, 취학 전 어린이 심포니 오케스트라와 관련 있는 모든 센터 그리고 이들을 통해 생겨난 음악 단체, 합창단 그룹, 교수나 교사들의 모임 등을 망라한다.

이 문화적 네트워크의 가장 큰 특징은 바로 개성이다. 전국의 센터들이 동일한 문화적 행정적 계획에 의해 관리되고 기능하지만 각각은 그 자체의 역동성을 갖추고 있다. 첫 번째 오케스트라인 후안 호세 란다에타 국립 청소년 오케스트라와 시몬 볼리바르 청소년 오케스트라에서 모두 일했던 로페 바예스(Lope Valles)와 엔리 삼브라노(Henry Zambrano)는 지역 센터들을 설립하며 전국을 여행했다. 이들은 각 센터가 지정학적 위치에 따라 다양한 개성을 갖고 있으며 이 개성이 오케스트라에 특별한 성격을 부여한다고 설명했다.

"베네수엘라 평원 지대인 야네로스 사람들은 태평하고 개방적이에요. 그들은 윙크 한 번만으로도 당신을 설득할 수 있지요. 그곳의 음악인들과 오케스트라도 그렇답니다. 소리가 열려 있고 우호적이지요. 서부 술리아주 사람들은 자기 자신에 초점을 맞추는 경향이 있고 오케스트라도 마찬가지입니다. 특유의 기질과 에너지로 가득 차 있어요. 그런가 하면 라라 주 사람들은 위대한 예술가들입니다. 그들은 독특한 음악성을 지니고 태어난 듯해요. 그들의 오케스트라도 매우 수준이 높지요. 안데스 산지의 사람들은 의사소통에 약간 어려움이 있고 대체로 말이 없고 내성적인 편인데, 오케스트라 역시 고요하다는 특징이 있지요. 동부 지역에는 넓은 해안과 이글거리는 태양이 있습니다. 그래서 그런지 그 지역 오케스트라들은 따뜻하고 전염성이 강한 음악적 아름다움을 갖추고 있어요. 수도의 남녀들은 좀 더 대담하고 오케스트라들도 그렇지요. 그들은 최상의 소리, 최고의 해석을 얻기 위해 모든 위험을 감수할 겁니다."

오케스트라는 나의 학교

엘 시스테마에 들어온 아이에게는 다음과 같은 음악 여정이 펼쳐진다. 우선 두 살부터 네 살까지의 유아들을 대상으로 하는 오케스트라에 들어간다. 그다음으로 다섯 살에서 여섯 살까지의 취학 전 어린이로 구성된 오케스트라, 일곱 살에서 열다섯 살까지의 아이들이 모인 어린이 오케스트라, 열다섯 살에서 스물두 살까지의 아이들이 속한 청소년 오케스트라를 거쳐 마침내 스물두 살 이후에는 이 음악적 궤도의 정점인 프로페셔널 레벨에 이른다. 이 단계에서는 각 지역의 심포니 오케스트라 중 한 곳에 들어가거나 남들보다 과정을 특출 나게 잘 밟아온 경우 시몬 볼리바르 청소년 오케스트라에 입단하게 된다.

엘 시스테마의 아이들은 아주 어린 나이부터 일정 기간 교사의 지도를 받은 뒤 악기를 선택해 연주를 시작한다. 교사들은 아이들을 개별적으로 지도하며 연습은 악기별로, 오케스트라 리허설은 교사의 지도하에 오케스트라 전체가 모여서 실시한다.

아이들은 이렇게 다양한 레벨을 통과하면서 오케스트라 학교나 그들의 훈련을 지원하는 다른 조직, 이를테면 교육 센터, 세미나, 텔레워크숍, 콘서트, 공연 여행 지원부서 등에서 다양한 포지션을 선택할 수 있다.

어린이 오케스트라는 대체로 아이들이 명곡의 오리지널 버전을 연주할 수 있을 때까지는 어린이용으로 만든 쉬운 버전을 연주한다. 청소년 오케스트라에서는 심포니 오케스트라들이 정기적으로 연주하는 레퍼토리에 근거해 전체 연주의 모양새를 잡아나가며 점차 더 어려운 곡에 도전한다. 심포니 오케스트라 레벨에서는 연주가 더 복잡하며, 특화된 레퍼토리를 소화할 체임버 그룹을 준비시키거나 오케스트라와 합창단 지휘자로 성장할 수 있도록 격려하거나 솔로이스트로서의 음악 활동을 권장한다.

누클레오(Núcleo)라고 불리는 각 지역의 센터들은 음악 교육과 활동이 이루어지는 기본 단위로 엘 시스테마의 세포나 마찬가지다. 몇 가지 대표적인 교육 센터를 소개하자면, 가장 영향력이 크고 독창적인 교육기관은 몬탈반 어린이 아카데믹 센터다. 이곳은 카라카스에 있으며 8년간 성공적으로 운영돼왔고 바이올리니스트이자 시몬 볼리바르 청소년 오케스트라의 멤버

였던 수잔 시만(Susan Siman)이 이끌고 있다. 120명의 아이들로 시작한 이 센터는 현재 8백 명의 아이들을 가르치고 있다. 교사는 모두 70명이고, 학생들은 24개월 된 아기부터 엘 파라이소에 있는 시몬 볼리바르 음악원이나 음악 대학 진학을 준비하는 15, 16세 청소년들까지 다양하다.

이 센터의 교육 프로그램은 8단계로 구성된다. 가장 초보적인 수준은 입문 단계로 두세 살 난 아기들에게 노래와 리듬을 익히는 게임, 밴드 음악, 손으로 뭔가 만들거나 춤추는 법을 가르친다. 집중력과 독립심을 키우고 지시를 이해하며 용변을 스스로 통제할 수 있도록 하기 위해서다. 아직까지는 아기들에게 젖병을 물리거나 기저귀를 채우는 등 부모의 특별한 보살핌이 필요하기 때문에 이 단계에서는 교실에 부모가 함께 있는 게 중요하다. 교육은 매주 2회씩 이루어지는데, 아기들은 그들의 수준에 맞게 훈련된 교사들의 지도를 받는다. 현재 2백 명의 아이들이 25명씩 한 반으로 나뉘어 교육받고 있다.

입문 단계를 지나면 악기와 만나는 두 번째 단계로 옮겨간다. 시만은 이 단계가 매우 미묘한 단계라고 설명했다. 아이들이 일고여덟 살 무렵에 악기

몬탈반 센터에서는 아이들을 가르쳐본 경험이 있는 음악가들이 3, 4세 어린이들의 흥미를 자극하고 동기를 부여하는 역할을 맡고 있다.

각 센터의 교사들은 아이들이 올바른 자세로 악기를 연주할 수 있도록 최
선의 노력을 기울인다.

를 선택해 일정에 따라 연주를 하고, 엄격한 오케스트라 훈련을 견딜 수 있
도록 이 단계에서 미리 준비시켜야 하기 때문이다. 일고여덟 살 무렵이 되면
아이들은 몬탈반에 설립된 오케스트라들, 즉 코레위 오케스트라, 모차르트
오케스트라, 베토벤 오케스트라 또는 이제 막 움트기 시작했지만 음악 하는
학생들이 가장 선망하는 국립 어린이 오케스트라 중 한 곳의 멤버가 된다.

　서너 달마다 한 번씩 엘 시스테마에서는 전체 조직의 상징이라 할 국립
어린이 오케스트라에 참가할 학생들을 뽑기 위한 콘서트를 연다. 콘서트가
열리기 전 몬탈반 센터의 전문가 그룹이 고른 레퍼토리가 엘 시스테마의 모
든 센터에 보내져 아이들이 서로 경쟁할 수 있는 분위기가 조성된다. 이 과
정은 음악적 재능이 있는 아이들을 선발하는 가장 중요한 필터 중 하나로,
전체 조직의 아이들이 서로 자극을 주고받으며 실력을 키울 수 있는 역동적
인 흐름을 만든다.

　몬탈반 센터 모델은 어린이 오케스트라들이 창설되면서 전국 곳곳의 센
터로 확산됐다. 유아 레벨은 그 단계에 특화된 음악 교사가 필요한 까닭에
급격히 늘어나지는 않지만 점차 확산 추세에 있다. 현재 마라카이보, 바르
키시메토, 야라쿠이, 발레라, 아라구아, 발렌시아, 마르가리타 등에 유아
레벨 센터가 있다.

Interview

레오마리스 블랑코—7세,
바이올린, 몬탈반 센터, 카라카스

나는 노래하고 춤추는 게 좋아요. 세 살 때 할머니가 나를 몬탈반 아카데믹 센터에 데려갔는데, 거기서 그림, 노래, 리코더 연주를 배웠어요. 우리는 콘서트를 열기도 했어요. 다섯 살 때 센터에서 바이올린을 줬는데 얼마나 좋았는지 몰라요. 그동안 유아 오케스트라와 함께 몇 번의 콘서트를 해봤어요. 매우 중요한 사람이 왔을 때 연주한 적도 있고요. 우리 할머니는 나한테 늘 공부하라고 하지만, 나는 커서 바이올리니스트가 되고 싶어요. 바이올린 소리가 너무 좋거든요. 그런데 나는 또 의사가 되고 싶은 마음도 있어요. 다른 집에 사는 우리 할아버지도 나를 볼 때마다 "레오마리스, 공부, 공부, 공부해라!" 하고 말씀하세요. 한 열 번쯤? 그리고는 사탕을 이만큼 주세요.

Interview

다니엘 차콘 — 12세,
바이올린, 몬탈반 센터, 카라카스

나는 다섯 살 때 몬탈반 아카데믹 센터에 왔어요. 플루트를 연주하고 싶었는데 선생님들이 플루트는 두 번째 이빨이 나올 때까지 기다려야 한다면서 바이올린을 주셨어요. 처음엔 바이올린이 별로였는데, 얼마 안 가서 매우 좋아하게 되었어요. 지금은 바이올린만 연주하고 싶을 정도예요. 내 꿈은 위대한 음악가가 되어서 베를린 필에서 연주하는 거예요. 베를린 필이 세계 최고니까. 나는 고고학도 공부하고 싶어요. 지금

나는 울리세스 아스카니오가 지휘하는 카라카스 어린이 오케스트라 소속이에요. 우리는 발렌시아, 바르키시메토, 마라카이, 로스 테케스로 연주 여행을 다녀왔어요. 나는 위로 올라가고 싶어요. 2, 3년 안에 베네수엘라 청소년 심포니 오케스트라로 올라가고 싶어요. 내가 연주할 때 엄마, 아빠가 행복한 표정으로 객석에 앉아 있는 모습이 참 좋아요. 그렇게 콘서트가 끝나면 세상 모든 게 멋지게 느껴져요.

음악을 배우고 싶어 하는 저소득층 아이들이 가장 많은 교육 센터는 산 아우구스틴 센터로, 1984년 11월에 문을 열었고 교수이자 피아니스트인 카를로스 세단(Carlos Sedan)이 이끌고 있다. 이 센터는 4백 명의 학생들을 오케스트라 입문, 준비, 어린이 오케스트라 등 3개의 레벨로 나누어 가르친다. 뿐만 아니라 학생들은 '카라카스의 노래하는 어린이들(Singing Children of Caracas)'과 '음악의 소개(Introduction of Music)'라는 그룹에 참여해 활동하고 있다. 이 센터의 졸업생들은 시몬 볼리바르 청소년 오케스트라, 그란 마리스칼 데 아야쿠초 심포니 오케스트라, 국립 어린이 오케스트라, 차카오 청소년 오케스트라, 카라카스 어린이 오케스트라 등에 진출했다. 노래를 하는 아이들은 정기적으로 엘 시스테마의 교향악-합창 무대나 합창 페스티벌, 콘서트 등에 참여한다. 산 아우구스틴에는 어린이들의 부모나 후견인, 교사와 스태프들이 참여하는 잘 조직된 팀이 있다. 이들은 같은 목표, 즉 학생들이 경제적 어려움과 장애를 극복하고, 이 센터가 음악적 재능이

있는 학생들의 진정한 요람이 될 수 있도록 하기 위해 일한다.

라 링코나다 센터는 엘 시스테마에서 가장 오래된 센터 중 하나로 6백 명 이상의 어린이, 청소년들이 다니고 있다. 아이들 중 다수는 카라카스의 인구 밀집 지역인 라스 마야스, 코체, 엘 바예 출신들이다. 그들은 매일 센터에서 수업을 들으며 언젠가는 본부의 오케스트라들, 어린이 심포니, 청소년 오케스트라, 어린이 합창단, 체임버 오케스트라, 관악기와 목관악기로 이루어진 브라스 앙상블에 들어가기를 꿈꾼다.

전국 모든 센터의 어린 음악가들은 오디션을 통과하면 누구나 어린이 오케스트라에 들어갈 기회를 얻는다.

라 링코나다 센터는 1979년 국립경마장협회와 그 부설인 페이알레그리아 학교의 후원으로 설립됐다. 수준 높은 음악 교육과 졸업생들의 실력 덕분에 엘 시스테마의 가장 중요한 교육기관 중 하나가 된 이곳은 엘 시스테마에서 교육받은 클라리넷 연주자 유제니오 카레뇨(Eugenio Carreño)가 이끌고 있다.

이 센터는 가장 수요가 많은 곳 중의 하나로 2002년에서 2004년 사이

등록 학생이 2백 명에서 6백 명으로 대폭 늘어났다. 새로 들어오는 학생들의 숫자가 이미 수용 가능 인원을 초과하여 다른 곳에 본부를 하나 더 짓기로 했다. 새 본부는 경마장의 특별관람석 A구역에 지어질 예정이며, 완공되면 140명이 추가로 등록할 수 있게 된다. 빈민가로 둘러싸인 곳이지만 이 센터는 지역 공동체에서 크게 존중받고 있다. 뿐만 아니라 부모와 후견인들의 적극적인 협조로 어린 음악가의 안전 역시 철저하게 보장되고 있다.

1975년 엘 파라이소에 설립된 시몬 볼리바르 음악원은 전통적인 음악원과는 다른 취지로 설립됐다. 시몬 볼리바르 청소년 오케스트라의 바순 연주자이자 원장인 레오나르도 데안(Leonardo Dean)에 따르면 이곳은 엘 시스테마의 멤버들과 13만 명 이상의 음악인을 길러낸 아카데믹한 교육기관이자 음악 학위를 따고 싶어 하는 학생들이 몰려드는 수도권 음악 교육 시스템의 중추다. 해마다 열두 살부터 열여덟 살 사이의 학생 6백여 명이 이곳에서 공부한다. 그들 중 다수는 오케스트라에서 수년간 경험을 쌓은 연주자들이지만 교육부가 인정하는 학위를 받기 위해 이곳에 온다. 80명의 교사들 대부분이 시몬 볼리바르 청소년 오케스트라 A의 멤버들인데, 음악 이론, 악기, 대위법과 화성, 음악사, 미학, 체임버 뮤직, 오케스트라 실전과 보조 피아노 등을 가르치고 있다. 바이올린, 플루트, 성악, 쿠아트로(베네수엘라의 전통 악기인 네 줄 기타) 분과에 학생들이 가장 많다.

정규 수업과 별도로 세미나와 행정 문제를 다루는 수업도 국내외 초빙 교수들이 참석한 가운데 36개 교실을 갖춘 음악원 본부에서 열린다. 다른 지역에서 오는 학생들 때문에 수업 참석률은 토요일에 가장 높다. 다른 한편으로는 엘 시스테마의 다른 센터들에 교육기관을 설립하려는 지역 교육

오케스트라로 가득 찬 베네수엘라(전국 통계)	
지역 교육 센터(누클레오)	221개
청소년 오케스트라	145개
어린이 오케스트라	156개
취학 전 아동 오케스트라	83개
입문 단계 유아 오케스트라	112개
체임버 음악 앙상블	363개
교육 담당자(교사와 교수)	6천여 명
장애아 특수교육 프로그램	20개
교육받는 학생	297,933명
2010년 6월 현재(엘 시스테마 제공)	

계획도 추진하고 있다. 또한 이 음악원에서는 외국인 학생도 받고 있는데, 수준 높은 교육으로 라틴아메리카와 카리브 연안 국가들의 음악가 배출에도 기여하고 있다. 150명을 수용할 수 있는 음악원 내의 이반 아들러 콘서트홀에서는 콘서트 시즌이 되면 솔로 연주, 체임버 그룹이나 초대 그룹의 연주, 아카데믹한 음악에서 베네수엘라 대중음악에 이르기까지 온갖 종류의 공연이 열린다.

이 음악원은 구스타보 두다멜이 지휘자로 있는 카라카스 청소년 오케스트라의 본부이기도 하다.

엘 시스테마의 교육 시스템을 완성하기 위해서는 대학 수준의 음악 교육이 빠져서는 안 될 것이다. 전 지역에서 지휘봉을 휘두를 새로운 세대에게는 대학 수준의 교육이 필수적이기 때문이다. 이것이 엘 시스테마가 1995년 음악 교육 전문대학인 IUDEM을 설립한 이유다. IUDEM은 시몬 볼리바르 대학의 협조로 학사부터 석사, 박사 학위를 수여하며 현재 엘 시스테마 출신인 엘리스 살라망카(Elis Salamanca) 교수가 이끌고 있다. 이 대학은 엘 시스테마 출신으로 음악원에서 교육받은 이들 가운데 악기 연주, 음악 교육, 작곡, 음악학, 오케스트라와 합창단 지휘 등에 관한 학위를 받으려는 음악인들을 위해 교육부의 인가를 받아 운영하고 있다.

끝으로 이노센테 카레뇨 국립 시청각 음악 센터를 언급해둘 필요가 있다. 이곳은 현대적인 시청각 기술을 활용해 교육적 커뮤니케이션을 위한 자료를 제공해왔다. 수년간 이 일을 해온 사람은 프랑크 디 폴로, 세르히오 프라도(Sergio Frado), 베라트리스 아브레우 그리고 검증받은 기술자들이다. 이들의 일은 교육 세미나, 행정 수업, 컨퍼런스, 초청된 마에스트로와의 대화 등을 모두 녹음, 녹화해 국내 모든 센터에서 보고 즐길 수 있는 텔레워크숍 교재로 제작하고, 심포니 콘서트와 리사이틀, 발레나 오페라 공연, 상업적 레코딩 등을 통해 엘 시스테마의 활동을 널리 알리는 것이다.

마에스트로 이고르 란스는 엘 시스테마의 24시간 매니저다. 그의 인내와 조직력, 지칠 줄 모르는 헌신은 엘 시스테마 운영의 핵심 역할을 하고 있다. 그는 엘 시스테마라는 거대한 음악적 피라미드가 단 하루도 작동을 멈추지 않도록 그의 팀과 함께 전체 구조를 거시적인 것부터 미시적인 것까지 세심하게 조정한다.

카라카스에서 태어난 그는 오케스트라와 합창곡 작곡을 공부했고, 런던의 귀드홀 음악·드라마 학교에서 오케스트라 지휘

"엘 시스테마는 모든 이에게 가능성을 열어주었습니다"

Interview 이고르 란스

이고르 란스는 엘 시스테마 초창기부터 아브레우의 중요한 협력자였다.

로 석사 학위를 받았다. 1980년부터 엘 시스테마의 가장 중요한 행정적, 예술

적 과제들을 도맡아 해결해왔으며 1988년 엘 시스테마의 총감독이 되었다. 사실 그는 엘 시스테마가 만들어지기 훨씬 이전부터, 즉 1970년대 초반 아브레우 박사가 새로운 베네수엘라 음악 운동을 디자인할 때부터 그와 함께 일했다. 여기 소개하는 대화에서 란스는 자신의 철학과 자신이 생각하는 교육의 본질, 엘 시스테마가 국가와 문화에 준 긍정적 영향 등을 설명한다.

엘 시스테마가 어떻게 시작되었는지 설명해주시겠습니까?

아브레우 박사가 이끌던 학생들은 어떤 악기든 직접 연주하는 것이 연주자의 발전에 가장 중요하다는 사실을 잘 알고 있었습니다. 그래서 아브레우 박사가 만든 후안 호세 란다에타 국립 청소년 오케스트라는 처음부터 음악원의 교육 과정에 '오케스트라 연습'을 음악가 양성의 기본 요소로 포함시키고자 했지요.

그러니까 음악원의 관점에서 보면 전통적인 음악 교육을 개혁하자는 뜻이었군요?

맞습니다. 음악원에서 매주 한 시간 반씩 악기를 배우고 집에 돌아가 혼자 연습하는 전통적인 음악 교육 방식은 사람을 고립시키고 좌절하게 합니다. 반대로 오케스트라 활동에서는 서로의 관심과 경험, 가치, 기술이 공유되고 건강한 경쟁 분위기가 조성되지요. 이 모든 것은 음악가가 좀 더 폭넓게 발전할 수 있도록 하는 요인입니다. 집에서 혼자 연습하고 실수를 교정하기 위해 일주일에 한두 번 음악원에 가는 방식으로는 솔로이스트를 키울수 없어요. 내가 기억하기로는 음악 학교를 다니기 시작한 젊은이들의 70퍼센트가 첫해에 그만둡니다. 그 기간 동안 배우는 것은 오로지 음악 이론뿐이기 때문이에요. 아이들은 음악적인 삶과 접촉하고 자기가 좋아하는 악기나 음악과 함께하기 위해 부모에게 음악 학교에 보내달라고 요청하는 것입니다. 그러나 그런 아이들이 실제로 음악원에 가서 하는 일이라고는 칠판 앞에 앉아 솔 키가 무엇인지에 대한 설명이나 듣는 거지요. 나는 누구라도 말하는 방법을 모르면 읽고 쓰는 걸 배울 수 없다고 생각합니다. 엘 시스테마의 본질은 악기를 아이들의 손에 쥐여주면서 시작한다는 점입니다. 아이들은 악기를 직접 손에 들고 소리를 만들어냅니다. 그러면서 음악을 어떻게 쓰고 연주해야 하는지 훨씬 빨리 배우게 되지요.

엘 시스테마를 하나의 재단이 아니라 전국 단위의 조직으로 만들자는 아이디어는 언제 처음 논의되었습니까?

엘 시스테마의 설립 과정은 마치 착상된 배아가 처음에는 2개로, 그다음에는 4개로 분열되고, 그다음에는 곧장 증식하는 과정과도 같았습니다. 나는 처음부터 아브레우 박사가 아라구아, 라라, 술리아, 메리다 등 베네수엘라의 다른 주들, 즉 이미 얼마간 음악 활동이 진행되고 있던 지역들에 오케스트라 센터를 설립했다는 사실을 강조하고 싶어요. 다른 한편으로 전국 거의 모든 도시에서 오래전부터 면면히 이어져 내려온 밴드들을 잊어서는 안 됩니다. 이들이 각 지역에서 센터의 설립을 도왔어요. 모든 밴드에는 우리를 돕는 뛰어난 교사들이 있었습니다. 예를 들면 음악 고등학교에서 내 트럼펫 교사였고, 마라가이보 밴드를 세운 호세 라파엘 푸체(José Rafael Puche) 같은 사람이 그런 경우죠. 우리는 해당 지역의 명망 있는 음악가와 관계를 맺어 엘 시스테마의 본질을 설명하고, 그 지역에서 이미 벌어지고 있던 모든 종류의 음악 현상을 활용했습니다. 오지에서는 재능 있는 아이들이 바이올린을 계속하려면 대단한 각오를 해야 했어요. 음악을 공부하기 위해서는 먼 대도시까지 여행을 해야 하니까요. 자기 동네에선 바이올린을 연주한다는 것이 좀 이상한 일로 간주되기 일쑤였고요. 그러나 엘 시스테마는 모든 베네수엘라 사람에게 직업적인 음악가로서의 커리어를 시작할 수 있는 가능성을 열어주었습니다.

내륙 지역의 첫 번째 오케스트라는 어떻게 출범하게 되었나요?

아라구아는 후안 호세 란다에타 국립 청소년 오케스트라가 출범하는 데 기초가 되었던 지역이에요. 다른 중요한 요소는 카라카스의 첫 번째 청소년 오케스트라 창단 멤버들 중 다수가 새로 생긴 센터들을 지원하기 위해 자진해서 내륙 지역으로 갔다는 것입니다. 그렇게 해서 1980년대가 시작될 무렵 각 주에 오케스트라가 설립됐어요. 우리는 이를 대단한 행운이라고 생각합니다. 오늘날 베네수엘라의 모든 마을에는 오케스트라가 있고, 셀 수 없이 많은 오케스트라들이 지금도 계속 만들어지고 있습니다. 이 모든 것은 음악가들을 비롯해 우리에게 협력해준 사람들의 노고 덕분입니다. 예를 들면 시몬 볼리바르 청소년 오케스트라의 더블베이스 주자인 엔리 삼브라노는 카라카스에서 지내다 아브레우 박사의 확고한 신념에 매료되어 평원 지역인 야노스로 갔습니다. 그는 자신이 배운 것을 가르치고, 엘 시스테마의 본질을 전파하고 조직하기 위해 몇 년간 수도 없이 버스를 타고 구아나레, 바리나스, 산 페르난도 데 아푸레를 여행했죠.

베네수엘라의 숙원 사업이던 문화적 지방 분권을 엘 시스테마가 달성했다고 말할 수 있을까요?

네. 어떤 측면에서 보아도 그렇다고 말할 수 있어요. 전국에 오케스트라의 씨를 뿌리면서 우리는 베네수엘라의 모든 지역에서 사회경제적 조건과 상관없이 누구든 문화와 음악을 즐길 수 있도록 문화 접근권을 민주화했습니다. 전 세계가 이 사실을 알고 있습니다. 바로 이것이 우리가 처음부터 우리의 경험을 라틴아메리카의 다른 나라들과 나누고자 했던 이유입니다. 멕시코에서는 '프로엑토 베네수엘라(Proyecto Venezuela)'라는 청소년 오케스트라 운동이 일어났는데, 그것은 오늘날 30개 이상의 그룹으로 확산됐습니다. 요점은 각 지역의 모든 주체가 자신만의 음악적 가능성을 개발할 수 있었다는 것이지요. 시몬 볼리바르 오케스트라 A, B 멤버들과 국립 어린이 청소년 오케스트라 멤버들의 출신 지역만 살펴봐도 이는 명백합니다. 다른 한편, 내륙 지방의 센터들은 완전히 독립적입니다. 그들은 자신이 속한 지역에서 음악가로서의 리더십을 개발한다는 목표를 향해 일하고 있습니다.

지난 30년의 역사를 돌이켜볼 때, 엘 시스테마가 처음에 의도했던 것 이상으로 사회에 기여한 바는 무엇이라고 생각하십니까?

음악을 통해 베네수엘라 사람들, 특히 사회적 기회를 박탈당한 사람들을 통합하고, 사회에 참여시키고, 그들의 결핍을 충족시켜주었다는 점입니다. 우리는 또한 모든 사람에게 예술이 매우 중요한 사회적 기능을 한다는 사실을 알릴 수 있었습니다. 과거에 음악은 그 자체로 만족스러운 대안이 아니었어요. 그러나 오늘날 청소년과 어린이들은 자신이 속한 사회적 조건이 어떠하든 간에 자신과 가족의 삶을 바꿔놓을 예술을 배울 수 있습니다. 그리고 엘 시스테마는 버림받았거나 신체장애가 있거나 약물에 중독된 젊은이들을 오케스트라 훈련을 통해 구제할 수 있는 가능성을 만들어냈습니다.

엘 시스테마가 베네수엘라 전역에 걸쳐 수많은 오케스트라를 만들 수 있었던 비결은 무엇입니까?

우선 베네수엘라 사람들의 타고난 음악적 재능 덕분에 가능한 일이었지요. 어른들이 자신의 지식을 젊은이들에게 전수하고, 또 젊은이들은 그것을 더 어린아이들에게 가르친 덕분이기도 합니다. 음악적 지식뿐만 아니라 베네수엘라에 대한 조건 없는 사랑이 그렇게 세대에서 세대로 전해지고 있습니다.

엘 시스테마 내에서 음악인들 사이의 경쟁은 어느 정도인가요?

매우 긍정적인 경쟁의 분위기가 있습니다. 오케스트라는 민주주의를 실험하고 훈련할 수 있는 매우 중요한 조직입니다. 오케스트라에서도 장점이 제일 먼저 존중받습니다. 모두가 제1바이올린 주자와 콘체르티노를 존중하고 오케스트라 안에서 그들이 하는 역할을 중요하게 생각합니다. 그리고 첫째 줄에 앉으려면 온 마음을 다해 헌신하는 자세로 공부하고 연습하고 연주해야 한다는 사실을 명심하고 있지요. 엘 시스테마는 개개인이 악기 연주에서 탁월한 실력을 갖출 수 있도록 이끌지만, 집단이라는 맥락 안에서 그렇게 되어야 한다고 믿고 있습니다.

매년 엘 시스테마에서 탈락하는 청소년과 아이들의 비율은 얼마나 되요?

탈락이라는 말은 부적절합니다. 중도에 포기하는 사람은 좌절을 느꼈기 때문이거든요. 엘 시스테마에서 중요한 것은 여기에 참여한 사람이 직업인으로서든 음악인으로서든 또 다른 무엇으로든 다양한 길을 가는 것입니다. 오케스트라에 남지 못하는 사람들도 사회 안에서 보다 완전하고 통합되고 행복한 삶을 살기 위해 필요한 다양한 문화적 지식을 엘 시스테마 안에서 배울 수 있습니다.

악기 제작 센터라든가 시청각 센터 같은 지원 조직들은 어떻게 만들어지게 되었습니까?

음악은 스스로 수요를 만들어냅니다. 우리는 그 수요를 충족하기 위해 구조를 만드는 방식으로 일을 시작했어요. 예를 들어 악기 제작 아카데믹 센터는 악기를 수리하고 만들어야 할 필요성 때문에 생겨났지요. 시청각 센터도 심포니 콘서트와 오페라, 세미나 등을 녹화해 음악 활동을 확산하려는 목적으로 설립됐습니다. 음악을 위한 사회적 행동 센터도 곧 문을 엽니다. 이 센터는 음악을 공부하고 연습하기 위한 다양한 영역을 갖추게 될 거예요. 인터랙티브 룸이나 다른 대학과의 커뮤니케이션을 통해 학생들이 멀리 떨어진 지역에 있는 교수에게서 음악 분석, 하모니, 대위법 등의 수업을 받을 수 있도록 하는 거죠.

엘 시스테마의 다양한 영역을 운영하고 조정하는 문화적 매니저에게 필요한 자질은 무엇인가요?

매니저든 음악가나 교사로서든 엘 시스테마 안에 일단 자리를 잡으면

일에 필요한 자질은 다들 갖추게 된다고 생각해요. 어쨌든 모두 사람이 하는 일이니까요. 교육과정의 본질을 잘 알고 탁월한 리더십을 갖춘 사람이면 좋지만, 자신이 속한 센터의 문제 해결을 도울 수 있는 사람이면 충분합니다. 누구나 참여할 수 있다는 점이 이 조직을 발전하게 합니다. 조직에 유익한 해결 방법을 만들어내고 참여할 여지는 누구에게나 늘 열려 있어요.

배우고 가르치며 함께 성장하는 공동체

엘 시스테마에서 음악인들 사이에 전해 내려온 핵심 가치 하나는 그들이 하는 모든 일에서 최고 수준에 도달하기 위해 노력하는 것이다. 이런 차원에서 수년간 엘 시스테마는 기술, 음악, 예술, 심지어 행정 영역에서조차 개선이 가능하도록 거대한 규모의 기반을 조성해왔다. 음악원과 대학, 텔레워크숍과 같은 실력 향상을 위한 교육 시스템뿐 아니라 해외 공연 여행과 국제무대에서의 연주 경험은 끊임없는 도전과 연습의 기회를 제공하고 있다. 물론 엘 시스테마의 음악가들은 최고 수준의 국내외 교사와 연주자, 전문가들의 도움에 힘입어 국내에서도 수준 높은 음악적 발전을 이룰 기회를 누리고 있다.

전국의 어린이, 청소년 오케스트라 소속 음악인들은 엘 시스테마가 제공하는 세미나, 거장과의 수업, 집중 코스와 장학금, 국제 콩쿠르 도전 기회 등을 바탕으로 실력을 향상시키고 있다. 엘 시스테마는 음악인들에게 지속적인 피드백과 음악 행사에 대한 정보, 음악계의 주요 인물들과의 만남을 제공할 뿐 아니라 그들이 직접 조직하는 사람이 되어 프로그램, 이벤트, 학습 센터의 리더 역할을 하고, 이를 통해 엘 시스테마의 지속성을 실현하는 새로운 세대가 되도록 자극한다.

라틴아메리카에서 베네수엘라는 이미 교육의 중심이 되었다. 멕시코, 콜롬비아, 브라질, 우루과이, 에콰도르, 페루, 칠레, 아르헨티나, 파라과이, 그 밖의 여러 나라들에서 많은 사람들이 엘 시스테마가 조직하는 세미나에 참석하고 이들과 함께 일하기 위해 베네수엘라를 찾는다. 행정 분야를 총괄하는 에두아르도 멘데스(Eduardo Méndez)는 연간 30회가량의 세미나를 조직하는데 일부는 전국 곳곳에 있는 센터들을 위해 준비하는 내부 행사이고, 나머지는 엘 시스테마의 전국 조직에서 미리 선발된 뛰어난 학생들을 위한 것이다. 세미나 중 일부는 외국 학생들에게도 개방된다. 이 세미나들은 엘 시스테마에서 가장 뛰어나고 경험 많은 교수들이 지도하는데 이들은 프랑스, 벨기에, 뉴욕과 보스턴의 유명한 음악원들로부터 곧잘 초청받곤 하는 사람들이다.

엘 시스테마에서 뛰어난 음악인으로 성장해 이제는 후배들을 가르치고 있는 이들을 여럿 만나보았다. 그들과의 대화를 통해 엘 시스테마에서 누가, 무엇을, 어떻게 가르치는지 구체적으로 살펴볼 수 있었다. 그들은 배우는 동시에 가르치며 함께 성장해가는 공동체였고, 그 안에서 삶과 음악은 멋진 하모니를 이루며 자연스럽게 어우러졌다. 그들이 회상하는 과거는 곧 엘 시스테마의 과거였고, 그들이 전망하는 미래는 또한 엘 시스테마의 미래이자 베네수엘라 음악의 미래였다.

그레고리 카레뇨(Gregory Carreño)는 엘 시스테마에서 가장 존경받는 사람이자 아브레우 박사가 가장 아끼는 제자 중 하나다. 그는 1975년에 엘 시스테마의 첫 번째 청소년 오케스트라, 즉 후안 호세 란다에타 국립 청소년 오케스트라의 창단 멤버로 참여했다. 아버지와 삼촌(작곡가인 이노센테 카레뇨Inocente Carreño)이 모두 음악가인 집안에서 태어난 그는 플루트 선율과 사랑에 빠지면서 음악을 향한 첫걸음을 떼었다. 그 후에는 클라리넷 소리에 매료되어 마라카이 음악원에서 공부했고, 시몬 볼리바르 청소년 오케스트라, 마라카이 오케스트라의 창단 멤버를 지냈으며, 미란다 필하모니 합창단의 대표를 맡았다. 그는 합창과 오케스트라 지휘도 공부했다.

예술적, 직업적 성취를 떠나 그레고리 카레뇨는 헌신적인 교사이기도 하다. 그가 헌신적인 교사가 된 데에는 그의 용기와, 마치 음악의 치유력에 대한 믿음을 시험해보려는 듯 그를 고난의 길로 몰고 갔던 인생의 시련도 한몫했다. 트루히요 오케스트라 단장을 지내던 1996년 그는 심각한 교통사고로 거의 죽을 뻔했다. 1년 이상 마비 상태로 지내다가 끈질긴 노력과 인내로 다시 지휘봉을 들 수 있게 됐다.

심각한 사고가 있었다고 들었는데, 어떻게 다시 음악을 할 수 있었죠?

사고가 났을 때 나는 서른 살이었어요. 척추골이 부러져 척수가 파열됐죠. 심각한 상태였는데, 다시 한 번 아브레우 박사의 관대함과 조언이 나를 움직이게 했습니다. 매일 아홉 시간의 치료를 받았어요. 단지 조금이라도, 아주 조금만이라도 움직이는 게 내 목표였지요. 어느 날 장인어른이 이렇게 말씀하시더군요. "그레고리는 극복할 거야. 그는 음악가니까. 콘서트를

아브레우와 그레고리 카레뇨

준비해봐서 하나의 목표를 위해 기나긴 시간을 보내는 게 뭘 의미하는지 잘 알고 있거든." 실제로 일은 그렇게 되어갔지요. 1997년 4월, 사고가 난 지 1년 반이 지난 뒤 나는 다시 지휘대에 설 수 있게 됐습니다. 내 아들들, 알레한드로와 그레고리 마우리시오가 나와 함께 연주했습니다. 그 경험은 '음악적 회복'이라 할 만했지요.

엘 시스테마의 매니저로서 당신을 가장 풍성하게 만든 경험은 뭔가요?

아이들에게 배움의 기회를 제공하는 것이지요. 복귀 콘서트 이후에 아브레우 박사가 이렇게 말했어요. "자, 그레고리, 자네는 계속 일해야 하네. 그게 자네를 치료하는 방법이야." 그 당시 우리는 2년 전에 창립한 국립 어린이 오케스트라 일로 매우 바빴어요. 그 일이 얼추 마무리된 뒤에 아브레우 박사는 내게 아르코스 청소년 오케스트라를 책임지도록 했지요. 그다음에는 엘 시스테마의 조직 일을 하기 시작했고 지금은 디렉터를 맡고 있습니다. 내가 가장 큰 만족감을 느끼는 일은 로스 테케스, 카르리살, 산 안토니오의 미란다 지역처럼 가난한 마을의 아이들이 우리 센터에 오는 것입니다. 잘 봐요. 엘 시스테마엔 오직 하나의 사회 계급만이 존재해요. 그것은 바로 '음악'이지요.

당신 생각에 엘 시스테마가 이룬 가장 큰 성취는 무엇인가요?

우선 엘 시스테마는 음악을 민주화하고 전국에 확산시켰습니다. 이제 베네수엘라의 젊은이들은 오케스트라에 들어가거나 음악원에서 공부하고 싶을 때 어떤 제약도 받지 않아요. 30년 전엔 그렇지 않았지요. 아브레우 박사는 베네수엘라의 모든 어린이에게 오케스트라에 속할 권리, 문화를 즐기고 인생과 직업에서 다른 가능성을 가질 권리, 음악의 빛과 지혜 속에서 세계를 다른 시각으로 볼 기회를 선물했어요. 이 아이들이 자라서 음악인이 되느냐 여부는 중요하지 않습니다. 아이들은 엘 시스테마를 통해 이미 깨우친 사람이 되어 있을 테니까요. 이와 같은 노력이 지속된다면 우리 오케스트라를 거쳐간 사람들 중에서 대통령이 나올 날도 멀지 않았다고 봅니다. 두 번째로 엘 시스테마는 특정한 사회적 기능을 충실하게 수행해냈습니다. 이 조직은 많은 아이들이 잘못된 길로 나가는 걸 막아줬어요. 한번은 우리가 세미나에 초청한 멕시코, 우루과이, 아르헨티나의 음악인들이 이렇게 묻더군요. "그레고리, 그러니까 오후 2시가 넘으면 트루히요 거리에 아이들이 하나도 없다는 뜻인 거야?" 나는 그들에게 반문했지요. "왜 그런 질문을 하지?" 그러자 그들이 이렇게 대답했어요. "우리 눈엔 그 시간에 동네 아이들이 죄다 여기 센터에 모여 있는 것 같아 보여서."

다음으로 만난 인물은 몬탈반 어린이 아카데믹 센터를 맡고 있는 수잔 시만이다. 그녀는 고향인 마라카이보의 호세 루이스 파즈 음악원에서 여덟 살 때부터 바이올린을 배우기 시작했다. 새로운 직업적 지평을 찾아 카라카스에 온 그녀는 오디션을 통해 시몬 볼리바르 청소년 오케스트라에 합류한 뒤

20년간 멤버로 활동했다. 그러나 그녀는 자신의 강점이 교육에 있다는 것을 잘 알고 있었다. 그래서 7년 이상 교육자로서 경험을 쌓은 뒤 마침내 루벤 코바(Rubén Cova) 교수와 함께 어린이 오케스트라 네트워크를 만들기 시작했다.

어린이 오케스트라를 만든다는 게 쉬운 일은 아니었을 텐데, 그 일을 해낼 수 있었던 원동력은 무엇이었나요?

모든 시작이 그렇듯 국립 어린이 오케스트라를 만드는 것은 꽤 어려운 일이었어요. 하지만 내가 네 아이의 엄마라는 사실이 큰 힘이 되었습니다. 아이가 좋은 선생님을 만나 격려를 받고 있다는 사실을 알았을 때 엄마가 어떤 기분일지 잘 이해하고 있었거든요. 그 일을 시작하면서 나는 우선순위를 정해야 했습니다. 그래서 1999년에 시몬 볼리바르 청소년 오케스트라를 떠났지요.

몬탈반 센터의 수장 시만

가르치는 일과 예술가 그리고 엄마로서의 역할을 어떻게 결합할 수 있었나요?

그건 어렵지 않았어요. 나는 아이들을 어디든 데리고 다녔어요. 그러면서 아이들은 내가 일하는 것을 자연스럽게 받아들이게 되었지요. 아이들도 집에 있는 것보다 나를 따라 음악원에 가고 리허설에 가고 세미나에 가는 걸 더 좋아했어요. 내 아이들은 엘 시스테마의 독특하면서도 엄격한 분위기 안에서 교육받았지요. 지금 나의 가장 큰 기쁨은 네 아이가 모두 음악가라는 사실입니다. 스무 살인 수잔 카롤리나는 첼리스트인데, 몬탈반의 교사로도 일하고 있어요. 열여덟 살인 알레한드라 카리나는 바이올리니스트로 어린아이들을 가르치고요. 열 살인 파트리시아 안드레이나는 첼로를 공부합니다. 막내인 루벤 다리오는 일곱 살인데 트럼펫을 연주하고요. 내 아이들은 엘 시스테마가 가르치는 멋진 가치들, 그러니까 규율, 질서, 인내, 존중, 사랑을 배웠어요. 우리는 사랑으로 음악을 가르치는 전문가들입니다. 사랑은 우리가 몬탈반에서 매일 쓰는 도구이지요.

몬탈반의 어린이 아카데믹 센터는 어떤 단계에 와 있나요?

높은 수준으로 조직되었고, 음악적으로 통합되고 있는 단계입니다. 엘 시스테마의 많은 사람들이 인내심 있는 노력을 기울인 덕분이지요. 몬탈반에서 교육받은 아이들은 어떤 사회계층에 속해 있건 모두 규율이 잡혀 있어요. 그들은 사회에서 살아가는 데 필요한 기본 가치를 배웁니다. 여기서 우리는 아이들에게 자신의 학습 공간을 사랑하라고, 스스로 더 나아지도록 노력하라고, 도시와 국가를 사랑하고 무엇보다 자신을 사랑하고 존중하라고 가르칩니다. 이 같은 교육은 여기뿐 아니라 전국의 모든 센터에서 매일 이루어지는 일이에요. 엘 시스테마는 아이들에게 가치를 가르치고, 높은 자의식을 심어주고, 게으름을 몰아내 부지런히 미래를 경작하게 하지요. 우리의 가장 높은 목표는 아이들이 문화적인 삶을 살아가게 하는 것, 아름다움의 힘을 믿을 수 있게 하는 것입니다. 그들이 악기의 힘을 통해, 그리고 내가 음악의 신비라 부르는 바로 그 힘을 통해 자신을 표현할 수 있도록 하는 거지요.

엘 시스테마가 음악적 탁월함과 전문화를 추구하는 과정에서 또 하나의 디딤돌이 되었던 것은 음악의 거장, 최상급 연주자를 키워내기 위한 학교인 '라틴아메리칸 아카데미'이다. 엘 시스테마는 재능 있는 학생들을 담금질할 줄 아는 뛰어난 음악인들에게 아카데미의 각 연주 분야별 운영을 맡겼다.

마에스트로 호세 프란시스코 델 카스티요가 이끄는 '라틴아메리칸 바이올린 아카데미'는 이곳에서 재능을 발견하고 완성시켜간 뛰어난 연주자들 덕분에 라틴아메리카 대륙에서 명성을 날리고 있는 곳이다. 콘서트에서 뛰어난 기량을 보여준 여러 세대의 연주자들과 현재 뛰어난 교수로 활약하고 있는 사람들의 상당수가 이곳 출신이다. 아카데미의 수장이자 엘 시스테마에서 가장 사랑받고 존경받는 베테랑 교수인 마에스트로 델 카스티요는 최근 수년간 매일같이 교수 기법을 향상시켜왔으며, 조만간 부쩍 나아진 결과를 보일 수 있을 거라고 말했다.

베네수엘라에서 가장 뛰어난 바이올린 연주자들을 키워내고 있는 마에스트로 호세 프란시스코 델 카스티요

"요즘 세대의 학생들에게서 더 빠른 진보가 이뤄지고 있어요. 놀랍게도 젊은 학생들은 이미 매우 수준 높은 연주를 보여주고 있습니다. 물론 이는 우리가 난해한 기술적 단계들을 이론적으로 분석, 설명하고 학생들이 엄격한 자기 단련과 규율 정신을 공유하도록 방법적, 구조적 시스템을 만들었기 때문이지요. 이곳에서는 모든 교사가 공통된 뿌리를 갖고 있고 교육 지침도 뚜렷합니다. 이것은 베네수엘라 바이올린 학교와 아브레우 프로젝트의 승리입니다. 세계의 다른 어느 곳에도 존재하지 않는 음악 운동을 우리

시몬 볼리바르 청소년 오케스트라의 핵심 멤버인 윌리엄 몰리나(왼쪽)는 라틴아메리칸 첼로 아카데미의 대표이기도 하다.

가 일으켰지요."

마에스트로 윌리엄 몰리나는 시몬 볼리바르 청소년 오케스트라의 첫 번째 멤버 중 한 사람이다. 그는 1980년대 중반 전 세계 180명의 첼리스트가 참가한 경연 대회에서 우승하고 탄 장학금으로 파리의 국립고등음악원에서 공부했다. 그 후 베네수엘라로 돌아와 15년 이상 후학을 가르치고 있으며 가장 가시적인 성과는 현대적인 '라틴아메리칸 첼로 아카데미'를 설립한 것이다. 아카데미가 문을 열 때부터 그는 대표를 맡아 대륙의 기라성 같은 첼리스트들을 키워냈다.

"라틴아메리칸 첼로 아카데미가 내게 준 가장 큰 기쁨은 시몬 볼리바르 청소년 오케스트라에서 함께 첼로를 연주했던 멤버들이 내 학생이 되었다는 것입니다. 우리는 또 에콰도르, 아르헨티나, 우루과이, 파라과이, 멕시코 등에서 온 학생들도 가르치고 있어요. 우리는 음악사에서 물길을 바꾸는 변화를 만들어냈습니다. 이전에는 음악을 공부하려면 해외에 가야 했어요. 내가 프랑스에 가야 했던 것처럼요. 그러나 이제는 많은 프랑스인들이 베네수엘라에서 음악을 공부하고 있습니다. 최근 멕시코에서 열린 카를로스 피에트로 라틴아메리카 시상식에서 우리 아카데미를 졸업한 호세 데이비드 마르케스와 욜레나 오레아가 2등상을 수상했어요. 우리는 이것이 매우 자랑스럽습니다."

몰리나는 프랑스, 벨기에, 이탈리아, 스위스, 독일 등에서 공부하면서 축적한 지식을 결합해 새로운 교육 시스템을 확립했다.

"예를 들면 음성학 연구소와의 텔레워크숍을 통해 기술적 문제를 공유하는 인터랙티브 교수 방식을 개발했어요. 유럽에서 공부하고 돌아온 교사들은 그곳에서 습득한 지식을 이곳에서 현지화하기 위해 노력합니다. 조건이 매우 다르기 때문에 다른 나라의 교수법을 이곳에 그대로 이식하긴 어렵지요. 마지막으로 우리가 추구하는 것은 음악가들이 개인적, 집단적 차원에서 발전할 수 있도록 돕는 것입니다. 개개인의 나쁜 자세, 일반적인 근육 통증의 문제 등을 함께 해결해주려고 노력하기도 하고 집단적 차원에서는 젊은 이들이 오케스트라와 함께 일하고 음악원에서 교수들과 함께 체임버 뮤직을 연주할 수 있도록 돕지요."

나는 2004년 2월 바르키시메토 청소년 오케스트라에서 연주를 시작했어요. 지금은 제2바이올린 섹션 소속이고요. 여기서 연주하는 건 정말 좋아요. 물론 여기 오기 전에 어린이 오케스트라에 있기도 했지만. 내 꿈은 시몬 볼리바르 청소년 오케스트라의 콘체르티노가 되는 것, 그리고 세계를 여행하는 것이거

Interview

에릭 부호네스 — 12세, 바이올린,
바르키시메토 센터, 라라 주

든요. 아직 갈 길이 멀다는 걸 잘 알고 있어요. 하지만 지금까지 해온 것만으로도 행복해요. 앞으로 더 열심히 공부하고 훈련하고 마음을 단단히 먹어야겠죠. 멀리, 아주 멀리 가려는 열망을 가져야겠고요. 나는 처음부터 바이올린을 좋아했고 스스로 꽤 잘한다고 생각해요. 내가 가장 좋아하는 곡은 림스키 코르사코프의 〈세헤라자데〉인데, 이 곡을 연주할 때 소리 나는 방식이 참 좋아요.

베네수엘라에는 세계 최상급 피아니스트들도 많다. 테레사 카레뇨(Teresa Carreño)부터 로사리오 마르시아노(Rosario Marciano), 후디스 하이메스(Judith Jaimes)까지, 그리고 좀 더 젊은 세대 중에서는 가브리엘라 몬테로(Gabriela Montero)를 비롯해 에디스 페냐(Edith Peña), 알리시아 가브리엘라 마르티네스(Alicia Gabriela Martínez)까지. 엘 시스테마는 2004년 가브리엘라 몬테로를 초빙해 '라틴아메리칸 피아노 아카데미'를 설립했다. 가브리엘라 몬테로는 여덟 살 때 시몬 볼리바르 청소년 오케스트라와 협연하면서 피아니스트로 데뷔했고, 국내외에 신동으로 알려지면서 막강한 국제적 커리어를 쌓았다. 그녀는 엘 시스테마와 협의하여 연주 활동을 지속하는 것과 별개로 아카데미의 아이들에게 지식과 정보를 제공하기로 했다.

"내가 이 프로젝트를 맡은 이유는 베네수엘라 음악가들의 재능과 열정에 대한 커다란 신뢰 때문입니다. 내가 할 수 있는 최선의 방법으로 그들이 발전하는 걸 돕고 싶고, 자기 안에서 최대한의 가능성을 발견하게 하고 싶어요. 또 조만간 수많은 청중 앞에서 연주할 수 있도록 이끌어주고 싶고요. 음악 분야에서 커리어를 쌓기로 결심한 사람들이 올바른 길로 가는 데 힘을 보태고 싶습니다. 이 학생들이 나중에 내 동료가 되어 더 젊은 세대를 가르치게 된다면 정말 좋은 일이지요. 학생들을 지원하는 피아니스트 네트워크를 만드는 일도 재미있을 거예요."

'라틴아메리칸 피아노 아카데미'의 설립자이자 대표인 그녀는 카라카스에 본부가 있는 센터에서 이미 20~30세 학생들로 구성된 소그룹 단위로 수업을 진행하고 있다고 말했다. 학생들은 음악원이나 해외에서 음악 훈련을 받은 숙련된 사람들이다. 아카데미의 교수진은 가브리엘라 몬테로와 심리학자인 가브리엘라 바라간(Gabriela Barragan), 전문가이자 음악 비평가인 벤자민 잔느(Benjamin Jenne) 등 소그룹으로 구성됐다. 바라간 박사는 학생들이 무대 공포를 이해하고 극복하도록 돕는다. 연주자가 무대에 올라 대중 앞에서 연주하는 게 편안하지 않을 경우 기술적

피아니스트 가브리엘라 몬테로는 라틴아메리칸 피아노 아카데미를 통해 우수한 피아니스트를 양성하는 새로운 도전을 맞이하고 있다.

숙련도만으로는 무대 공포를 이겨내기 어렵기 때문이다. 잔느 교수는 학생들과 함께 저명한 피아니스트들의 음악과 생애 자료를 검토하면서 모든 피아니스트에게 필요한 문화적 소양을 가르친다. 이 모든 교육은 연주자의 음악적 우수함을 완벽한 수준까지 끌어올리는 데에 초점이 맞춰져 있다.

발데마르 로드리게스는 엘 시스테마에서 가장 완벽하게 교육받은 세대

에 속하는 음악인이다. 야라쿠이에서 태어난 이 클라리넷 주자는 다섯 살이 채 되기도 전에 음악을 시작했으며 탁월한 재능과 인내 덕택에 많은 것을 이루었다. 그는 야라쿠이 청소년 오케스트라와 발렌시아 심포니를 거쳐 시몬 볼리바르 청소년 오케스트라의 메인 클라리넷 주자로 선발되었는데, 저명한 교수 루이스 로시(Luis Rossi)에게 배운 뒤 유럽과 미국의 중요한 교수들에게서 마스터 클래스 수업을 받았다.

뛰어난 클라리넷 연주자이자 교사인 발데마르 로드리게스

대륙의 클라리넷 주자 중 그가 주목할 만한 사람이 된 것은 그의 예술가로서의 경험 때문이었다. 그는 다비드 아스카니오와 함께 라틴아메리카 전역으로 공연 여행을 다녔고 아르헨티나, 콜롬비아, 멕시코, 에콰도르, 칠레의 청소년 오케스트라에서 솔로이스트로 연주했다. 또 유럽 등 해외로도 공연 여행을 다녔다. 무엇보다 베네수엘라의 어린이, 청소년 오케스트라들을 위한 뛰어난 연주로 주목을 받았다. 이런 다양한 이력과 뛰어난 교수법은 그에게 두 가지 새로운 책임을 부여했다. '라틴아메리칸 클라리넷 아카데미'의 감독과 시몬 볼리바르 청소년 오케스트라의 부감독이 그것이다.

다양한 활동을 해왔는데 음악가로서 언제 가장 큰 기쁨을 느끼나요?

나는 학생들과 함께 있을 때 내 직업에 가장 큰 만족을 느낍니다. 학생들의 재능을 발견하고 그들을 직업적 클라리넷 주자로 키워내는 능력을 나 스스로 개발해왔다고 생각해요. 가르치는 일에 대한 강렬한 열정은 사람들, 특히 조국의 사람들을 돕고 살라는 내 인생의 사명 가운데 일부라고 느낍니다.

라틴아메리칸 클라리넷 아카데미의 리더로서 당신의 일을 어떻게 정의하시겠습니까?

나는 베네수엘라 전역에 탄탄한 클라리넷 학교를 만들기 위해 노력해왔고, 지금은 라틴아메리카의 많은 국가에서 학생들을 가르쳐온 결과를 보고 있어요. 우리 클라리넷 교수진은 중남미 여러 국가에서 온 많은 외국인을 포함하고 있습니다. 20명 이상의 정상급 클라리넷 주자로 구성된 우리 학교는 파리 음악원, 미국의 대학들, 세계적인 솔로이스트와 오케스트라 감독들, 베를린 필의 거장들로부터 최고의 클라리넷 학교 중 하나로 인증받았습니다. 20년 이상 클라리넷을 가르쳐온 사람으로서 이를 매우 뿌듯하게 생각하고 있습니다. 나는 6개의 국제적 클라리넷 페스티벌을 조직했어요. 이에 대해 대단한 자부심을 느낍니다.

'라틴아메리칸 더블베이스 아카데미'의 설립자인 펠릭스 페티트(Félix Petit)는 다른 뛰어난 학생들과 마찬가지로 자신이 아브레우 박사가 만든 엘 시스테마와 엘 시스테마식 음악 교육의 산물이라고 말했다.

음악가로서 당신이 쌓아온 경력을 소개해주시겠어요?

나는 카라카스 시립 심포니 오케스트라에서 17년 이상 더블베이스를 연주했습니다. 또한 선생으로서도 결실을 거두었지요. 나는 어마어마한 노력으로 베를린 필의 자리를 따낸 에딕손 루이스를 키워낸 걸 자랑스럽게 생각합니다. 호안 곤잘레스(Joan González)는 팔마 데 마야르카 심포니 오케스트라의 리드 더블베이스 주자이고, 가브리엘 레온(Gabriel León)은 빌바오 심포니 오케스트라에서 연주하고 있어요. 둘 다 스페인에 있습니다. 그리고 다른 학생들도 국제 콩쿠르에서 여러 차례 수상했지요.

펠릭스 페티트(왼쪽)와 그의 가장 뛰어난 제자인 에 딕손 루이스(오른쪽)

그런 인재들을 발굴하고 조련하는 특별한 비결이라도 있습니까?

엘 시스테마에서 교육받은 젊은이들에게는 특별한 태도가 있어요. 늘 신선함과 힘, 생명력을 유지하지요. 남들보다 앞서 나가는 것에 특별한 비밀 공식은 없습니다. 그저 공부하고, 또 공부해야 하고, 늘 자신을 건강하고 활동적인 상태로 유지해야 해요. 중요한 것은 이곳에서는 백 퍼센트 창의적인 방법으로 악기를 가르친다는 사실입니다. 이 방법은 기존 음악원들이 고수하는 전통적인 교수법의 한계를 넘어선 것입니다. 이곳에서 우리는 음악을 연주하고 만들면서 악기를 발견합니다.

교사의 역할을 한마디로 정리하자면 뭐라고 말할 수 있을까요?

엘 시스테마는 자연스럽게 교사들에게도 다른 태도를 요구했어요. 베네수엘라에는 음악을 가르치는 두 가지 방법이 있습니다. 위대한 마에스트로 시몬 로드리게스(Simón Rodríguez)가 곧잘 말한 대로 "우리는 창조하거나 틀렸거나 둘 중 하나"인 거죠. 아브레우 박사는 창조하는 편을 택했습니다.

타르시시오 바레토(Tarcisio Barreto)는 바르키시메토에서 태어나 모든 교육을 엘 시스테마 안에서 받았다. 그는 호세 프란시스코 델 카스티요(José Francisco del Castillo)와 로니 로고프(Rony Rogoff)에게 바이올린을 배웠고, 마에스트로 호르디 모라(Jordi Mora)와 리차드 슈마허(Richard Schumacher)에게 오케스트라 지휘를 배웠다. 잘 훈련된 재능 덕택에 그는 여러 활동의 책임을 맡았다. 지금은 한때 자신이 콘체르티노로 있었던 라라 심포니 오케스트라의 감독이자 솔로이스트로서 주목할 만한 커리어를 쌓아가는 중이다. 브라질, 스페인, 독일, 코스타리카, 칠레, 콜롬비아, 아르헨티나 등에서 했던 공연을 통해 국내외의 주목을 받았던 그는 한동안 시몬 볼리바르 청소년 오케스트라를 지휘하기도 했고, 최근에는 아르헨티나의 마요 체임버 오케스트라를 지휘했다.

지난 30년간 엘 시스테마가 이룬 가장 중요한 성취는 무엇이라고 생각합니까?

베네수엘라의 어린이, 청소년들이 훈련과 인내를 통해 성취 가능한 비전을 가질 수 있도록 자극했다는 것입니다. 엘 시스테마는 음악 교육 시스템일 뿐 아니라 모든 오케스트라가 그 자체로 사회의 축소판입니다. 이 사회 안에서 음악을 공부하는 아이는 여러 가지 경험을 통해 성장하고 자신의 형제자매, 친척, 부모, 삼촌, 이모, 조부모, 친구들을 더 나은 방향으로 끌어당깁니다. 다른 무엇보다 나는 손에 바이올린을 든 모든 아이는 무기와 마약의 폭력으로부터 안전하다고 믿습니다.

엘 시스테마에서 음악가로 성장해 이제 그곳에서 아이들을 가르치는 타르시시오 바레토

엘 시스테마가 도달한 음악의 수준을 어떻게 평가하십니까?

오늘날 음악에 관한 한 우리는 선진국이라고 말할 수 있어요. 베네수엘라는 매우 특별한 방식으로 가르치고 일하는 노하우를 보유하고 있습니다. 무엇보다 우리는 생기발랄한 베네수엘라의 특성에 맞는 방법을 개발했어요. 이것이 엘 시스테마가 해온 일입니다. 우리는 연주함으로써 연주를 배우고, 노래함으로써 노래를 배우며, 지휘함으로써 지휘를 배웁니다.

엘 시스테마의 앞으로의 목표는 무엇인가요?

우리의 영원한 목표는 탁월함을 추구하는 것입니다. 수준 높은 교육은 훈련과 인내를 통해서만 이룰 수 있지요. 우리는 미룰 수 없는 도전 과제를 안고 있어요. 베네수엘라에서는 엘 시스테마 덕택에 음악가가 되기 위해서만이 아니라 개인으로서 성장하기 위해 음악을 배우고 있어요. 세계는 이 방법의 효율성과 결과를 인식하고 있습니다. 베를린 필의 지휘자 사이먼 래틀 경이 시간이 남아돌아서 우리의 국립 청소년 오케스트라를 지휘하러 온 것이 아닙니다. 그가 이곳에 온 것은 음악적, 사회적으로 성공한 프로젝트의 결과물을 직접 경험하고 싶었기 때문이지요. 우리의 기본 신조는 아이들을 행복하게 하고 그들이 음악을 만들 수 있도록 준비시키는 것입니다. 우리의 수확은? 행복한 예술가와 행복한 개인들이지요.

에두아르도 멘데스는 여섯 살 때 메리다에서 바이올린을 배우기 시작했다. 그 후 호세 프란시스코 델 카스티요가 이끄는 '라틴아메리칸 바이올린 아카데미'에 다녔고 차카오 청소년 오케스트라에서 연주했다. 훌륭한 연주 솜씨 덕분에 1997년 시몬 볼리바르 청소년 오케스트라의 제2바이올린 섹션에 자리를 얻었다. 엘 시스테마의 다른 많은 음악 인들처럼 그는 음악을 배우면서 동시에 카톨리카 안드레스 베요 대학에서 법학을 공부했다. 2000년 대학을 졸업한 뒤로는 엘 시스테마의 행정, 조직 분야에서 매니저 역할을 맡고 있다.

음악가이자 엘 시스테마의 매니저인 에두아르도 멘데스

음악가와 변호사, 두 가지 삶을 어떻게 병행할 수 있었죠?
나는 가능한 한 완벽한 직업을 가지려는 의도로 엘 시스테마에 합류했습니다. 한편으로는 변호사, 한편으로는 음악가로 활동하는 방식으로 두 가지 삶을 병행하고 싶진 않았어요. 나는 두 가지 목표를 뒤섞고 싶었어요. 이에 대해 아브레우 박사와 발데마르 로드리게스 교수에게 의견을 물었지요. 그들은 내게 조직에 합류해 매니저 업무뿐 아니라 이벤트와 세미나를 조직하는 업무를 해보는 게 어떠냐고 제안했습니다. 그 후 페드로 알바레스 교수는 내게 아카데믹한 분야의 여러 가지 측면을 가르쳐주었습니다.

매니저로 일하는 데 음악이 어떤 도움을 주었나요?

음악가는 모든 필요를 정확하게 알아차리는 사람입니다. 나와 동료들은 엘 시스테마 안에서 자라고 교육받았어요. 우리는 어릴 때부터 모든 단계를 거치며 훈련받았기 때문에 무엇이 부족한지, 무엇이 좋고 나쁜지, 정확히 어디서부터 개선해야 하는지를 즉각 알아차립니다.

조직 내에서 당신이 개인적으로 겪은 가장 큰 도전은 무엇입니까?

아브레우 박사의 손에 있는 이 놀라운 과제에 내가 계속 힘을 보태는 것이지요. 나는 우리가 지금까지 거둔 성과는 앞으로 맞이할 성과의 일부분에 지나지 않는다고 봅니다. 앞으로 맞이할 성과란 엘 시스테마가 대륙적, 전 세계적 프로그램이 될 거라는 뜻입니다. 우리가 해외에서 배워온 지식과 꾸준히 공부하는 것들이 그 일을 해내는 데에 중요한 밑거름이 되겠죠. 그 일을 위해 나는 요즘 공공 행정 분야 대학원 과정에 다니고 있습니다.

엘 시스테마의 멤버로서 무엇이 당신에게 가장 큰 만족을 줍니까?

음악인으로서의 내 커리어를 떠나 이 일의 사회적 측면이 내게 큰 만족을 줍니다. 한 아이가 여기에서 뭔가를 배워 꽤 괜찮은 사람이 될 수 있는 기회를 얻고, 이 기회 덕분에 아이가 자부심을 느끼고, 스스로를 활동적이고 쓸모 있는 시민이라고 여기는 것을 볼 때마다 내 안에서 솟아나는 놀라운 감정이 가장 만족스럽습니다.

후안 데 헤수스 페레스 — 12세,
실로폰, 메리다 센터, 메리다 주

나는 다섯 살 때 엘 시스테마에 들어왔어요. 피아노와 튜바를 먼저 배우기 시작했는데, 타악기를 더 좋아했어요. 타악기가 멋져 보였거든요. 첫 라틴 타악기 선생님은 헤리 카르데나스(Jerry Cárdenas) 선생님이었죠. 엘 시스테마는 정말 대단한 곳이에요. 더 많은 걸 꿈꿀 수 있게 해주거든요. 엘 시스테마와 오케스트라 덕분에 우리는 음악 안에서 미래를 설계할 수 있어요. 내 목표는 실로폰 솔로이스트가 되어 세계를 여행하는 거예요. 언젠가는 로돌포 사글림베니(Rodolfo Saglimbeni, 베네수엘라의 지휘자)가 지휘하는 곳에서 연주하고 싶어요. 그는 정말 좋은 지휘자거든요.

디아나 카사스 루하노 — 13세,
첼로, 메리다 센터, 메리다 주

첼로는 내 삶이나 마찬가지예요. 나는 첼로를 4년간 연주했어요. 내 꿈은 뛰어난 솔로이스트가 되는 건데, 이 목표는 나한테 여자로서, 개인으로서 발전할 수 있는 동기를 줘요. 기회가 된다면 언젠가 베를린 필에서 연주하고 싶어요. 메리다 센터의 가장 좋은 점은 친구들과 경험을 나누고, 새로운 사람을 만날 기회를 많이 가질 수 있다는 거예요. 친구들이 연주하는 걸 보는 게 좋아요. 이 센터에 소속되어 있는 것이 행복하고, 팀으로 음악을 하는 것도 좋아요. 늘 도움을 주는 윌리엄 몰리나(William Molina) 선생님한테는 정말 감사하고요.

2001년부터 엘 시스테마는 여러 악기들의 연주 수준을 비약적으로 끌어올렸고, 다양한 전문가들의 지원을 이끌어내고 있다. 베를린 필과 체결한 교육 장학 제도 덕택에 그동안 일곱 번의 고급 레벨 세미나가 열렸다. 두 번은 관현악기, 세 번은 금관악기, 한 번은 모든 악기 파트를 망라한 세미나였으며 나머지 한 번은 말러 교향곡 제2번을 연주하기 위한 준비 단계로 베를린 필의 지휘자 사이먼 래틀 경과의 공연을 위한 것이었다. 이 연속적인 세미나들은 베를린 필의 연주자이자 교수인 15명 이상의 음악가들이 와서 진행했으며 20명 이상의 베네수엘라 교수들도 참여했다. 세미나는 언제나 연주를 완벽하게 가다듬고, 세세한 부분까지 빈틈없이 익히며, 연주에 관한 한 달인의 자세를 갖춘다는 것을 목표로 진행되었다.

모든 참석자에게 세미나는 발견의 기회였다. 베를린 필에서 온 교수들 사이에서는 탄성과 찬사가 터져 나왔다. 베네수엘라 음악인들의 잠재력과 준비 수준 그리고 이들이 얼마나 빨리 새로운 정보를 습득하는지에 대한 놀라움 때문이었다. 베네수엘라 교수들은 학생들이 그동안 받아온 교육 덕택에 세계의 위대한 연주자들과 견주어도 뒤지지 않는다는 사실을 발견하고는 회심의 미소를 지었다. 그리고 학생들은 자신들의 음악을 순식간에 성장하게 해준 자극적인 경험에 경탄했다.

베를린 필의 제1트럼펫 연주자인 토마스 클라모어(Thomas Clamor)는 2001년 푸에르토 라 크루스에서 열린 첫 번째 세미나 이래로 베네수엘라를 모두 여섯 차례 방문했다. 그가 엘 시스테마의 젊은이들과 이야기를 나눌 때 그의 눈에서 반짝이는 불꽃과 열정이 무엇을 뜻하는지, 엘 시스테마의 예술적 잠재력을 발견하는 것이 그에게 어떤 의미인지를 말로 다 설명하긴 어렵다.

엘 시스테마를 방문한 베를린 필의 연주자들은 각 파트별 집중 세미나와 오케스트라 리허설을 통해 학생들의 실력을 끌어올리는 데 큰 도움을 주었다.

"나는 이 프로그램과 완전히 사랑에 빠져버렸습니다. 그래서 계속 베네수엘라로 돌아옵니다. 나는 여기서 베네수엘라 음악인들에게 대단한 감정이입을 하게 돼요. 음악을 한다는 건 내게 영혼의 조화를 의미합니다. 그 꿈이 바로 이곳에서 실현되었습니다. 이곳에서 나는 내 직업적 발전에 필요한 신선한 공기도 얻었어요. 나는 엘 시스테마의 모든 아이에게 매료되었습니다. 이전까지는 경제적으로 넉넉지 못한 아이들이 음악을 하고, 오케스트라에 들어갈 수 있다는 생각을 해본 적이 없어요. 그러나 베네수엘라에서는 가능합니다. 이것이 바로 나를 베네수엘라에 묶어놓는 끈입니다."

베네수엘라의 타악기 연주자이자 엘 시스테마의 교수인 에드가 사우메(Edgar Saume)는 2004년 마르가리타에서 열린 합동 세미나의 경험을 이렇게 요약했다.

"독일 교수들은 이곳에서 금광을 발견했죠. 어린 타악기 주자들의 재능과 그들이 받은 훈련, 연주하는 음악의 경향과 형식의 다양함 그리고 빠른 학습 능력에 큰 감명을 받았답니다. 이는 우리 아이들이 세계 어느 곳에 내놓아도 손색이 없다는 뜻이죠. 그 아이들은 어디를 가도 잘 해낼 수 있을 거

베를린 필의 제1트럼펫 연주자 토마스 클라모어가 베네수엘라의 어린 음악가들에게 기술적, 음악적 완벽함을 가르치기 위해 열정적으로 강의하고 있다.

예요. 그러기 위해 필요한 모든 것을 갖추고 있지요. 이 세미나는 우리의 교육 시스템이 제대로 운영돼왔고, 우리가 올바른 길에 서 있다는 것을 확인시켜주었습니다."

바르키시메토 출신의 첼리스트로 시몬 볼리바르 청소년 오케스트라의 멤버인 호세 그레고리오 니에토(José Gregorio Nieto)도 이 세미나에 참석한 경험을 이렇게 말했다.

"음악계에서는 이런 세미나 자체가 매우 특별한 것인데, 나는 양쪽이 다 매우 놀랐다고 생각합니다. 아마 베를린 필에서 온 교수들은 우리가 그렇게 훌륭한 수준의 훈련을 받았을 거라고는 기대하지 않았을 거예요. 우리 입장에서는 그들이 자신의 모든 지식을 그렇게 열정적으로 쏟아내는 모습에 놀랐지요. 우리는 또한 베네수엘라의 선생님들이 우리에게 올바른 조언을 해왔다는 것을 세미나를 통해 재확인할 수 있었어요."

한 가족, 한 마을, 한 사회를 변화시키는 음악의 힘

엘 시스테마는 베네수엘라에 예술적, 문화적 혜택을 제공했을 뿐 아니라 사회적으로도 의미 있는 공헌을 했다. 이 혁명적인 프로그램은 아브레우 박사가 처음부터 분명히 했던 인간적, 교육적 본질 덕분에 한 나라를 내부적으로 통합시킬 수 있는 모델, 음악을 변화의 기본 도구로 삼는 사회적 모델을 만들어냈다. 처음 시작할 때부터 아브레우 박사는 더 나은 미래를 추구하는 국가를 위해 예술은 미적 가치를 넘어서야 한다는 점을 분명히 했다. 예술은 시민들의 훈련과 조직, 통합, 발전의 동력이 되어야 했다. 그래서 엘 시스테마의 디자인에는 두 가지 근본적인 원칙과 목적이 있었다.

1. 공부하고, 일하고, 즐기고, 그룹으로서 성공하고, 가족이 단합하고, 개인적 행복을 누리고, 정체성을 형성하고, 어린이와 청소년이 처한 사회경제적, 신체적 조건과 무관하게 모든 사람이 참여하고 통합될 수 있는 기회와 즐거움을 가장 넓은 의미에서 민주화하고 확장하는 것.
2. 아이가 배움과 음악 활동으로 가족과 교사, 동급생 공동체, 이웃, 그들이 태어나서 사는 지역을 포함한 전체 사회라는 모체에 연결되고 이를 통해 사회에 대한 영향력과 기여를 늘려가는 것.

엘 시스테마에 들어온 소년 혹은 소녀는 그 안에서 자신의 삶을 지탱해줄 소중한 가치와 관계를 얻게 된다. 이 가치와 관계는 지난 30년간 이 나라 전체를 바꿔온 그리고 앞으로도 바뀌갈 충분한 힘을 지니고 있다.

아이가 엘 시스테마에 참여하는 순간부터 그의 부모와 후견인들을 아우르는, 우리가 '베네수엘라의 음악 기적'이라 부르는 과정이 시작된다. 수많은 베네수엘라 아이들 중 하나가 등록 서류를 받고, 입학 절차를 밟아 센터에 배정되고, 수업과 리허설 일정, 교수 명단 등을 받고, 악기를 손에 쥐는 바로 그 순간부터 아이와 가족, 그들을 둘러싼 사람들의 삶에 행복한 변화가 시작되는 것이다. 엘 시스테마가 제공하는 개인적, 감정적, 사회적 혜택은 한두 가지가 아니다.

우선 심리적 안정감을 들 수 있는데, 음악을 비롯한 모든 종류의 예술적 표현은 아이가 자기만의 독특한 감수성과 내면의 확신을 키울 수 있도록 돕는다. 젊은 음악가들과 오케스트라의 청소년들은 자신이 교사들에게 보살핌을 받고 있고, 지휘자에게 중요한 존재라고 여긴다. 또한 오케스트라에서 자신이 꼭 필요한 존재이며 인정받고 있다고 느낀다. 그들은 수많은 도전에 직면해야 하고, 어려운 오케스트라 연습을 통과해야 하지만 어느새 그 과제를 해내고 콘서트 무대에 오른다. 끊임없는 자기 확신이 그들을 목표에 다가가게 하는 것이다.

엘 시스테마에서는 미적 감각도 개발할 수 있다. 모차르트나 베토벤 작품의 선율, 악기의 재료로 쓰인 나무의 아름다움과 손에 쥐고 있는 악기의 모양새, 연습하고 연주하는 공연장과 콘서트홀의 건축미, 심지어 공연 때 입는 단정한 옷의 엄격함까지도 모두 오케스트라에서 연주하는 청소년들에게 아름다움을 판별할 수 있는 감식안을 심어준다. 아이들은 평생 자신을 따라다닐 자기만의 미적 취향을 엘 시스테마에서 선물받는다.

오케스트라는 일군의 사람들이 모인 그룹으로, 그 자체가 하나의 잘 조직화된 사회다. 리더(지휘자)가 있고 시민(음악가)들이 있다. 그리고 자체적인 기준과 법, 질서가 있다. 오케스트라에 참여하는 아이는 동료와 악보대를 공유해야 하고, 다른 사람의 존재를 존중하고 기꺼워해야 한다. 무엇이든 동료들과 나누는 법을 배워야 하고, 조화로운 연주를 위해 팀으로 일하는 법을 익혀야 한다. 지휘자가 음악 해석의 방침을 설명할 때 조용히 있어야 한다든가, 정해진 일성과 연습 시간, 공연 시간을 잘 지켜야 한다는 등의 규칙을 따를 줄도 알아야 한다. 또한 공연 여행을 갈 때면 비행기 안에서 행동하는 요령을 배워야 하고, 호텔과 엘 시스테마 안전팀의 규율은 물론 공

연장에 제시간에 도착하기 등과 같은 내부적인 원칙도 지켜야 한다. 아이들은 이러한 규율이 스스로 세운 음악적, 개인적 목표를 달성하는 데 필수적인 덕목이라는 것을 알기 때문에 자기 안의 충동을 다스리려 노력한다.

이렇게 멤버 각각이 익힌 사회적 능력 때문에 엘 시스테마에서는 솔로이스트의 개성보다 그룹의 조화가 우선한다. 다시 말해 오케스트라는 아이들에게 사회화의 무대를 제공하는 것이다. 아이들은 자신이 오케스트라 가족의 중요한 일부라고 느낀다. 그들은 수업과 리허설을 통해 긴장과 행복의 순간을 공유한다. 집과 학교에서 일어난 일들을 서로 이야기하며 삶을 공유하고 깊은 인간관계를 맺는다. 그 과정에서 우정과 상호 이해, 연대의 가치가 조심스럽게 싹튼다.

물론 건강한 경쟁심도 배운다. 서로를 뛰어넘으려는 경쟁심이 없었더라면 엘 시스테마는 해외에서 성공하지 못했을 것이고, 구스타보 두다멜이나 에딕손 루이스는 베를린의 콩쿠르에서 좋은 성적을 거둘 수 없었을 것이다. 엘 시스테마의 어린이들은 오케스트라의 콘체르티노가 되거나 높은 자리로 올라가기 위해 서로 겨루며 건강한 경쟁심을 키운다. 엘 시스테마는 이렇게 다양한 배경과 능력을 가진 아이들을 한곳에 모아놓고 하나의 사회를 이루어 살아가는 방법을 가르친다. 이런 사회 통합적인 성격이 그동안 수많은 버림받은 아이들과 마약의 수렁에 빠진 젊은이들을 구원했다.

지적인 측면에서 보자면, 엘 시스테마는 어린이와 청소년, 성인의 집중력을 키우는 데 이상적인 프로그램이다. 어린아이가 교실에 들어서는 순간부터, 지휘자가 지휘봉을 드는 순간부터 기울여야 하는 주의력은 지적 능력 개발의 핵심 요소다. 오케스트라 연습과 개인 연습을 하며 같은 일에 긴 시간을 바치는 동안 아이는 집중력을 키울 수 있다. 이는 또한 인내심을 키우는 과정이기도 하다. 오케스트라의 아이들은 '인내하는 자가 정복한다'를 모토로 삼고, 교사나 지휘자가 목표로 한 소리가 날 때까지 훈련과 연습을 반복한다. 아이들은 일상적이고 지속적인 연습만이 눈에 보이는 성과를 낳을 수 있다는 것을 잘 알고 있다. '연습하고 또 연습해서 할 때마다 더 나아지게'는 엘 시스테마 학생들 사이에서 가장 자주 들을 수 있는 모토 중 하나다.

엘 시스테마 아이들의 유일한 목표는 탁월함이다. 그들은 위대한 음악인뿐 아니라 자기 자신을 뛰어넘어 탁월해지는 것을 목표로 삼는 사람을 존경한다. 엘 시스테마의 학생과 졸업생들은 '나는 더 나아지고 싶다'라는 문장을 늘 가슴속에 품고 있다. 어린 음악가들은 엘 시스테마에서 리더가 되는 법을 배우고, 음악을 통해 자신의 길을 발견해간다. 또한 행복하고 균형 잡힌 삶, 안전하고 성공적인 커리어를 추구해나간다. 미래에 대한 생각을 키우고, 실현 가능한 일생의 꿈을 꾼다. 그들은 인생의 목표와 음악가로서의 목표를 함께 추구하는 법을 배운다. 아이들은 해마다 엘 시스테마에서 많은 시간을 보내며 새로운 과제에 직면하지만 그 과제와 시간이 궁극적으로 더 큰 목표를 이루기 위한 과정이라는 것을 잘 알고 있다. 한편 엘 시스테마는 아이들이 음악을 넘어선 지식과 기술, 능력도 익힐 수 있도록 가르치고 있다. 참여자들 가운데 상당수는 엘 시스테마의 매니저로 채용되어 일한다. 또한 대학에 진학해 경제적 자립 수단을 마련하도록 아이들을 독려하기도 한다.

Interview

리세트 랑헬 － 11세, 바이올린,
산 크리스토발 센터, 타치라 주

나는 타치라 어린이 오케스트라의 콘체르티노예요. 처음에는 바이올린과 플루트 중에서 뭐가 더 좋은지 잘 몰랐어요. 시간이 지나면서 결국 바이올린이 내 마음을 사로잡았죠. 바이올린은 평범한 악기지만 정말 아름다워요. 나는 학교에서도 엘 시스테마에서도 좋은 학생이에요. 엘 시스테마에서 나는 책임 있는 사람이 되는 법, 나 자신을 위해 목표를 설정하는 법을 배웠어요. 목표는 정말 중요한 것 같아요. 나는 결코 바이올린을 떠나지 않을 거예요. 나는 하루에 한 시간씩 연습을 하는데, 제일 좋아하는 곡은 차이코프스키의 〈슬라브 행진곡〉이에요. 언젠가는 베를린 필과 연주하고 싶어요. 아마 나는 할 수 있을 거예요.

Interview

마리아 알레한드라 로드리게스
－10세, 첼로, 몬탈반 센터, 카라카스

센터에 처음 왔을 때 리코더를 받았어요. 리코더는 네 살짜리가 받을 수 있는 첫 악기죠. 여섯 살 때 첼로를 받은 뒤로는 첼로 연주를 쉰 적이 없어요. 나는 엄마랑 세 언니랑 카티아의 수크레 공원에서 한 블록 떨어진 곳에 살아요. 지금 초등학교 5학년인데, 공부를 잘하는 편이에요. 문제라면 내 첼로가 없어서 집에서 연습할 수가 없다는 거죠. 그래서 악보를 집에 가져가 혼자 읽으며 공부하곤 해요. 첼로는 너무 비싸서 센터에서도 사줄 수가 없대요. 우리 엄마는 언제나 나를 응원해줘요. 여러 가지 일을 하면서도 센터에서 일어나는 모든 일을 돕고요. 아빠는 엄마랑 이혼해서 다른 집에 사는데, 가끔 시간이 날 때 우리를 도우러 와요. 나는 첼로 연주를 계속할 거예요. 음악을 정말 좋아하고 선생님도 계속해보라고 하셨거든요. 음악 때문에 바빠서 어떨 땐 학교의 레크리에이션 활동에 참여할 시간도 없어요. 나중에 나는 범죄학자도 되고 싶고 음악가도 되고 싶어요

현재 조직 관리 부문에서 일하고 있으며, 창립 멤버 중 한 사람인 리차드 블랑코 우리베는 엘 시스테마의 어린이, 청소년 음악가들이 가족과 공동체에 끼치는 영향력에 대해 다음과 같이 설명했다.

"베네수엘라의 평범한 가족을 한번 상상해봅시다. 어느 주에 사는 가족이든 상관없습니다. 아버지는 맥주를 마시며 TV의 스포츠 중계를 보고 있고, 어머니는 집안일을 하느라 바쁩니다. 저쪽 방에는 바이올린으로 비발디를 연주하는 어린 소년이 있습니다. 이 소년을 둘러싼 음악은 삶에 질서를 부여할 몇 가지 기준을 소년의 가슴속에 심어줍니다. 이는 필연적으로, 그리고 다행스럽게도 가족 구성원들에게 전염됩니다. 장담하건대 맥주를 마시며 야구 경기를 보던 사내는 3년 안에 아들이 주립 오케스트라와 함께 연주하는 비발디 바이올린 협주곡을 듣기 위해 베네수엘라의 어느 공연장에 앉아 있게 될 것입니다. 그 아이, 그러니까 우리의 바이올리니스트는 이웃들까지도 바꿔놓게 될 것입니다. 이웃들은 바이올리니스트 아이가 자기

동네 몇 번지에 산다는 것을 자랑스러워하게 될 것입니다."

아이가 음악을 배우는 것은 부모를 자랑스럽게 하고 흥분하게 한다. 특히 아이가 콘서트에서 연주할 때 더욱 그렇다. 엄마들은 아이를 리허설에 데리고 다니며 오케스트라 음악과 각 지역 센터의 일에 친숙해지고, 전국에 걸친 오케스트라 활동에 참여하기도 한다. 건물 임대료나 교사 급여 등을 후원하는 부모들도 있다.

엘 시스테마는 한 가족 안의 여러 세대가 음악과 관련된 활동에서 능동적 역할을 할 수 있도록 독려해왔다. 부모와 자녀, 손자 등 여러 세대가 엘 시스테마의 다양한 부문에 참여하는 것은 놀랄 일이 아니다. '라 링코나다 센터 어린이 청소년 오케스트라의 친구들 협회' 회장인 마리셀라 로살레스(Marisela Rosales)는 센터와 부모의 관계에 대해 다음과 같이 말했다.

"우리 센터는 평화, 화합, 행복으로 충만한 곳입니다. 우리 부모들 각자는 이 공간을 보살피고 이곳이 더 좋아지도록 계속 신경을 씁니다. 우리 공동체의 독특한 보물이기 때문이지요. 이곳에는 폭력도, 마약도, 욕설도 없어요. 우리가 이곳을 지키려는 이유는 이곳에서 평화를 찾을 수 있기 때문입니다. 나의 두 아이도 여기서 음악을 배웠습니다. 그들이 얻은 혜택은 정말 엄청나지요."

낙오자가 없는 학교

1995년 '우리도 베네수엘라다!'라는 모토와 함께 시작된 엘 시스테마의 특별 교육 프로그램은 인지, 시청각, 학습에 장애가 있거나 신체장애가 있는 아이들과 자폐를 앓는 어린이, 청소년을 위해 특화된 음악 교육 프로그램이다. 현재 이 프로젝트는 시범 센터였던 바르키시메토뿐 아니라 팔콘, 트루히요, 아라구아 등에서도 운영되고 있다.

이 프로젝트를 출범시킨 장본인이자 현재 전국 총괄을 맡고 있는 조니 고메스(Jhonny Gomez)는 라라 심포니 오케스트라의 클라리넷 연주자였으며, 바르키시메토의 사범대학에서 교수로 일했고, 학습 지체 분야를 전공한 특수교육 전문가이기도 하다. 그는 이 프로그램이 학습, 지체장애 어린이 16명, 시각장애 어린이 12명으로 시작해 이미 상당한 성과를 거두었고, 지금은 장애 어린이 각각의 특성을 이해하고 그에 적합한 교육 방식을 모색하는 일에 초점을 두고 있다고 설명했다.

조니에 따르면 이 프로그램은 멜로디와 리듬을 통한 치료라기보다는 음악에 관심 있는 5세부터 30세까지의 어린이, 청소년, 성인을 위한 엘 시스테마의 학습 프로그램에 따라 마련되고 특화된 교육 방식이다.

"과거엔 음악을 공부하려면 음악을 들을 수 있는 귀가 필요하다고 여겨졌잖아요. 우리는 이 생각을 깨뜨렸습니다. 듣지 못하는 어린이들이 하얀 손 합창단, 타악기 앙상블, 리듬 밴드에서 실제로 활동하고 있으니까요."

현재 바르키시메토의 센터에서만 207명의 학생이 여러 특수교육 분야에서 공부하고 있다. 2000년 이래로 이 프로그램은 베네수엘라의 다른 도시로 확산되어 아라구아 주 마라카이 센터에는 80명, 팔콘 주의 푼토 피호에는 백 명, 투쿠피타의 델타 아마쿠로에는 30명, 트루히요 주의 발레라에는 60명의 학생이 각각 공부하고 있다. 모두 477명의 베네수엘라 사람들이

마노스 블랑카스 합창단은 청각장애가 있는 아이들에게 예술 활동에 참여할 수 있는 기회를 열어주었다.

이 특수 프로그램에 참여하고 있는 것이다. 이 프로그램의 목표는 이들을 오케스트라로 통합하는 과정을 돕고, 이들이 합창단의 일원이 되거나 앙상블에서 함께 악기를 연주할 수 있도록 하는 것이다.

이 프로그램이 결실을 맺기 시작하자 다른 움직임이 나타나기 시작했다. 조니는 이 프로그램의 중장기 목표는 베네수엘라 각 주에 음악 특수교육 센터를 세워 장애를 가진 어린이와 청소년을 사회에 통합하는 것이라고 했다.

"중요한 것은 여러 세대에 걸쳐 사회로부터 격리된 수천 명의 사람들을 지속적으로 돌보는 일입니다. 엘 시스테마 덕택에 이 아이들과 부모들은 늘 갈망해온 참여의 기회와 평등한 권리를 되찾았다는 걸 알게 되었지요."

특수교육 프로그램이 시작된 지 4년 뒤인 1999년, 라라 주에서 어린이 청소년 오케스트라 마노스 블랑카스(Manos Blancas) 합창단이 설립됐다. 청각장애 청소년들로 구성된 이 합창단을 이끄는 사람은 남편인 조니 고메스와 마찬가지로 특수교육을 전공한 나이베스 가르시아(Naybeth Garcia) 교수다. 그녀는 구스타보 두다멜이 지휘하고 아브레우 박사가 참석했던 라라에서의 첫 콘서트를 떠올렸다. 그때 그들은 합창단에 어울리는 이름, 즉 아이들의 장애를 언급하지 않는 명칭을 찾고 있었다.

"고심 끝에 아이들이 율동을 할 때 끼는 장갑의 색깔을 떠올리게 되었어요. 그래서 '하얀 손들'이라는 뜻인 '마노스 블랑카스 합창단'이라는 이름이 만들어졌지요."

저는 앞을 보지 못하지만 바이올린을 연주합니
다. 음악사와 하모니를 배우는 3학년 과정을 이제
막 마쳤고, 바이올린을 배운 지는 5년이 되었지요.
센터에 오는 것은 저한테 매우 중요한 일이에요. 매
일 음악과 삶에 대해 새로운 것을 배울 수 있거든요.
친구가 많은 편인데 시각장애인 친구도 있고, 장애
가 없는 친구도 있어요. 저는 바이올린을 정말 사랑
해요. 바이올린은 아름다운 소리를 내는 악기거든
요. 바이올린과 함께 있을 때면 안전하다는 느낌이

Interview

루이사나 프레이테스 — 20세,
바이올린, 바르키시메토 센터, 라라 주

들어요. 저는 바르키시메토 청소년 오케스트라의 제1바이올린 주자로 활동
하고 있어요. 저 같은 시각장애인을 위해 개발된 점자 시스템 덕분에 악보
를 읽을 수 있죠. 센터의 선생님들은 모두 훌륭한 분들이에요. 그분들은 정
말 많은 걸 가르쳐주셨죠. 특히 연습의 중요성을 가르쳐주셨어요. 저는 장
애 아동을 위한 합창단에서 노래도 하고 있어요. 엘 시스테마와 음악이 가
져다준 빛 덕분에 정말 행복합니다.

특수교육 프로그램이 제일 먼저 초점을 맞춘 분야는 시각장애 문제였
다. 여러 가지 난관을 넘어서야 했는데, 특히 점자로 된 악보가 너무나 부
족했다. 실태 조사 이후 바르키시메토에 점자 음악 리서치 센터와 프린팅
센터가 설립되었다. 이 센터의 목표는 시각장애 어린이, 청소년들이 읽고

쓰는 것을 가로막는 요인을 최소화해 이들이 음악을 만들고 합창단에 참여할 수 있도록 하는 것이다.

나이베스 가르시아는 이 프로그램의 교사들은 장애 학생들에게 우선 음악적 목표를 세우도록 가르친다고 설명했다. 이를 위해 다양한 방법론과 전략이 총동원된다. 매일 열리는 수업은 정규 학교의 학사 일정과 똑같다. 아침반, 저녁반이 있고 이론 수업과 실기 수업이 있으며 개별 지도뿐 아니라 전체 리허설이 있다. 청각장애가 있는 아이들에게는 리듬 감각을 키워주기 위해 특별히 보디랭귀지와 수화를 가르친다.

합창 지휘와 점자 음악학을 전공했으며 수화 전문가이기도 한 가르시아는 감수성이 무척 예민한 사람이었다. 그녀는 아이들에 대한 특별한 열정을 지녔다.

"합창단의 모든 아이가 나에게 말로는 표현할 수 없는 정신적 평화를 가져다줍니다."

합창단이 그녀에게 어떤 느낌을 전해주는지를 단적으로 드러내는 말이

카라카스의 로스 초로스 센터 어린이 오케스트라는 거리의 아이들, 버려지거나 학대받던 아이들로 구성되었다.

다. 누구라도 마노스 블랑카스 합창단의 공연을 보고 듣는다면, 감동의 눈물을 흘리지 않을 수 없을 것이다.

엘 시스테마의 사회적 기여를 보여주는 또 하나의 사례는 수도의 로스 초로스 센터다. 이 센터는 버림받거나 범죄의 희생양이 된 미성년자들을 보호하는 국립소년원협회(INAM)와의 합의를 통해 소년원 안에 설립되었다. 열두 살 때 메리다 센터에서 음악 공부를 시작한 색소폰 연주자 낸시 카레뇨(Nancy Carreño)가 이 센터를 이끌고 있다.

로스 초로스에서는 6세부터 18세의 아이들 120명이 25명의 교사들에게 지도를 받는다. 이 센터의 모든 아이는 오디션을 거쳐 오케스트라에 들어가 악기를 배정받을 권리가 있다. 매주 월요일부터 금요일까지는 오후 2시부터 6시까지 수업이 진행되며, 토요일에는 오전 10시부터 오후 2시까지 수업을 한다. 정신지체를 겪는 아이들은 타악기 분과에서 특별 임무를 부여받기도 한다.

7년 전 시작된 이 프로그램의 목표는 거리의 아이들을 사회에 재통합시키는 것이다. 이는 쉽지 않은 과제다. 이곳에 오는 아이들 중 상당수는 심각한 정서적 문제를 안고 있다. 또한 아카데믹한 관점에서 볼 때 가장 큰 어려움은 아이들이 집중하거나 배운 것을 기억하는 데 문제를 겪고 있다는 것이다. 그러나 카레뇨는 "이 아이들이 루이스 파트리시오 알로마토(Luis Patricio Alomato)의 지휘로 베토벤 교향곡 제5번을 연주하는 것을 들으면, 누구든 믿기 어려운 일이 벌어지고 있다는 것을 알게 될 것"이라고 말했다.

대니 올리베로스 − 14세,
더블베이스, 사리아 센터, 카라카스

나는 학교 앞의 작은 집에 살아요. 나는 아버지가 없고 어머니는 사탕을 파세요. 여동생들은 같이 음악을 배우고 있고요. 캐더린은 바이올린을 하고, 막내는 합창단에 있어요. 오케스트라에 참여하는 건 정말 즐거운 일이에요. 열 살에 처음 음악을 시작하면서 더블베이스를 골랐어요. 그 소리가 좋았고, 키가 큰 편이라 악기의 무게를 감당할 수 있었거든요. 더블베이스는 매우 조심해서 다뤄야 하는 악기예요. 그래서 학교 밖으로 악기를 갖고 나가면 안 돼요. 깡패들이 많아서 위험하거든요. 이제 나는 열네 살이고, 곧 고등학교에 들어가요. 나중에는 음악가가 되고 싶어요. 돈이 없어서 좀 어렵다는 건 알지만 할 수만 있다면 대학에도 갈 거예요. 내가 계속 공부할 수 있도록 아브레우 박사님이 도와줄 수 있는지 한번 알아보려고요. 엘 파라이소에 있는 시몬 볼리바르 음악원 입학시험도 보고 싶어요. 내가 해내는지 한번 두고 보세요!

레디 곤살레스 − 9세, 비올라,
라 링코나다 센터, 카라카스

우리 집은 카라카스의 가난한 산동네인 라스 마야스의 꼭대기에 있어요. 나는 네 살 때부터 라 링코나다 어린이 오케스트라에서 비올라를 연주했어요. 지금은 센터에서 악기를 빌려 쓰고 있지만 언젠가는 집에 가져갈 수 있는 내 악기를 살 거예요. 나는 바이올린은 별로 좋아하지 않아요. 너무 잘난 체하는 소리가 나요. 반대로 비올라는 우아한 소리를 내죠. 무게는 더 나가지만 베이스 줄을 갖고 있어서 소리가 진지해요. 하루에 다섯 시간씩 비올라를 연습해요. 오케스트라 전체가 함께 연주하면 모든 악기의 리듬을 느낄 수 있어서 센터에 오는 게 참 좋아요. 정말 멋져요! 센터에 왔을 때 진짜 행복했어요. 집에서는 할 일이 없어서 늘 지루했거든요. 여기서는 친구들과 음악을 연주하며 놀 수 있어요. 나중에 어른이 되면 비올라를 가르치고 싶어요. 시몬 볼리바르 청소년 오케스트라나 베를린 필에서 연주하고 싶고요. 악기를 연주하는 건 재미난 일이에요. 콘서트에도 갈 수 있고, 잘한다고 격려해주는 사람들도 만날 수 있잖아요. 나는 아무것도 안 하고 길에서 노는 카라카스의 아이들이 센터에 와서 나처럼 음악을 배웠으면 좋겠어요.

로스 초로스 센터는 음악을 통해 사회를 구원하는 엘 시스테마의 미덕과 치료 효과를 가장 선명하게 보여주는 곳이다. 낸시 카레뇨는 자부심에 가득 차 풍부한 사례들 가운데 하나를 들려주었다. 에두아르도 파르카나와 남동생은 3년 전 이곳에 왔다. 가족들은 모두가 마약에 절어 있었다. 아버지는 알코올중독자였고, 엄마는 누군지도 몰랐다. 끔찍하게 방치된 환경에서 살아온 탓에 처음 소년원에 왔을 때 에두아르도의 몸은 쥐가 문 자국투성이였고, 영양실조 상태였다. 그러나 '뜻이 있는 곳에 길이 있다'는 오케스트라의 모토처럼 그는 온갖 비관적 예측에도 불구하고 로스 초로스 오케스트라의 콘체르티노가 되었고, 나중에는 국립 바이올린 아카데미의 학생

이 되었다. 카레뇨는 자신이 에두아르도에게 악기를 건네주던 날을 결코 잊지 못할 거라고 말했다. 아침에 악기를 건네주었는데, 그날 오후에 에두아르도는 그것을 들고 무엇인가를 연주하고 있었다. 음악이 그에겐 끔찍한 현실을 벗어날 수 있는 유일한 탈출구였던 것이다.

장애를 가진 아이들, 범죄와 마약에 노출된 아이들 이외에도 또 다른 아이들이 엘 시스테마의 넓은 품 안에서 자기 길을 찾아가고 있다. 음악에 소질이 없어도 엘 시스테마 안에서 자기 역할을 찾을 수 있는 시스템이 갖춰져 있기 때문이다. 아브레우 박사는 음악가들을 지원할 조직을 만들어 전체 시스템을 강화해가는 가운데 1995년 기술적인 면과 예술적인 면에 모두 관심을 기울이는 '악기 제작 아카데믹 센터'를 설립했다. 이 센터는 악기를 만들고, 수리하는 전문가를 양성하는 기관으로 카라카스 카리쿠아오의 CC2 구역에 있는 국립교육협력협회 안에 자리 잡고 있다. 현재 50명이 참여하고 있는데, 이들은 관현악기의 제조와 수리에 관심이 있고 특별한 기술과 숙련도, 기술자로서의 소명 의식을 지닌 젊은이들이다.

악기 제작 아카데믹 센터의 가장 큰 목표는 전국 어린이, 청소년 오케스트라에서 쓰이는 온갖 종류 악기를 수리하고 유지하는 것이다. 또한 엘 시스테마의 기초 교육과 2차 교육 과정에서 탈락한 젊은이들을 기술 교육을 통해 다시 시스템 안에 통합시키는 것도 중요한 목표다. 악기 제작 아카데믹 센터는 매 학기나나 직업적으로 악기를 제작할 수 있도록 훈련하는 코스를 운영한다. 이 코스에는 악기 파트별로 특화된 제작 방법을 가르치는 세미나, 참여자들의 자긍심과 자기 확신을 키워주기 위한 워크숍, 커뮤니케

악기 제작 아카데믹 센터는 엘 시스테마의 학생들에게 좋은 품질의 악기를 제공한다.

이션 능력을 향상시키기 위한 수업, 학생들이 공부하는 동안의 사회경제적 지원, 실제 작업 환경에서의 실습 등이 포함돼 있다.

악기 제작 아카데믹 센터 대표인 이라마 두케(Irama Duque)는 "우리 센터는 베네수엘라의 각 주마다 특화된 악기를 제작하는 활동을 조직하고 있다"고 말했다. 예컨대 아라구아 주에서는 바이올린과 하프를 집중적으로 만들고, 안소아테기 주와 볼리바르 주에서는 바이올린, 라라 주에서는 기타와 만돌린, 쿠아트로, 메리다 주에서는 바이올린을 만드는 식이다.

그녀는 장인들의 숙련도를 가늠하는 중요한 요소인 수제 악기의 연간 생산 대수는 나무를 깎는 사람의 기술에 따라 다르다고 설명했다. 악기 제작 아카데믹 센터는 생산성을 양으로 판단하지 않으며, 서로 다른 유형의 워크숍 6개를 통한 교육과 훈련으로 도달한 탁월함의 정도에 따라 판단한다. 이곳에서 수리하는 악기의 수량은 제작자의 기술과 악기의 손상 정도에 따라 다르다. 엘 시스테마 소속 음악가들의 수가 늘어나는 만큼 해마다 악기를 수리하려는 수요도 부쩍 늘어난다고 한다.

악기 제작 아카데믹 센터를 국립 악기 제작 학교로 전환하고 새로운 곳에 정착하는 것도 이들의 목표 중 하나다. 또한 이들은 베네수엘라의 각 주에 악기 제작 센터를 세우고, 해외 악기 제작자들을 초빙하여 센터의 장인들을 교육하며, 센터에서 만드는 악기의 품질을 보증하기 위해 모든 악기에 센터 고유의 색깔을 입히려는 계획도 추진하고 있다.

활과 현의 전문가인 로물로 칼데론(Rómulo Calderón)은 64세의 숙련된 장인이다. 그는 좋은 장인이 되려면 자기 일에 대한 소명 의식과 음악에 관한 지식이 있어야 한다고 강조했다. 그는 현악기 중에서 바이올린이 가장 만들기 힘들다고 말했다.

"악기 제작 아카데믹 센터에서 학생들이 처음 배우는 것은 나무의 종류를 구별하는 일입니다. 그다음에 악기의 구조와 작동 원리를 배우게 되죠."

페루에서 태어난 칼데론은 시몬 볼리바르 청소년 오케스트라의 필요에 응하기 위해 유네스코와 계약을 맺고 이곳에 와서 23년째 살고 있다. 그의 아버지, 할아버지도 악기 제작자였으며 그들만큼 그도 이 분야에서 오래 일했다.

"우리에게 어렵거나 불가능한 일은 없습니다. 물론 처음엔 늘 어느 정도 어려움이 있기 마련이에요. 그러나 일단 악기 제작을 시작한 뒤에는 자연스럽게 흐름에 몸을 맡기면 됩니다."

EL SISTEMA

#3

엘 시스테마의 한 절정,
시몬 볼리바르
청소년 오케스트라

만약 누군가가 의심하고 흔들린다면,

만약 이 나라가 황무지이고

어떤 결실도 맺을 수 없으리라 생각한다면,

이곳에 와서

시몬 볼리바르 청소년 오케스트라가 연주하는 것을 듣게 하라.

그는 희망으로 충만한 채 극장 문을 나서게 될 것이다.

– 아르투로 우슬라르 피에트리

밤이나 오후, 혹은 리허설에서나 세계의 숱한 공연 무대에서, 또는 아름다운 홀의 갈라 콘서트에서나 호세 펠릭스 리바스 홀의 아담한 분위기에서 시몬 볼리바르 청소년 오케스트라의 연주를 들어본 사람이라면 누구나 현악기의 따스함, 목관악기의 탁월한 기량, 금관악기의 힘과 기교, 타악기의 발랄함을 잊지 못할 것이다.

어떤 사람들은 레퍼토리나 테크닉에 더 비중을 둘지도 모르겠다. 그러나 그들 역시 자기가 보고 들은 것이 한 무리의 젊은이들이 마치 음악으로 잊지 못할 순간을 만들어내는 모험에 처음 가담하듯 쏟아내는 열정과 맹렬함, 대담함이 멋지게 어우러진 결과임을 잊지 못할 것이다. 그리고 오직 시몬 볼리바르 청소년 오케스트라만이 선사할 수 있는 매우 특별한 에너지로 충만한 채 공연장 문을 나서게 될 것이다.

남아메리카를 해방시킨 인물의 이름을 딴 이 오케스트라는 엘 시스테마가 낳은 최고의 결실이라고 할 수 있다. 이 오케스트라를 귀한 다이아몬드처럼 갈고 닦아 아름답게 만들고, 조심스럽게 보살펴온 아브레우 박사는 이들이 남미 대륙의 위대한 심포니 오케스트라가 되리라 상상했다. 그는 이 오케스트라의 국제적 성장을 꿈꾸며 처음부터 이들을 역동적이고 현대적인 조직으로 만들었다. 오늘날 시몬 볼리바르 청소년 오케스트라는 전국 오케스트라들이 지향하는 모델이자 전체를 이끄는 불빛일 뿐 아니라 라틴 아메리카의 한쪽 끝에 우뚝 솟은 빙산 같은 존재라 할 수 있다.

시몬 볼리바르 청소년 오케스트라는 어떻게 탄생했을까? 그 뿌리는 후안 호세 란다에타 국립 청소년 오케스트라로 거슬러 올라간다. 거기에서 시작한 창단 멤버들과 1978년부터 1980년 사이 전국 각지에서 모여들어 치열한 오디션과 경쟁을 거쳐 합류한 새로운 멤버들이 시몬 볼리바르 청소년 오케스트라를 구성하고 있다. 아브레우 박사의 야심찬 계획은 단지 오케스트라의 이름을 후안 호세 란다에타에서 시몬 볼리바르로 바꾸는 수준에 그치지 않았다. 시몬 볼리바르로의 재탄생은 더 많은 것을 의미했다. 첫째는 라틴아메리카를 넘어 국제적 수준에서 그들만의 개성과 기질을 유지하면서도 모든 종류의 시나리오와 레퍼토리를 소화할 수 있는 독특한 오케스트라를 출범하는 것이었고, 둘째는 베네수엘라의 어린이, 청소년 오케스트라의 중층적 네트워크를 이끌 '리더'를 만드는 것이었다.

아브레우 박사는 오케스트라를 확장하기 위한 전략을 마치 시계공처럼 정교하게 만들었다. 그는 전국 각지의 가장 뛰어나고 담대한 젊은 음악인들을 모으기 위해 문을 활짝 열었고, 그들의 앙상블에 국가적 성격과 명확한 특징을 부여했다. 모든 멤버는 베네수엘라 사람이었다. 아브레우 박사는 그들의 개인별, 그룹별 트레이닝을 모두 강조했다. 그는 리허설 음악을 기본적으로 아카데믹하게 구성하면서도 그 사이에 색다른 레퍼토리를 섞

어 새로운 도전을 마련했다. 이 모든 노력에 앞서 무엇보다 자신이 오케스트라 앞에서 지휘봉을 휘두르며 지혜롭고 깊은 울림을 가진 메시지를 직접 전달하려 노력했다. '연주하는 것을 두려워 마라', '음악을 가능한 한 최고의 수준으로 만들어라', '라틴아메리카 음악가들은 열등하다는 진부한 통념을 잊어라' 등등. 이 말들은 베네수엘라와 시몬 볼리바르 청소년 오케스트라 음악의 역사를 영원히 비추게 될 메시지다.

창단 멤버 중 한 명인 카를로스 비야미사르는 다음과 같이 이야기했다.

"처음 시작할 때부터 아브레우 박사는 우리에게 규율을 심어주었고, 우리가 하는 일에 대한 자부심을 불어넣어 주었습니다. 그는 우리에게 집중과 열정을 강조하곤 했어요. 이 덕목들은 우리가 스스로를 음악에 바치는

동안 늘 내면에 자리하고 있었습니다. 이는 엘 시스테마를 통해 탄생한 모든 오케스트라의 특징이라고 할 수 있습니다."

아브레우 박사는 국내외의 중요한 지휘자들에게 이 다이아몬드의 단련을 부탁했다. 국립 청소년 오케스트라의 창단 멤버들이 1980년대부터 카를로스 차베스의 지휘 아래 단련되었던 것처럼 시몬 볼리바르 청소년 오케스트라도 여러 지휘자들에게 배우며 다양한 스타일에 적응해갔다. 힘찬 지휘가 특징인 마에스트로 곤살로 카스테야노스 유마르부터 영감 어린 지휘로 오케스트라를 이끄는 이노센테 카레뇨까지 다양한 개성을 지닌 베네수엘라 지휘자들이 이 오케스트라를 거쳐갔다.

그러나 아브레우 박사는 아직도 갈 길이 멀다고 생각했다. 시몬 볼리바

시몬 볼리바르 청소년 오케스트라와 리허설을 하고 있는
마에스트로 주빈 메타.

르 청소년 오케스트라를 단련시켜 새롭게 태어나게 하고, 오케스트라의 연
주 활동 자체가 스스로에 대한 끊임없는 도전이 되게 할 '마법의 지휘봉'은
아직 나타나지 않았다. 시몬 볼리바르 청소년 오케스트라는 빠듯한 갈라 콘
서트 일정, 국내 투어, 발레와 오페라 스테이징 연주 등 쉴 새 없이 새로운
예술적 도전을 맞이하고 있었다. 한편 자신의 취향을 만족시켜줄 만한 역량
있고 적응력 강한 연주자들을 찾던 세계의 유명 연주자들이 잇따라 시몬 볼
리바르 청소년 오케스트라 앞에 섰다. 마리오 벤제크리(Mario Benzecry, 아
르헨티나의 지휘자), 에드몬 콜로메르(Edmon Colomer, 스페인의 지휘자), 곽
승(대구시립교향악단 상임 지휘자), 페터 마크(Peter Magg, 스위스의 지휘자), 주
빈 메타(Zubin Mehta, 인도의 지휘자), 크시슈토프 펜데레츠키(Krzysztof
Penderecki, 폴란드의 지휘자), 헬무트 릴링(Helmuth Rilling, 독일의 지휘자),
므스티슬라프 로스트로포비치(Mstislav Rostropóvitch, 러시아의 첼로 연주
자), 칼 세인트 클레어(Carl St. Clair, 미국의 지휘자), 막시미아노 발데스
(Maximiano Valdés, 칠레의 지휘자), 스타니슬라프 비슬로키(Stanislaw Wis-
locki, 폴란드의 지휘자) 등이 그들이었다.

마에스트로 주빈 메타는 첫눈에 이 오케스트라에게 반했다. 1987년 7월

27일 그는 오케스트라 멤버들에게 이런 말을 전했다.

"카라카스에 도착해서 여러분과 첫 리허설을 가진 뒤 나는 시몬 볼리바르 청소년 오케스트라가 내 인생에 경이로운 선물이 될 거라고 공공연하게 말해왔습니다. 이제 오케스트라에게 작별을 고하면서 나는 여러분이 보여준 탁월한 역량과 최고 수준의 프로페셔널리즘에 축하와 함께 따뜻한 인사를 전합니다. 라틴아메리카 젊은이들을 대표하는, 그리고 베네수엘라 정부와 국민이 자랑스러워할 만한 이 대단한 그룹이 유럽과 미국에 하루 빨리 제대로 소개되기를 바랍니다."

대륙의 지휘자, 대륙의 오케스트라

1989년, 그러니까 시몬 볼리바르 청소년 오케스트라가 국내외에서 중요한 지위를 획득했을 무렵부터 멕시코의 유명 지휘자이자 작곡가로 미국 댈러스 심포니 음악 감독을 지낸 에두아르도 마타(Eduardo Mata)가 이 그룹과 '결혼해' 중대한 예술적 진화를 이끌었다. 시몬 볼리바르 청소년 오케스트라의 단원이라면 누구나 마타의 영향을 강조할 것이다. 타악기 주자 에드가 사우메는 "마타의 등장은 아브레우 박사가 오케스트라의 목표로 제시한 '탁월함'을 추구하는 과정에서 결정적인 계기였다"라고 회상했다. 프랑크 디 폴로는 마타가 어떻게 시몬 볼리바르 청소년 오케스트라와 관계를 맺게 되었는지를 들려주었다.

"1969년에 마타를 처음 만났어요. 그 당시 그는 콘차 아쿠스티카에서 지휘하고 있었지요. 세월이 지나고 1975년 무렵 우리가 막 국립 청소년 오케스트라를 만들었을 때 아브레우 박사는 나더러 멕시코에 가서 마타를 만나 이곳으로 초청해보라고 했어요. 사실 마타는 첫해에, 그러니까 우리가 신두 공장의 창고에서 연습할 때 온 적이 있어요. 거기서 그는 우리 오케스트라의 연주를 들었는데 별 느낌이 없어 보였어요. 그 후 시몬 볼리바르 청소년 오케스트라로 이름을 바꾼 우리는 리바스 홀에서 연주를 했고, 국제적으로도 꽤 알려지게 되었지요. 아브레우 박사는 석 달 동안 우리에게 쇼스타코비치 교향곡 제5번을 연습시켰습니다. 그때 마타가 와서 함께 연습을 시작했는데, 우리가 모든 역량과 기술을 다해 1악장을 연주한 뒤에 그가 말했습니다. '내가 이전에 여러분을 신뢰하지 않았다는 것을 인정해야 할 것 같아요. 나를 용서해주길 바랍니다.' 바로 그때부터 마타는 시몬 볼리바르 청소년 오케스트라와 사랑에 빠졌지요."

1942년 멕시코의 디스트리토 페더럴에서 태어난 마타는 멕시코 국립 음악원에서 공부했고, 카를로스 차베스의 제자였다. 마타는 과달라하라 심포니의 지휘자였으며 이후 댈러스 심포니의 음악 감독이 되었다. 그는 20세기 멕시코 최고의 작곡가 중 한 사람이기도 했는데 피아노 소나타(1960), 클라리넷과 피아노를 위한 즉흥곡(1960), 클래식 심포니 제1번(1963), 〈데보라 발레 조곡〉(1963) 등을 작곡했다.

마타는 시몬 볼리바르 청소년 오케스트라와 급속도로 가까워졌다. 그는 베네수엘라의 심장과 영혼에 다가가고 싶어 했다. 베네수엘라와 그들의 오케스트라에 새롭게 눈을 뜨던 시기에 그는 아푸레 주를 여행하면서 이렇게 고백했다.

"나는 사바나의 교외에서 환각에 빠졌고 사람, 음식, 색깔, 냄새, 그 밖의 모든 환경에 감동받았습니다. 이 여행은 내게 새로운 계시입니다."

그는 〈포커스 : 음악〉이라는 제목의 TV 프로그램에 출연해 베네수엘라 작곡가인 안토니오 에스테베스에 대해 언급하면서 이런 말을 하기도 했다.

"뛰어난 재능을 지닌 그의 매우 복잡하면서도 아름다운 작품은 전형적인 '라틴아메리카적' 음악이라고 할 수 있습니다. 이 음악이 널리 알려지지 않은 것은 부끄러운 일입니다. 우리는 현실을 직시하고, 가능한 모든 방법으로 이를 만회해야 합니다."

멕시코의 지휘자 에두아르도 마타는 시몬 볼리바르 청소년 오케스트라에 독특한 개성과 사명감을 부여했다.

마타가 언급한 음악은 〈라 칸타타 크리올라〉였다. 그는 이 음악을 시몬 볼리바르 청소년 오케스트라와 함께 연주했고, 1992년 런던 투어의 첫 곡으로 골랐다.

시몬 볼리바르 청소년 오케스트라와 함께하는 동안 마타는 늘 현악기의 아름다움과 연주자들 사이의 완벽한 이론적, 실천적 편성을 강조했다. 그는 이들의 열정과 생명력에 주목했고, 합창단의 높은 수준에 놀라워했다. 1989년부터 1995년 사이에 그가 지휘한 시몬 볼리바르 청소년 오케스트라의 모든 음악 프로그램은 연주자와 대중, 작곡가 사이의 독특한 관계를 형성하기 위해 기획된 것이다. 마타는 리허설과 프리젠테이션을 거듭하며 자신의 재능을 이들과 나누었으며, 다양한 레퍼토리를 통해 시몬 볼리바르 청소년 오케스트라만의 개성을 강화해갔다.

마타의 기여를 회상하고 그에게 경의를 표하며 아브레우 박사가 말했다.

"마타는 대륙적 풍모를 지닌 지휘자였습니다. 또한 음악 분야에서 새로운 세대를 만들어가는 운동의 중심에 있던 대단히 지적인 리더였지요. 그는 음악을 라틴아메리카적인 이상을 실현하는 도구이자 우리가 스스로의 정체성을 찾아가는 과정으로 이해했습니다. 그는 음악을 통해 전 대륙에 걸친 학교를 만들어내는 일을 적극적으로 추진했고, '라틴아메리카 교향악'이라는 개념을 믿었습니다. 그는 이러한 생각을 널리 알리고 싶어 했고, 그 개념을 세계가 인정하는 기품 있는 음악으로 구현하고 싶어 했지요. 그리고 그것을 위해 자신의 삶을 바칠 준비가 되어 있었습니다. 이것이 그가 라틴아메리카 교향악 레퍼토리를 새롭게 구성하고 국제적으로 알리기 위해 시몬 볼리바르 청소년 오케스트라를 선택한 이유입니다. 시몬 볼리바르 청소년 오케스트라를 국제화시키고, 오케스트라에 독특한 개성과 더불어 그들이 라틴아메리카와 카리브 해 연안 국가들을 위해 대단히 중요한 과제를 수행하고 있다는 사명감을 부여한 사람은 바로 마타라고 말해도 좋을 것입니다."

나는 현재 시몬 볼리바르 청소년 오케스트라의 예술 감독을 맡고 있습니다. 베네수엘라와 라틴아메리카 거장들의 음악, 클래식과 현대곡, 오페라와 발레에 이르기까지 온갖 종류의 레퍼토리를 연주하는 지금이 내 음악 인생에서 가장 중요한 순간이라고 생각합니다. 시몬 볼리바르 청소년 오케스트라에서 활동한 덕분에 나는 한층 성숙해졌고, 지휘 테크닉도 강화할 수 있었습니다.

아브레우 박사(오른쪽)와 이야기를 나누고 있는 시몬 볼리바르 청소년 오케스트라의 예술 감독 알프레도 루헬레스(왼쪽)

프로페셔널 지휘자로서 나의 데뷔 무대는 1981년 4월 4일 시몬 볼리바르 청소년 오케스트라와 가졌던 콘서트입니다. 그때 나는 아직 독일에 있었는데, 그 첫 만남은 매우 결정적이었죠. 이후로 나는 시몬 볼리바르 청소년 오케스트라의 음악가들과 지속적인 관계를 맺게 되었습니다. 베네수엘라로 돌아온 이후 처음엔 카라카스 시립 교향악단의 부지휘자 겸 예술 감독으로, 1982년부터 1991년까지는 테레사 카레뇨 극장의 음악 감독으로 일했지만 언제나 시몬 볼리바르 청소년 오케스트라와 우호적인 관계를 지속해왔습니다. 마침내 1991년에 시몬 볼리바르 청소년 오케스트라의 부지휘자가 되었고, 1998년부터는 예술 감독으로 일하고 있죠. 또 시몬 볼리바르의 모든 해외 공연에 동행하고 있습니다.

시몬 볼리바르 청소년 오케스트라는 내가 이들을 처음 만난 1981년부터 지금까지 놀랄 만한 발전을 거듭해왔습니다. 국내에서뿐만 아니라 해외에서도 성숙한 공연을 해냈어요. 에두아르도 마타의 지휘로 녹음한 음반들이 이를 증명하고 있지요. 나는 마타의 곁에 있었고 라틴아메리카 음악을 녹음할 땐 직접 참여했는데, 그것은 잊지 못할 배움의 경험이었습니다. 시몬 볼리바르 청소년 오케스트라는 이미 놀랄 만큼 성숙했고, 앞으로 더욱 위대해질 거라 확신합니다. 이들은 매일 스스로 새로워지고 있고, 엘 시스테마를 통해 성장한 젊은 음악인들에게서 늘 새로운 영양분을 공급받고 있거든요. 음악 교육 전문대학의 오케스트라 작곡 분야 교수 루헬레스가 자랑스럽게 말한 대로 더 많은, 더 나은 지휘자들이 엘 시스테마를 통해 속속 배출되고 있습니다. 그는 "이 모델은 베네수엘라에서 음악을 가르치는 방식을 영원히 바꿔놓을 것이며, 세계 어디에도 전례가 없다"고 말했습니다.

시몬 볼리바르 청소년 오케스트라는 생명력과 에너지로 가득 차 있습니다. 열정 덩어리 그 자체라고 할 수 있죠. 그들은 언제나 최상의 연주를 추구하고, 이에 대한 의지로 강력하게 추동되는 집단입니다. 음악적인 강점을 꼽는다면 프로코피에프, 림스키 코르사코프, 쇼스타코비치, 차이코스프스키 등 러시아 작곡가들의 곡을 연주할 때 특히 뛰어납니다. 하지만 말러나 슈트라우스 같은 후기 낭만주의 곡들도 매우 훌륭하게 연주합니다. 위대한 클래식, 즉 모차르트나 베토벤은 물론이고 에스테베스의 〈라 칸타타 크리올라〉 같은 라틴아메리카 음악도 빼놓을 수 없죠. 시몬 볼리바르 청소년 오케스트라에서 가장 막강한 섹션은 현악기입니다. 그중에서도 제1바이올린과 첼로가 가장 탁월하죠.

1995년 1월 4일 신문의 헤드라인은 시몬 볼리바르 청소년 오케스트라를 충격에 빠뜨렸다. 비극적인 비행기 사고가 마타를 베네수엘라와 시몬 볼리

1980년과 81년에 녹음한 시몬 볼리바르 청소년 오케스트라의 첫 LP 세 장

바르 청소년 오케스트라의 음악가들로부터 영원히 앗아가버린 것이다.

마타의 지휘봉은 시몬 볼리바르 청소년 오케스트라를 단련시키는 데서 그친 것이 아니었다. 지휘자 후안 카를로스 누녜스가 지적했듯 "마타의 지휘는 라틴아메리카 레퍼토리의 뛰어난 재해석과 미국 레이블인 도리안 레코딩스의 정교한 편집에 힘입어 전 세계에 시몬 볼리바르 청소년 오케스트라의 명성을 굳건히 하는 역할"을 했다.

이 현대적 레코딩 회사를 만나기에 앞서 시몬 볼리바르 청소년 오케스트라는 1980년과 81년에 세 장의 LP를 녹음했다. 첫 번째 것은 더블 LP로 한 장에는 이노센테 카레뇨의 〈마르가리테냐 조곡〉, 〈가예기아나 제4번 서곡〉 등이 수록됐고, 다른 한 장에는 이노센테 카레뇨와 아브레우 박사가 지휘한 바흐, 모차르트, 비발디 등의 클래식 음악이 수록됐다. 두 번째 녹음한 LP는 베네수엘라의 기타리스트인 알리리오 디아스(Alirio Díaz)에게 헌정된 것으로 더블 LP였다. 첫째 판에는 안토니오 라우로(Antonio Lauro, 베네수엘라의 작곡가이자 기타리스트), 호아킨 로드리게스(Joaquin Rodríguez, 베네수엘라의 클래식 기타리스트)의 곡이 실렸고 둘째 판에는 텔레만, 마르첼로, 바흐의 곡이 실렸다. 세 번째 LP도 더블 LP로 메조소프라노 모레야 무뇨스(Morella Muñoz)가 솔로이스트로 참여했으며 로시니의 곡을 해석해 실었다. 이 LP의 두 번째 장에는 아브레우 박사가 지휘하는 카를로스 차베스, 차이코프스키 등의 곡이 실렸다.

1991년에서 97년 사이에 마타와 시몬 볼리바르 청소년 오케스트라는 독특한 프로젝트를 진행했는데 여기에는 막시미아노 발데스 등 다수의 유명 지휘자들이 참여했다. 이들은 〈라 칸타타 크리올라〉, 실베스트레 레부엘타스(Silbestre Revueltas)의 〈센세마야〉, 마누엘 데 파야(Manuel de Falla)의 〈라 비다 브레베〉 등의 타이틀로 구성된 총 아홉 장의 음반을 녹음했다. 이 레코드 컬렉션들은 국내외에서 많은 호평을 받았다.

여러 나라에서 사랑받은 이 레코드는 에스테베스의 위대한 작품을 청각적으로 나무랄 데 없는 방식으로 선보일 뿐 아니라 마에스트로를 대중 오케스트라와 합창단을 탐구한 칼 오르프(Carl Orff, 독일의 작곡가), 알베르토 히나스테라(Alberto Ginastera, 아르헨티나의 작곡가), 펜데레츠키와 같은 반열에 올려놓았다. 이 레코드의 해석에 가장 놀랄 사람은 아마 에스테베스 자신일 것이다. 마타는 작곡가에게 절대적으로 충실하면서도 곡의 모든 디테일에 고풍스럽고 세련된 서사적 차원을 부여했다."

- 1993년 4월, 〈엘 나시오날〉

한 측면에서 이 레코드는 그라나다 집시들의 사랑과 배신과 죽음에 대한 짧고 열정적이며 최상급의 연주를 들려준다. 다른 측면에서는 남아메리카의 풍성한 음악적 삶의 단면을 보여주고 있다. 카라카스에서 녹음했으며, 에두아르도 마타가 시몬 볼리바르 청소년 오케스트라를 지휘했다.

- 1994년 8월, 〈워싱턴 포스트〉

탁월한 시몬 볼리바르 청소년 오케스트라를 세계무대에 처음으로 소개하는 이 레코드는 올해의 가장 뛰어난 음반 가운데 하나다. 마타의 해석과 베네수엘라 오케스트라의 연주는 리드미컬하고 격렬하면서도 풍성한 서사를 자랑한다. 〈콘체르토 그로소〉에서 소리는 대단히 자연스럽다. 아무런 인위적 효과도 느껴지지 않는다. 이 잘 다듬어진 따뜻한 음악은 찬사를 받을 만하다. 가장 보수적인 관객들조차도 완벽하게 보상받았다고 느낄 것이다.

- 1993년 12월, 〈CD 리뷰〉

1991년에서 97년 사이에 녹음한 시몬 볼리바르 청소년 오케스트라의 레코드 컬렉션

뜨거운 피가 끓어오르는 경주마처럼

지난 30년간 시몬 볼리바르 청소년 오케스트라가 빚어낸 소리는 어떤 것이었을까? 마에스트로 에드가 사우메는 단호하게 "날마다 더 좋아지고, 매 순간 더 나아지는 오케스트라"였다고 말했다. 그는 아직도 이 오케스트라의 타악기 리더로 있다. 21세기가 밝아올 무렵 시몬 볼리바르 청소년 오케스트라는 여느 때와 마찬가지로 넘치는 활력으로 여전히 성장하는 중이었다. 국내의 가장 뛰어난 연주자들이 단원으로 활동하고 있었다. 수많은 음악가들이 엘 시스테마의 각 레벨을 거치며 성장하고 있고, 그보다 더 많은 학생들이 입단을 희망하면서 오케스트라는 2개로 나뉘었다. 시몬 볼리바르 오케스트라 A는 알프레도 루헬레스가 지휘하며 엘 시스테마의 창립 멤버 다수와 가장 뛰어난 경력을 갖춘 음악가들로 구성됐다. 시몬 볼리바르 오케스트라 B는 주로 구스타보 두다멜이 지휘하며 엘 시스테마의 전국 조직과 오케스트라 교육 프로그램을 통해 성장한 음악인들과 뛰어난 신참들로 구성됐다.

나는 1980년대 초 유럽에서 공부를 마치고 돌아오자마자 곧바로 시몬 볼리바르 청소년 오케스트라에 합류했습니다. 처음부터 이들과는 특별한 관계가 형성됐죠. 멤버의 상당수가 베네수엘라에서 학교를 함께 다닌 친구들이었거든요. 나는 늘 친구들과 일하고 있다고 느꼈고, 이 느낌은 내가 음

악을 만들 때 매우 중요한 요소였습니다. 오케스트라는 조금씩 속도를 내기 시작했고, 감성적 힘과 프로페셔널리즘 그리고 새로운 경험을 쌓아갔습니다. 개척자들과 창단 멤버들로 구성된 섹션 A는 무한한 에너지를 지녔으며, 젊은이들로 이루어진 섹션 B는 신선하고 발랄합니다. 시몬 볼리바르 청소년 오케스트라는 유럽이나 세계 기타 지역의 위대한 오케스트라에서 발견할 수 있는 덕목을 다 갖추고 있습니다. 때문에 내가 바흐, 비발디, 말러, 스트라빈스키, 베네수엘라와 라틴아메리카 작곡가들의 곡을 이들과 연주한 경험은 놀랄 만한 것이었습니다. 이 오케스트라의 탁월한 기량 앞에선 어떠한 한계도 없었어요. 앞선 콘서트에서 빚어낸 소리가 아무리 훌륭했다 해도 이들은 언제나 그다음에 더 잘할 수 있다는 걸 보여주었습니다. 이 영원한 도전이야말로 지휘자에게 정말 값진 것입니다.

Interview

파블로 카스테야노스(Pablo Castellanos)
— 오케스트라 지휘자

사우메와 같은 창단 멤버인 울리세스 아스카니오는 시몬 볼리바르 청소년 오케스트라에 대해 이렇게 말했다.

"어느 측면에서 보아도 시몬 볼리바르 청소년 오케스트라는 앞장서서 길을 닦은 오케스트라입니다. 이제 그들 곁에는 자체적인 매니지먼트 역량을 갖춘 엘 시스테마가 있고, 며칠 안에 7백 명 규모의 국제 세미나를 소집하거나 다른 어떤 도전이 와도 감당할 수 있는 탄탄한 재단이 있어요. 엘 시

스테마는 대단한 조직력을 갖추고 있습니다. 그 모든 일이 가능하기까지는 고난으로 점철된 길을 걸어와야 했지요. 우리는 우리를 환영하지 않는 장소에서도 일해야 했습니다. 테레사 카레뇨 극장이 공사 중일 때는 건축 자재들이 사방에 널려 있고 밤에는 전등 하나만 달랑 켜져 있던 주차장에서 연습을 하곤 했어요. 그러나 우리는 결국 시몬 볼리바르 청소년 오케스트라를 통해 오케스트라의 국제화를 위한 문을 열었고, 세계 시장에 주목할 만한 음반을 내놓아 엘 시스테마를 전 세계에 알렸습니다. 이것이 바로 여전히 시몬 볼리바르 청소년 오케스트라가 엘 시스테마의 기수, 전체 오케스트라의 어머니인 이유입니다. 엘 시스테마의 주요 교사와 감독들은 모두 이 오케스트라에 속해 있고, 우리의 정체성을 규정짓는 음악적 상징과 정신은 모두 이 오케스트라가 구현하고 있습니다."

시몬 볼리바르 청소년 오케스트라의 공연에서 가장 가까운 협력자로 활약하고 있는 이사벨 팔라시오스(Isabel Palacios)는 이렇게 말했다.

"시몬 볼리바르 청소년 오케스트라는 베네수엘라 음악의 상징입니다. 음악적 탁월함이 최고 수준에 이르면 전 세계에서 인정받을 수 있다는 걸 보여주었지요. 시몬 볼리바르 청소년 오케스트라는 베네수엘라 젊은이들에게 그들이 세계 최고라고 믿으며 연주할 기회를 주었습니다. 세계무대로 나갈 수 있는 문을 활짝 열어준 것이지요. 나는 마타와 함께 연주한 베토벤 교향곡 제7번과 호세 펠릭스 리바스 콘서트 홀에서 연주한 라벨의 〈볼레로〉를 잊을 수가 없습니다. 이 곡들은 우리의 음악 역사에서 늘 사랑받아온 레퍼토리이지요. 시몬 볼리바르 청소년 오케스트라는 탁월함이야말로 베네수엘라 음악가들이 갖춰야 할 요건이자 목표라는 것을 보여주었습니다.

나는 모든 연주마다 흘러넘치는 끝없는 에너지가 이 오케스트라를 다른 오케스트라와 구별 짓는 가장 큰 특징이라고 생각합니다."

시몬 볼리바르 청소년 오케스트라의 정신에 대한 프랑크 디 폴로의 말도 새겨들을 만하다.

"시몬 볼리바르 청소년 오케스트라는 자신들의 테크닉을 한층 깊이 고민하면서 점차 성숙한 면모를 갖춰왔습니다. 그러나 엘 시스테마의 어린이, 청소년들이 가지고 있는 가장 기본적인 정신은 그들이 음악을 만들어 내는 방식에서 드러나는 거칠고 대담하며 생기 있고 즐거운 마음입니다. 2, 3천 미터를 뛰면서도 뜨거운 피가 끓어오르는 경주마처럼 음악을 대하는 방식이지요. 그 엄청나고 강렬한 정신은 오직 이곳에서만 가능합니다. 이는 우리가 카리브 사람이기 때문이고, 대륙으로 통하는 문이기 때문이지요. 이 정신은 우리 베네수엘라 사람들 특유의 개방성을 반영하는 것이기도 합니다. 우리는 엄청나게 많은 감각과 색채, 빛에 노출돼 있어요. 그것이 시몬 볼리바르 청소년 오케스트라가 이 위대한 예술적 과업의 으뜸가는 빛인 이유이지요. 나는 세계 어느 곳에도 이러한 오케스트라는 존재하지 않을 거라고 생각합니다."

나는 시몬 볼리바르 청소년 오케스트라를 통해 지휘자로 데뷔했습니다. 이들은 내가 가장 직접적이고 지속적인 관계를 맺고 있는 오케스트라이고, 단원들은 내 음악적 형제자매와도 같습니다. 나는 엘 시스테마의 창단 멤

버들을 깊이 존경하고 있어요. 가장 인상적인 점은 이 오케스트라가 여러 해에 걸쳐 흔들리지 않고 모범적인 프로페셔널의 자세를 보여주었다는 것이죠. 이들의 가장 뚜렷한 음악적 자질을 꼽으라면 스타일의 다양함과 레퍼토리의 풍성함을 들 수 있습니다. 감성과 열정에서 이들과 겨룰 만한 다른 오케스트라가 없다는 점에서 한마디로 이들은 이름값 하는 오케스트라입니다.

Interview

에두아르도 마르투레트(Eduardo Marturet)
― 오케스트라 지휘자

시몬 볼리바르 청소년 오케스트라에게 쏟아진 모든 찬사와 지난 30년간의 눈부신 역사 뒤에는 수천 시간의 연습과 수업, 시험, 그보다 더 많은 훈련이 있었다. 시몬 볼리바르 청소년 오케스트라는 2월부터 7월, 9월 말부터 12월 중순에 이르는 콘서트 시즌에는 월, 화, 수요일에는 오후 5시부터 8시, 목요일에는 오후 4시 반부터 7시 반, 금요일에는 오전 10시 반에서 한밤중까지 연습을 한다. 이들은 정기 연주뿐 아니라 모차르트 페스티벌이나 베토벤 페스티벌처럼 거장을 기념하는 페스티벌에서 중추 역할을 맡고 있다. 또 갈라 콘서트에도 참여하고, 발레나 오페라처럼 다른 예술 분야와의 조인트 프로그램에서 가장 인기 좋은 오케스트라로도 활약하고 있다. 각종 사회문화 기관에서 자선 공연도 하고 있으며 젊은 지휘자들과 작곡가, 연주자들을 후원하는 특별 오디션, 베네수엘라와 라틴아메리카의 레퍼토리

시몬 볼리바르 청소년 오케스트라와 함께 공연한 세계적 거장들. 번호순대로 ① 크시슈토프 펜데레츠키 ② 칙 코리아 (Chick Corea) ③ 므스티슬라프 로스트로포비치(가운데) ④ 모리스 앙드레(Maurice André, 왼쪽) ⑤ 플라시도 도밍고 ⑥ 핀 커스 주커만(Pinchas Zukerman) ⑦ 돌로라 자지크(Dolora Zajick) ⑧ 헨릭 쉐링(Henryk Szeryng) ⑨ 메리 메타(Mehli Mehta) ⑩ 클라우디오 아라우(Claudio Arrau, 오른쪽) ⑪ 라파엘 푸야나(Rafael Puyana) ⑫ 마리오 벤제크리 ⑬ 아키라 엔도(Akira Endo)

를 연주하고 그에 대한 음악적 이해를 높이는 교육 프로그램과 연주회 등을 진행하고 있다.

시몬 볼리바르 청소년 오케스트라는 도전 정신으로 무장한 젊은 연주자들이 세계적인 음악가로 발돋움하는 과정에서 든든한 도약대가 되어주었고, 테너 플라시도 도밍고(Plácido Domingo)와 루치아노 파바로티(Luciano Pavarotti), 바이올리니스트 블라디미르 스피바코프(Vladimir Spivakov), 소프라노 준 앤더슨(June Anderson) 등과 같은 세계적 거장들과 수차례 인상적인 협연을 펼치기도 했다. 이 모든 활동은 거의 한곳에서 이루어졌다. 1976년 이래 오케스트라의 본부로 지정된 테레사 카레뇨 공연 문화 단지의 호세 펠릭스 리바스 홀이 바로 그곳이다. 현대적이면서도 온화하고 정감 어린 이 공간은 4백 명을 수용할 수 있으며 반원형의 그리스 극장 모양을 하고 있다. 천장에는 베네수엘라 예술가인 헤수스 소토(Jesus Soto)가 만든 '떨리는 삼각들(vibrating triangles)'이라는 음향 장치가 설치되어 있다. 1976년 2월 12일 베토벤, 차이코프스키, 바그너 그리고 베네수엘라 작곡가들의 곡을 연주한 첫 콘서트 이래로 이곳에서는 수많은 영광스러운 밤이 흘렀다. 그 밤들은 이제 리바스 홀의 역사가 되었다.

해외 공연, 경계를 뛰어넘는 즐거움

시몬 볼리바르 청소년 오케스트라에게 산과 바다, 남극과 북극을 가로지르며 해외 공연을 다니는 것보다 더 자극적인 일은 없었다. 공연 여행은

이 음악가들에게 단지 새로운 도시를 접하는 모험에 그치지 않았다. 이들은 경계를 넘어서는 느낌을 곧잘 받곤 했는데 이는 단지 물리적 이동 때문이 아니라 다른 언어와 문화적 맥락 속에서, 다른 무대 위에서, 다른 관객들 앞에서 베네수엘라의 독특한 에너지를 발산하고, 자신의 음악적 기량과 매력을 선보일 수 있는 놀라운 기회를 누리기 때문이었다.

해외 공연은 또 다른 차원의 의욕을 샘솟게 하는 경험이었다. 시몬 볼리바르 청소년 오케스트라가 국제화하는 과정에서 가장 생산적인 시기는 1980년에 시작됐다. 1980년의 콜롬비아(보고타. 투나. 포파얀) 여행을 필두로 1982년에 스페인(마드리드, 세비야, 바르셀로나, 라스팔마스, 카나리 군도), 코스타리카(산호세), 푸에르토리코, 다시 콜롬비아(보고타), 에콰도르, 브라질(리우 데 자네이루, 상파울루, 벨루 오리존치, 브라질리아), 1986년에 프랑스(몽펠리에, 파리), 1989년에 네덜란드(암스테르담), 영국(런던), 프랑스(파리), 일본(도쿄, 고베, 나고야, 오사카), 1991년에 멕시코(디스트리토 페더럴. 과나후아토), 1992년에 스페인(세비야, 우엘바, 마드리드, 발렌시아), 1995년에 프랑스(파리), 스페인(마드리드, 쿠엥카, 산 세바스티안), 1998년에 콜롬비아(보고타), 1998년에 칠레(산티아고) 등을 여행하며 이들 국가의 중요하고 전설적인 무대에 잇따라 올랐다.

시몬 볼리바르 청소년 오케스트라가 가장 자주 방문했던 나라는 콜롬비아와 스페인이었지만 이들의 여정에서 기념비적이었다고 할 만한 두 여행을 꼽자면 1986년 7월 몽펠리에에서 열린 라디오 프랑스 국제 페스티벌 참가와 1991년 4월부터 5월까지 일본의 네 도시에서 가졌던 공연이라고 할 수 있다.

1986년 7월은 시몬 볼리바르 청소년 오케스트라의 역사에서 결코 잊히지 않을 여름이다. 단원들은 그때 남프랑스의 하늘에 떠오르던 태양을 아직도 기억한다. 그곳에서 그들은 시몬 볼리바르 청소년 오케스트라의 경이로운 역사의 새로운 장을 열었다. 7월부터 8월 초까지 남프랑스의 코트다쥐르와 다른 여러 마을은 음악 페스티벌로 들썩였다. 그중에서도 라디오 프랑스가 주최하고 베라카사 재단의 후원으로 몽펠리에서 열린 페스티벌은 유럽에서 활동하고 싶어 하는 세계 각국의 젊은 음악가들이 모여드는 중요한 행사였다. 음악가들뿐 아니라 사업가, 후원자, 광고주, 스카우트를 염두에 둔 사람들, 전문 기자들이 2주 넘게 열리는 음악 잔치를 즐기기 위해 전 세계에서 몰려들었다. 1986년 여름의 페스티벌은 베네수엘라 출신의 예술 감정가(art connoisseur)인 알레그리아 베라카사(Alegria Beracasa)가 시몬 볼리바르 청소년 오케스트라를 프랑스에 소개하기 위해 고대하던 순간이기도 했다. 그녀는 이 여행을 조직한 막후 인물이다. 어느 맑은 날 아침 오케스트라 단원들은 오래되고 좁은 길이지만 잘 알려진 대학 덕분에 젊은이들의 생기가 가득한 몽펠리에에 도착했다.

이 페스티벌은 쉬운 도전이 아니었다. 18개의 교향악 레퍼토리, 유럽 솔로이스트 8명과의 공연을 포함해 모두 일곱 차례의 콘서트를 열어야 했다.

그러나 루이 16세 때 지어진 자크 쿠르 가든의 야외무대에서 열린 첫 콘서트만으로도 시몬 볼리바르 청소년 오케스트라의 프로페셔널리즘과 담대한 능력을 입증하기에 충분했다. 공연 내내 단원들 쪽으로 거센 바람이 불었다. 그러나 밤 10시 15분쯤 단원들이 멕시코 작곡가 실베스트레 레부엘타스의 곡 〈센세마야〉를 연주하기 시작하자, 그들의 불꽃같은 힘과 열정이 관중들의 어마어마한 박수갈채와 함께 바람보다 더 강력하게 몽펠리에 도시 전체를 뒤흔들었다.

단원들의 두려움은 모두 사라졌다. 세계의 어떤 오케스트라도 아무런 음향 장치나 반향 시설도 없이 음악이 있는 그대로 들리는 이런 장소에서 연주하는 도전을 이들처럼 받아들인 적은 없었다. 이들이 빚어내는 소리는 가장 순수한 형태였다. 그날부터 시몬 볼리바르 청소년 오케스트라와 베네수엘라 음악가들은 그곳에 모여든 모든 사람이 주목하는 대상이 되었다. 극장 경영인들의 무뎌진 감각을 흔들어 깨우고 비평가, 기자들의 찬사를 받았다. 깐깐하기로 소문난 페스티벌의 예술 감독 르네 쾨랭(René Koering)은 시몬 볼리바르 청소년 오케스트라가 페스티벌에서 데뷔하던 날 저녁에 이렇게 말했다.

"시몬 볼리바르 청소년 오케스트라의 연주는 한마디로 베네수엘라 음악인들이 선사한 불, 즐거움, 사랑의 향연이었습니다. 우리가 본 것을 믿을 수 없을 정도예요. 비와 바람에도 불구하고 관객들은 자리를 뜨려 하지 않았습니다. 프랑스인들, 특히 프랑스인 중에서도 가장 라틴적인 몽펠리에 사람들은 보통 이런 식으로 행동하지 않는답니다. 그들의 공연에서 나는 결코 사라지지 않을 라틴아메리카의 광기 어린 열정을 느꼈습니다. 나는 이번 콘서트가 그들의 미래에 커다란 반향을 불러일으킬 것이며, 시몬 볼리바르 청소년 오케스트라가 유럽의 중요한 음악 페스티벌에 정기적으로 초대받는 존재가 될 거라고 확신합니다."

한때 로스트로포비치의 매니저였으며 남프랑스의 망통 음악 페스티벌의 예술 감독이었던 예술 경영가 앙드레 보록(André Borocz)도 이렇게 칭찬했다.

"시몬 볼리바르 청소년 오케스트라는 나를 두 번 놀라게 했습니다. 야외에서 열린 첫 번째 공연에 갔을 때 사실 나는 현장에 문제가 많다는 것을 알아차렸어요. 그러니 이 젊은 음악가들이 프로그램상의 곡 하나하나를 그토록 아름답게 연주할 때 내가 얼마나 놀랐을지 상상해보세요. 오직 젊은이들만이 그토록 짧은 시간 안에 암담한 상황을 환한 무대로 반전시킬 수 있습니다. 이들은 대단한 오케스트라이며, 앞으로 유럽의 어떤 무대에서건 계속 이야깃거리를 만들어낼 거예요. 나는 이쪽 세계를 아주 잘 알거든요."

며칠 후인 7월 24일 파리의 유네스코 본부에서 열린 콘서트에서 파리는 시몬 볼리바르 청소년 오케스트라와 사랑에 빠졌다. 이들은 박수갈채를 받았고 최고의 플루트 연주자인 장 피에르 랑팔(Jean-Pierre Rampal)과 함께 공연했다. 랑팔은 공연을 함께했을 뿐 아니라 콘서트 마지막에 그들을 격찬했다. 이 자리에 참가했던 베네수엘라의 유명 작가 아르투로 우슬라 피에트리는 이런 말을 했다.

"이날 밤 파리에서 시몬 볼리바르 청소년 오케스트라가 선보인 연주는 매우 뛰어났습니다. 그 자리는 높은 장벽을 가진 유럽의 음악 세계에서 점차 자신의 길을 열어가는 이 젊은이들에게 매우 중요한 기회였습니다. 다른 한편으로는 베네수엘라 음악인들의 자질과 기량을 분명히 입증하는 자리였습니다. 마지막으로 그들의 연주는 마에스트로 아브레우가 그처럼 오랜 시간 동안 대단한 노력으로 수행해온 작업이 얼마나 위대한 것인지를 보여주는 가장 뚜렷한 증거입니다."

시몬 볼리바르 청소년 오케스트라의 파리 무대 데뷔는 대단한 행운이기도 했다. 단원들은 랑팔처럼 저명한 음악가가 파리에서 그들과 단 하룻밤 함께 연주하기 위해 이미 꽉 짜여 있던 세계 공연 일정을 바꾸리라고는 상상도 하지 못했다. 유럽의 문화예술 경영자들과 위대한 음악가들이 품고 있던 새로운 자극에 대한 갈망, 기꺼이 도전을 받아들이는 태도가 유럽에서 이제 막 자신을 알리며 전투를 시작한 라틴아메리카 오케스트라와 랑팔의 기적과도 같은 만남을 이루어냈다. 랑팔은 시몬 볼리바르 청소년 오케스트라에 대해 다음과 같은 헌사를 남겼다.

"나는 지금껏 베네수엘라의 오케스트라와 공연을 해본 적이 없습니다. 이 만남은 내게 커다란 놀라움이었습니다. 그들이 청소년 오케스트라였기 때문에 더 그랬죠. 그들은 놀랄 만큼 훌륭한 연주를 들려주었습니다. 나는 이 만남 이전에 이미 그들에 대한 이야기를 들었는데, 그들이 스스로를 자랑스러워할 만하다고 생각합니다. 청소년 오케스트라에게서 그와 같은 수준의 음악을 듣기란 매우 어려운 일이에요. 그들의 연주는 대단히 아름다웠습니다. 내가 그들과 함께한 시간은 매우 짧았고, 리허설 기회도 단 한 번밖에 없었지만 모든 게 잘 진행되었습니다. 나는 그들에게 최상의 경의를 표하고 싶고, 카라카스에서 다시 만나게 되길 바랍니다. 그들은 올바른 길 위에 올라섰습니다. 이제 지금껏 받은 모든 사랑을 동력으로 삼아 더 큰

엘 시스테마의 한 절정, 시몬 볼리바르 청소년 오케스트라

과제를 수행해야 합니다. 그렇게 하면 반드시 최정상에 오를 것입니다. 이미 그들은 하나의 음악적 사건이 되었지만요."

1991년은 시몬 볼리바르 청소년 오케스트라가 또 한 번의 경이로운 여행을 치른 해였다. 그해 5월 오케스트라는 도쿄, 고베, 나고야, 오사카를 방문했다. 일본 음악가들이 세계에서 가장 재능이 뛰어나다는 마케팅의 낡은 속설을 깨뜨리겠다는 굳은 결심을 한 채. 벚나무에 한창 꽃이 필 무렵이었다. 현대적인 일본 도시들은 베네수엘라 음악가들을 환대했지만, 그들이 목표에서 눈을 돌리게 하지는 못했다. 규율과 재능, 음악적 탁월함은 특정한 나라에 국한된 것이 아니라, 장애를 극복하기로 결심하고 목표를 성취하기 위해 꾸준히 노력하는 모든 남녀의 것임을 보여주겠다는 목표가 단원들의 가슴속에 살아 있었다. 그 무렵 시몬 볼리바르 청소년 오케스트라의 홍보, 기획 개발 분야에서 일했던 마리아 앙헬리나 셀리스(María Angelina Celis)는 당시 도쿄의 베네수엘라 대사관이 재정적 후원을 맡아주었고, 일본 측이 오케스트라 운송 전문 회사와 계약을 맺어 공연 여행을 지원한 덕택에 모든 것이 순조롭게 진행될 수 있었다고 회고했다.

시몬 볼리바르 청소년 오케스트라는 오사카의 심포니 홀, 나고야 의회 센터의 센추리 홀, 고베의 시립 문화홀, 도쿄의 분카무라 오차드 홀에서 공연을 했다. 지금은 작고한 피아니스트 카를로스 두아르테(Carlos Duarte)와의 협연, 클래식과 라틴아메리카 및 베네수엘라 음악이 조화롭게 어울린 레퍼토리 덕분에 이들은 도쿄에서 열린 첫 공연에서부터 커다란 반향을 불러일으켰다. 그때부터 표가 매진되기 시작했고, 고베와 오사카에서는 각각

2천 4백 명, 3천 명의 관객이 모여들었다. 전해지는 일화에 따르면 시몬 볼리바르 청소년 오케스트라가 우레 같은 박수갈채를 받았던 도쿄의 마지막 콘서트에서 조용히 관람하고 있던 다카마도(高円宮憲仁) 왕자도 벌떡 일어나 박수를 쳤다고 한다. 〈재팬 타임스〉의 기자 제이슨 루소스(Jason Roussos)는 이 공연이 라틴아메리카 오케스트라의 첫 일본 방문이라면서 다음과 같이 썼다.

나고야와 도쿄에서의 공연 장면

"그들의 정신적, 미적 성취는 오케스트라가 이름을 따온 영웅 시몬 볼리바르만큼 뛰어났고, 불멸의 것이라 할 만했다. 도쿄 분카무라 오차드 홀에서 열린 공연의 마지막 순간에 본 것 같은 순수하고 참된 기쁨이 즉각적으로 분출되는 음악을 일본에서 들을 기회는 좀처럼 없었다."

그때의 경험에 대해 타악기 연주자인 에드가 사우메는 이렇게 말했다.

"일본은 우리와 아주 많이 다른 나라입니다. 그곳은 질서가 지배하는 나라인 반면 우리 베네수엘라 사람들은 매우 자유분방하지요. 그래서 우리의 존재감이 더 두드러졌던 듯해요. 우리가 가는 곳마다 분위기가 흥겨워지고 파티가 시작됐어요. 어디를 가든 우리의 말소리와 걸음걸이 등 일거수일투족이 주목을 받았어요. 이 모든 것과 함께 우리의 음악적 에너지, 공연에 몰두한 단원들의 모습 덕분에 일본인들의 사랑을 받을 수 있었다고 생각합니다."

무대 뒤의 사람들

오케스트라 안에는 음악가들 이외에도 다양한 사람들이 있다. 그중에는 해외 공연 여행을 위한 조직, 수송을 맡는 스태프들이 있다. 이들은 2백 명의 어린이, 청소년들을 보호하며 그들의 안전과 건강을 책임지고 연주가 원활히 이루어지도록 지원한다. 또 그들의 가족을 돌보거나 후원자를 찾는 일, 음악 공부를 하고 싶어 하는 사람들에게 기회를 주기 위해 더 큰 경제적 자원을 찾는 일로 늘 분주하다. 스태프들의 효율적인 움직임이 없었더라면 베네수엘라의 기적은 불가능했을 것이다. 수천 명의 어린 음악가들이 악기를 손에 쥐는 일이나 전국 각지에서 수많은 오케스트라가 그들만의 음악을 연주하는 일은 일어나지 않았을 것이다. 제대로 된 장비를 갖춘 장소에서 리허설을 할 수도 없었을 것이고, 악보대나 악보가 늘 제자리에 놓여 있기도 어려웠을 것이다. 콘서트나 해외 공연 여행은 더욱이나 꿈도 꾸지 못했을 것이다.

새로운 국가는 노력과 헌신, 더 나은 미래에 대한 믿음을 통해서만 만들어질 수 있다는 굳건한 확신과 새로운 세대의 성장에 자신의 열정과 힘을 바친 수많은 전문가들이 없었더라면 오늘날 우리는 엘 시스테마가 이룩한 예술적 장관을 볼 수 없었을 것이다. 그들 중 대다수는 엘 시스테마에서 30년 가까이 일했고, 일부는 이미 세상을 떠났다.

엘 시스테마의 일꾼들은 연령과 사회적 배경이 다양하다. 대부분은 훌륭한 음악가이자 교사인데, 그 가운데는 엘 시스테마의 첫 번째 청소년 오케스트라 출신도 상당수다. 이들은 모두 오케스트라와 음악가들을 지원하는 일에 밤낮을 가리지 않고 헌신하고 있다. 이 부대의 선두에 선 사령관은 전국의 센터와 오케스트라 운영을 책임지는 사람들이다.

엘 시스테마의 행정은 수준 높은 문화 이벤트를 제공해야 한다는 사명감으로 엄격하게 집행되고 있다. 교사들은 자신들이 젊은 인재들을 보살피고 있다는 사실을 늘 자각하고 있으며, 경비원에서 짐꾼에 이르기까지 늘 역동적으로 움직이는 경영지원팀도 항상 엘 시스테마의 미래와 발전을 생각한다. 이들은 엘 시스테마가 국내외에서 펼쳐온 활동을 떠받쳐온 기둥이자 효율적이고 현대적인 문화 경영 시스템의 훌륭한 모델이다.

엘 시스테마는 모든 방면에서 베네수엘라 어린이와 청소년의 발전을 도모하고 촉진하는 것을 최우선으로 하는 조직이다. 문화와 예술은 사람들 마음속에 깊이 뿌리박힌 욕구인 정서적, 영적 건강과 사회적, 집단적 안정에 기여할 수 있다. 이 복잡한 과제를 부여받은 이들은 베네수엘라 사람들이 현명하고 행복하고 건강해지기 위해서는 신비와 사랑, 헌신이 필요하다는 것을 이해하고 있다. 엘 시스테마가 지난 30년간 꾸준히 보여준 반박할 수 없는 증거 덕택에, 이 기간 동안 명멸한 베네수엘라의 모든 정권과 기관은 물론이고 공기업과 민간 기업, 개인회사와 재단, 개인들은 보건사회개발부에 속한 이 위대한 프로그램을 줄곧 지지해왔다.

'오케스트라의 어머니' 마담 페레스

모든 사람이 애정을 담아 '마담 페레스'라고 부르는 리디에 파우스티네이 데 페레스(Lidie Faustinelli de Perez). 어느 누구도 그녀에게 '오케스트라의 어머니'라는 별명을 붙이는 데 반대하지 못할 것이다. 프랑스에서 태어났지만 열세 살 때부터 베네수엘라에서 자란 그녀는 감성적이고 애정이 많은 여성으로, 어떤 문제에든 늘 도움을 줄 준비가 되어 있는 사람이다. 그녀는 1975년 아브레우 박사를 만난 이후로 엘 시스테마의 수많은 과제를 해결하는 데 헌신해왔는데, 청소년 오케스트라가 출범한 첫해부터 지휘자와 설립자의 비서 역할을 맡으며 PR과 홍보를 책임졌고 여권 관리, 여행 준비 등을 전담했다. 또 해외에서 온 손님을 맞이하고, 여행 경비를 지급하고, 공연 여행에서 단원들을 보살피는 등 엘 시스테마를 오가는 모든 이에게 보살핌과 사랑을 베풀어왔다.

엘 시스테마에는 어떻게 합류하게 되었죠?

아브레우 박사를 처음 만난 건 베요 몬테에 있는 그의 집에서였어요. 그는 아주 단단히 준비를 한 모양인지 곧장 내가 그 일을 맡도록 설득하기 시작했지요. 정말 놀랐어요. 나는 클래식에 대해 아는 게 전혀 없었거든요.

피아노를 2년간 배우긴 했어도 그냥 한쪽 귀로 들어왔다가 다른 쪽 귀로 흘러나가는 정도였죠. 나는 음악에 특별히 흥미를 느끼지도 않았어요. 그 당시 나는 광고 에이전시에서 안정적인 일을 하고 있었죠. 아브레우 박사는 나더러 걱정하지 말라고 하더군요. 음악과 아이들은 자기가 책임질 거라면서요. 그는 나를 청소년 오케스트라의 리허설에 초대했어요. 아이들의 연주를 보고 나니 광고 일을 계속할지 아브레우 박사가 제안한 음악 관련 일을 맡을지 망설여지더군요. 그때 어머니가 "아버지가 하던 대로 해봐"라고 권유하셨어요. 동전 던지기를 해보라는 거였죠. 그래서 그렇게 했어요. 동전을 던져서 앞면이 나오면 오케스트라 일을 하기로 했는데 진짜로 앞면이 나왔고, 그래서 오케스트라 일을 하게 되었죠.

이제 30년이 지났는데, 오케스트라에 대해 어떻게 생각하십니까?

처음에 나는 이 모든 게 미친 짓이고, 결국 아무것도 아닌 게 될 거라고 생각했어요. 힘든 일이었고 그때 나는 벌써 마흔 살이었지요. 내 아이들과 남편은 내가 오케스트라에 바치는 모든 시간, 사실상 거의 매일을 질투하기 시작했어요. 그러나 나는 곧 이 일을 사랑하게 되었지요. 이곳에서 일하는 경험은 정말 대단했습니다. 나는 아브레우 박사를 매우 존경해요. 그는 독특한 인간입니다. 나는 그의 뇌가 5개쯤 된다고 믿어요. 그는 절대로 지치지 않고 매일 새로운 것을 만들어내며, 그에게 불가능이라는 말은 존재하지 않습니다. 그가 생각하는 모든 것은 현실이 됩니다.

또 나는 우리 학생들을 좋아해요. 그들이 자라는 것을 지켜봤고, 그들의 결혼식에도 참석했고, 이제 그들의 아이들이 자라는 것을 지켜보고 있지

오케스트라의 아이들은 공연 여행을 통해 단체 생활에서 지켜야 할 규율과 적응 능력, 동료와 함께 시간을 보내는 법을 배우게 된다.

요. 그 아이들의 상당수는 어린이, 청소년 오케스트라에서 예술가로서의 첫걸음을 떼고 있어요. 그들은 내 아이들이자 손자들입니다. 나는 그들이 연주하는 것뿐 아니라 그들의 문제, 필요, 꿈, 근심, 불행, 기쁨을 모두 들어왔습니다. 나는 여기가 아닌 다른 어떤 곳에서 일하는 것을 상상조차 할 수 없습니다. 엘 시스테마와 함께 일하는 것은 혈관에 늙지 않는 약이 흐르는 것이나 마찬가지예요. 나는 내가 더 이상 일할 수 없는 순간까지 여기서 일하고 싶어요. 만약 신이 내게 80년간의 건강한 삶을 주신다면 나는 그때까지 여전히 여기 있을 겁니다. 엘 시스테마는 내 아이들과 남편을 제외하고는 내 인생에서 일어난 최고의 일이거든요.

공연 여행에서 있었던 일 중에서 기억나는 일화가 있다면 하나 들려주시죠.

"너무나 많은 추억이 있죠. 시몬 볼리바르 청소년 오케스트라가 스코틀랜드에 갈 때의 일이에요. 첫 번째 그룹은 아브레우 박사와, 두 번째 그룹은 나와 함께 출발했죠. 비행기를 기다리는 동안 아이들은 공항 대기실에서 카드놀이를 했어요. 호른 연주자인 바르키시메토 출신의 라울 디아스가 엽서를 샀는데, 가족에게 안부를 전하는 내용을 적고는 그만 엽서와 여권을 우체통에 함께 넣어버린 거예요. 공항 관계자를 만나보니 어떤 특별한 상황에서도 여권 없이는 스코틀랜드에 갈 수 없다더군요. 나는 깊은 숨을 들이쉬고 한 시간 동안 계속 말했지요. 공항 관계자가 생각을 바꿀 때까지요. 무척 긴장된 순간이었지만 매우 흥분되는 시간이기도 했어요. 지금 생각나는 다른 일화 하나도 스코틀랜드에서 일어난 일이에요. 15개국 오케스트라가 참가한 애버딘 페스티벌이 끝난 뒤, 주최 측이 참가자들 중에서 가장 우수한 음악인들을 뽑아 세계 청소년 오케스트라를 구성할 거라는 소식을 들었어요. 물론 오디션 과정이 있었지요. 그날 밤 나는 아이들에게 이 소식을 들려주고 열심히 연습해서 베네수엘라의 이름을 드높이자고 말했어요. 얼마 후 선정된 음악가들의 명단이 발표됐을 때 우리는 모두 깜짝 놀랐지요. 우리가 가장 높은 점수를 받았거든요. 열네 명의 아이들이 선발됐어요. 베네수엘라 다음으로 미국, 일본, 프랑스, 영국이 선발됐고요. 그뿐 아니라 프랑크 디 폴로가 콘체르티노로 선발됐어요. 정말 즐거웠죠.

엘 시스테마의 조직가 마리아 앙헬리나 셀리스

엘 시스테마가 진행하는 국내외 공연과 교육 및 예술 프로그램을 조직하는 임무는 상당 부분 마리아 앙헬리나 셀리스가 도맡아한다. 그녀는 수년간 이 어려운 일들을 해결해왔을 뿐 아니라 PR과 대외 업무에서 많은 경험을 축적했다. 이 업무는 엘 시스테마의 여러 사업 중에서 매우 기초적인 부분을 차지하는 일들이다. 엘 시스테마가 베네수엘라의 문화 대사로서 봉사할 수 있도록 지원하는 일이기 때문이다.

마리아 앙헬리나 셀리스와 아브레우 박사의 우정은 1966년에 시작됐다. 그러나 그녀는 1988년까지 엘 시스테마에 참여하지 않았다. 그동안 그녀는 벨기에, 프랑스, 네덜란드, 룩셈부르크 대사관의 외교 고문으로서 폭넓은 경험을 쌓아왔다.

"해외에 나가기 전에 나는 '마리아 앙헬리나 셀리스와 친구들'이라는 회사를 운영하고 있었어요. 이벤트를 조직하는 회사였는데 우리가 만든 이벤트 중에는 엘 시스테마와 관련된 것도 많았지요. 예를 들면 1980년대 초반의 흥미로운 레코딩 기획 같은 것들이요. 내가 베네수엘라로 돌아왔을 때 마에스트로 아브레우가 찾아와 오케스트라를 위해 함께 일하자고 했어요. 그때부터 엘 시스테마에 합류해 '홍보, 제작, 개발 부서'를 만들었지요. 우리 일은 시몬 볼리바르 청소년 오케스트라와 어린이, 청소년 그룹의 모든 이벤트를 지원하는 일입니다. 전국 곳곳에 있는 오케스트라를 위해 페스티벌과 각종 프로그램을 조직하는 일이지요. 오케스트라의 활동을 홍보하고, 언론을 상대하기 위해 필요한 모든 것을 준비합니다."

셀리스는 또한 엘 시스테마의 다른 경영 지원 부서와 협력하여 공연 여행과 관련된 모든 것을 조직하고 있다. 이 업무에는 공연 여행 프로그램의 개발과 실행뿐만 아니라 주최 국가와의 사전 접촉까지 포함된다.

"우리는 우리 음악가들을 전 세계로 내보내고 데려오는 일을 맡고 있습니다. 내가 이전에 했던 경험들 덕택에 외교단의 도움을 받을 수 있었지요. 그렇게 많은 음악인이 해외로 공연 여행을 가려면 각 나라의 책임 있는 당국자들에게 로비를 하는 것도 필요해요. 그래야 오케스트라가 그 나라에 입국하는 것이 순조롭거든요. 공연 여행이 계획되면 나는 아브레우 박사가 선발한 음악가와 교수들을 비롯해 여행에 함께 가는 모든 사람의 명단을 만들고, 그들의 비자와 여권, 신상 정보와 사진을 준비하고, 백신 접종이나 특별한 허가가 필요한지 체크하고, 나이가 미달인 사람은 없는지 등 필요한 모든 사항을 관리합니다."

셀리스는 가장 힘들었던 여행 중 하나를 장난스럽게 회고했다.

"1989년에 네덜란드, 프랑스, 잉글랜드로 공연 여행을 갈 때의 일이에요. 360명이 한꺼번에 암스테르담의 공항에 도착했는데, 모두 시몬 볼리바르 청소년 오케스트라 단원들과 〈라 칸타타 크리올라〉를 노래할 합창단원들이었죠. 나는 이 여행을 조직하면서 이미 베네수엘라-네덜란드 상공회의소의 설립자를 간신히 찾아내서 관계를 터두었죠. 또 작곡가 에두아르도 마타가 우리 오케스트라가 잉글랜드에 초청받을 수 있도록 접촉을 해놓았고요. 그런데 우리가 영국 해협 한가운데 있을 때 마거릿 대처에 반대하는 공공 운수 노조 파업이 발생했어요. 우리는 해협 한가운데서 오도 가도 못하게 되었지요. 간신히 잉글랜드에 도착했는데 이번에도 운송에 문제가 생겼어요. 파업 때문에 사람들이 돌아다니기가 어려웠거든요. 하지만 결국 어찌어찌해서 잘 끝나게 되었죠."

루이스 벨라스케스(Luis Velásquez)를 모르는 음악가는 테레사 카레뇨 극장의 호세 펠릭스 리바스 콘서트홀에 한 번도 발을 들여놓지 않은 사람이다. 이 신사가 없었더라면 엘 시스테마는 의자도, 악보대도, 악보, 콘서트가 제시간에 열리기 위해 필요한 기술적 준비도 제대로 갖추지 못했을 것이다. 그는 1977년부터 시몬 볼리바르 청소년 오케스트라의 본부이자 엘 시스테마의 다른 오케스트라와 그룹, 솔로이스트들이 연주하는 콘서트홀의 총무 책임자로 일해왔다. 이 자리에 오기 전에는 2년 가까이 수천 장의 악보를 복사하고, 공연에 필요한 모든 일을 준비하는 무대 코디네이터로 일했다고 한다. 엘 시스테마와 함께한 지도 어느덧 27년이 지난 지금, 어떤 종류의 콘서트든 필요한 모든 일을 손금처럼 훤히 알고 있는 그는 자신의 일을 이렇게 묘사했다.

"호세 펠릭스 리바스 콘서트홀에서 내가 이끄는 팀은 공연 여행 중이든 다른 어떤 무대에 서든 오케스트라를 세팅하는 데 필요한 모든 세부사항을 책임집니다. 공연 장소까지 악기를 운송하고, 무대 위에서 오케스트라의 위치를 세심하게 관찰하고, 악기의 섹션에 따라 악보대를 설치하고, 악보대 위에 연주할 곡의 악보를 펼쳐놓지요. 모든 음악가가 다 자리에 앉았을 때 악보대가 모자라거나 남지 않는지도 살펴봅니다. 솔로이스트가 연주할 때면 드레스 룸에서부터 연주자에게 필요한 모든 일을 돕지요. 연주할 때 필요한 의자를 가져다주기도 하고, 이제 콘서트홀에 들어가야 할 시간이라고 알려주기도 합니다. 오케스트라가 입장할 때는 먼저 현악기 주자들이 들어가고 그다음에 목관, 금관악기 주자들, 마지막에 타악기 그룹이 들어가지요. 그런 다음 콘체르티노가 들어가 오케스트라와 음을 맞추고 나면 조명을 어둡게 합니다. 곧이어 지휘자가 입장하지요.

호세 펠릭스 리바스 홀의 관리와 운영을 책임지고 있는 루이스 벨라스케스가 아브레우의 지시 사항을 주의 깊게 듣고 있다.

마지막으로 솔로이스트가 들어갑니다. 우리는 모든 것이 완벽한 질서 속에서 제시간에 이뤄지도록 노력합니다. 콘서트가 열리기 전에는 챙겨야 할 것들이 아주 많아요."

루이스 벨라스케스는 결혼해서 네 자녀를 두었는데, 그중 두 명이 음악을 하고 있다. 아들인 루이스는 시몬 볼리바르 청소년 오케스트라 B의 바이올린 섹션 멤버이고, 다른 아들 툴리오는 첼로를 연주하는데 윌리엄 몰리나 교수에게 배우고 있다. 벨라스케스는 자신이 책임지는 중요한 업무 가운데 하나가 시몬 볼리바르 청소년 오케스트라의 악보 파일을 체계적으로 보관하는 일이라고 말했다. 오리지널 악보와 콘서트에서 연주했던 악보들은 악보 파일 보관소에 종류별로 보관된다. 이 업무와 관련하여 그는 스페인 바르셀로나의 팔라우에서 있었던 사고를 들려주었다.

"카탈루냐 광장에서 다른 음악가들과 함께 앉아 이야기를 나누며 쉬고 있었지요. 나는 당시 공연의 지휘자였던 마에스트로 곤살로 카스테야노스의 악보를 갖고 있었답니다. 갑자기 버스가 도착해서 모두 올라탔는데, 서너 블록이 지난 뒤에야 악보를 광장에 두고 왔다는 것을 알아차렸어요. 버스에서 뛰어내려 미친 듯이 광장으로 달려갔지요. 하늘이 도운 덕분에 다행히 악보가 그 자리에 그대로 있었습니다."

이런 일은 그에게만 일어나는 것이 아니다. 그는 젊은 음악가들, 특히 어린이들이 공연 당일 악보를 가져오지 않거나 잃어버리는 일이 종종 있다고 말했다. 이런 일이 발생하면 그는 악보 파일 보관소로 달려가 사라진 악

시청각 센터의 전문가들. 공연의 레코딩을 계획하는 세르히오 프라도와 레네 피로테(왼쪽 사진), 시청각 센터의 전문 사진가 노엘리 올리베로스(오른쪽 사진)

보의 원본을 찾아야 한다.

"오케스트라의 아이들은 아주 잘 지내지요. 내가 여기서 처음 일하기 시작했을 때보다 아이들이 훨씬 많아졌어요. 취학 전 어린이 오케스트라에 참여하는 아이들도 늘어났으니까요. 앞으로 점점 더 많은 아이들이 함께할 테니 세부적인 사항들에 더 신경을 써야 할 거예요. 나무랄 데 없는 콘서트를 위해 그들이 필요한 모든 것을 갖추고 있는지 늘 확인해야 할 거고요."

프랑크 디 폴로가 이끄는 시청각 음향 센터의 팀들은 엄밀하게 말하면 '무대 뒤'에 있지 않다. 카메라맨과 사진가, 기술자들은 콘서트나 중요한 이벤트가 열리는 동안 현대적 시청각 장비들을 활용해 보관용 기록물을 만들기 위해 대중 앞에서 일을 한다. 그들의 일은 범위가 대단히 넓은데, 오케스트라를 홍보하고 전국의 교사들에게 전문 정보를 제공하는 일까지 포함한다. 이 분야의 코디네이터로 14년 이상 엘 시스테마와 일해온 세르히오 프라도가 이 일에 대해 들려주었다.

사진 찍기에 푹 빠져 있는 음악가 프랑크 디 폴로(왼쪽 사진), 오디오 기술자 후안 멘도사(Juan Mendoza)와 카메라를 든 세르히오 프라도(오른쪽 사진)

세르히오는 베네수엘라 대학을 졸업했으며 사회적 커뮤니케이션을 촉진하는 역할을 맡고 있다. 그는 한때 기타리스트를 꿈꾸었지만, 운명은 곧 그를 '그가 있어야 할 곳'으로 데려갔다. 그곳은 엘 시스테마의 기억을 보존하는 일을 하는 곳이다.

"내가 엘 시스테마에 합류하기 한참 전부터 프랑크 디 폴로와 베아트리스 아브레우는 이미 오케스트라의 모든 활동을 시청각 자료로 만들어두는 일에 큰 관심을 갖고 있었어요. 나는 그들에게 고무되어 훈련을 받았고, 리바스 콘서트홀에서 조명 분야 인턴으로도 일해보았지요. 그 뒤에 디 폴로와 아브레우 여사는 나더러 콘서트 녹음과 같은 오디오 관련 분야의 일을 해보라고 권유했어요. 나중에는 비디오 쪽 일도 맡게 되어 카메라도 다룰 수 있게 되었지요. 이런 식으로 모든 일을 약간씩 배우게 된 셈이에요."

지금은 소리, 음악, 이미지, 가장 중요한 인물, 데뷔하는 음악인, 헌정 공연, 페스티벌, 합창 공연, 세미나, 심지어 거장들의 레슨까지 모든 것이 녹음되고 녹화된다. 다른 말로 하면 30년간 지속적으로 이루어진 음악 활동이 이노센테 카레뇨 시청각 센터에 차곡차곡 보존되어 있는 것이다.

"센터에는 우리가 해온 음악의 역사를 담고 있는 오디오 및 비디오테이프가 5천 개가량 있습니다. 그것 말고도 다른 중요한 일이 있어요. 예를 들면 공연 여행 도중에 엘 시스테마를 홍보하기 위해 시청각 자료를 준비해야 해요. 또 우리는 모든 세미나 수업을 녹음하고 녹화해서 나중에 학생들이 참고할 수 있는 자료로 만들어야 합니다. 무엇보다 우리를 바쁘게도 하고, 자극하기도 하는 일은 각 악기의 시청각교육이 가능하도록 텔레워크숍 자료를 만드는 일입니다. 한 악기당 10개 챕터로 구성되는데요, 악기의 배경

뿐 아니라 바르게 앉는 자세, 호흡법, 음악 해석의 기술적 측면까지 모두 설명하지요. 지금까지 20개 악기의 텔레워크숍 자료를 만들 계획을 세워두 었어요. 또 성악가 마르고트 파레스 레이나(Margot Parés-Reyna)와 함께 발성과 성악을 가르치는 자료도 만들 예정입니다. 오케스트라 지휘를 가르 치는 자료도 만들 것이고, 마리아 기난드(María Guinand) 교수의 도움을 받아 합창 앙상블에 대한 텔레워크숍 자료도 만들 예정입니다. 수잔 시만 교수와 함께 아이들을 위한 음악 교육법도 녹화할 계획이고요. 이 자료들 은 국내외 조직의 도움과 지원 덕택에 TV를 갖춘 국내 85개 센터에 배포됩 니다. 첫 단계로 VHS 포맷을 만들고 이후에 DVD 포맷으로 바꿀 예정입 니다."

세르히오 프라도는 사진, 편집, 오디오, 카메라 등을 담당하는 12명으로 구성된 전문가 팀과 함께 일하고 있다. 이들 이외에 업무에 따라 고용되는 프리랜서 팀도 있다. 엘 시스테마의 신축 본부 건물인 '음악을 통한 사회적 행동 센터'는 음향 시설을 대폭 강화했다. 리허설 홀이 곧 레코딩 스튜디오 이자 교실, 영사실이 되어 학생들이 그곳에서 비디오를 보고 텔레워크숍 자료로 공부하며 비디오 컨퍼런스를 진행할 수 있도록 하기 위해서다.

아나 세실리아 아브레우(Ana Cecilia Abreu)가 엘 시스테마의 공연 여행 을 조직하고, 콘서트를 기획하며, 리허설을 준비하고, 그 밖에 여러 가지 일을 해결하기 위해 뛰어다니는 것은 전혀 이상할 게 없는 일이다. 그녀의 이런 라이프스타일은 지난 30년간 남편 울리세스 아스카니오, 아들 안드레 스 다비드(Andrés David, 트럼펫 주자이자 시몬 볼리바르 청소년 오케스트라 단

바이올리니스트 울리세스 아스카니오와 아나 세실리아 아브레우

원 후보), 딸 아나 빅토리아(Ana Victoria, 피아니스트)에게도 익숙해졌기 때문이다.

"나는 내가 지금 하는 일, 평생을 바친 이 일 이외에 다른 어떤 일도 할 수 없을 것 같아요. 어떤 방식으로든 엘 시스테마를 위해 봉사하는 일만이 내가 할 수 있는 전부입니다."

처음 엘 시스테마에 합류하던 시절을 이야기할 때 그녀의 얼굴은 마치 어제의 일이라도 이야기하는 양 환한 미소로 빛났다.

"나는 1974년 후반에 카라카스에 와서 첫 번째 청소년 오케스트라가 탄생하는 과정을 함께 경험했어요. 그때 청소년들과 처음 만났죠. 어렸을 때 나는 트루히요에서 부모님과 함께 살았는데 많이 외로웠어요. 학교 친구들이 있었지만 아버지가 매우 엄격해서 파티에 가는 걸 싫어하셨죠. 그런데 카라카스에 오자 완전히 새로운 세상이 펼쳐졌어요. 정말 즐거웠습니다. 우리 집은 늘 밤늦게까지 연주하고 연습하는 소년 소녀들로 가득 찼어요. 청소년 오케스트라 전체가 올 때도 있었다니까요. 우리는 배가 고프면 돈을 모아서 중국 음식을 시켜먹었어요. 정말 재미있었죠. 굉장한 경험이었고, 이런 것이 조금씩 내 생활이 되어갔습니다."

그녀의 말에 따르면, 오케스트라는 무서운 속도로 성장했지만 그들을 지원하는 부서의 성장은 더디기만 했다고 한다.

"시작할 때는 몇 명밖에 없었어요. 조직적 지원이라고는 없었지요. 나는 행정적인 일과 아무런 관련도 없는 사람이었지만 프로젝트를 위한 행정과 수송 등 여러 가지 일을 맡게 되었어요. 오케스트라는 계속 성장했고, 점점 더 많은 단원이 들어왔는데도 업무 지원팀은 늘 똑같았어요. 성장이 더뎠지요. 예를 들면 카라카스에서 우리가 조직한 첫 세미나 중 하나에 1500명의 청소년이 참석했는데, 그땐 라디오도 휴대전화도 안전 요원도 정말 아무것도 없었어요. 불과 4, 5명의 지원 인력이 텐트에서 자면서 아이들을 보살피고, 하루 세끼를 챙겨 먹이고, 그들이 연습한 방을 정리 정돈하는 등 세미나에 필요한 일은 무엇이든 다 했지요. 그때 우리에겐 아무런 자원도 없었어요. 유일한 자원이라곤 우리가 하는 일에 대한 애정과 열정뿐이었습니다. 엘 시스테마 재단이 만들어지고서야 아브레우 박사가 설계한 전혀 다른 기반 위에서 행정 분야도 성장하기 시작했지요. 운영 능력이 달라졌고 자원도 늘어났지만 우리는 긴장된 분위기에서 일하게 되었어요. 왜냐하면 다른 무엇보다 아브레우 박사가 우리 모두에게 그러기를 요구했기 때문이지요.

그런 긴장된 분위기는 지금도 여전해요. 우리는 그게 일이 진행되는 방식이라는 걸 알고 있습니다. 몇 년 전에 우리가 세미나를 하고 있었는데 아브레우 박사가 들어와 그러더군요. 화요일에 브라질에서 공연을 하게 되었다고. 그 말을 했을 때가 금요일 오후 2시였어요. 아이들은 여권도 없고, 유니폼도 없고, 예방접종도 안 했고, 아무것도 준비된 게 없었죠. 그런데 화요일 오후 5시에 우리는 마라카이에서 비행기에 탔습니다. 비행기에서 내 좌석에 앉았을 때 나는 스스로에게 물었어요. '도대체 이걸 어떻게 해낸 거지?' 그리고 스스로 답했지요. 우리는 조직이라고, 우리 모두가 여기에 집중한 거라고.

나는 이곳에서 일하는 우리 모두가 도전을 즐긴다고 믿어요. 그때 우리는 주말에도 거의 밤새 전화기를 붙들고 우리에게 필요한 일들을 해결했어요. 갑자기 어느 순간 모든 아이가 여권을 갖게 됐고, 브라질 입국을 위해 꼭 필요했던 황열병 접종도 했지요. 내 기억에 그때 우리는 리허설 도중에 아이들을 한 명씩 불러내서 주사를 맞혔어요. 정말 기적 같은 일이었지요. 사실 여기선 매일이 기적입니다. 아침부터 밤 8시까지 온갖 일을 다 합니다. 스케줄도 없고, 출퇴근을 체크하는 펀치 카드도 없고, 아무것도 없지만 주말에도 쉬지 않고 일하게 돼요. 카라카스만 이런 게 아닙니다. 내륙의 어떤 센터에 가도 다 똑같아요. 다 이런 방식으로 일을 합니다. 더 어린 아이들까지 점점 더 많은 아이들이 엘 시스테마에 오거든요."

레네 피로테(René Pirotte)가 중앙 공원에 있는 국립 어린이 오케스트라 본부에서 공간을 배분하고 리허설 스케줄을 잡는 등의 일을 얼마나 효율적으로 처리하는지는 모든 사람이 다 아는 사실이다. 그의 최우선 업무는 내륙 지역에서 온 오케스트라까지 포함하여 엘 시스테마의 모든 그룹이 이곳에서 일하는 데 불편함이 없도록 공간을 배분하는 것이다.

피로테는 본인이 음악가이기도 하다. 열 살 때부터 바르키시메토 센터에서 호세 루이스 히메네스(José Luis Jimenez)와 앙헬로 다도나(Angelo D'Addona) 교수에게 바이올린을 배웠다. 이후 가족과 함께 카라카스로 이

주해 에밀 프리드먼 학교에서 음악 공부를 계속했다. 그 후 차카오 청소년 오케스트라의 더블베이스 섹션에 합류했다. 그는 이 오케스트라의 창립 멤버였고 이후 활동 코디네이터가 되었다.

엘 시스테마에서 어떤 일들을 해오셨죠?

나는 첫 행정 업무를 마리나 앙헬리나 셀리스에게 배웠어요. 그 뒤에 마에스트로 이고르 란스를 도와 세미나를 조직했고, 이후엔 국립 어린이 오케스트라 본부의 분과 대표로 임명되었지요. 동시에 시몬 볼리바르 청소년 오케스트라 B의 부매

엘 시스테마의 활동 코디네이터 레네 피로테

니저도 맡고 있습니다. 엘 시스테마에서 내가 제일 좋아하는 일은 세미나를 조직하는 일입니다. 일에 관한 한 나는 완벽주의자이고, 청소년들과 함께 일하는 걸 좋아하거든요.

세미나를 조직할 때 가장 어려운 일은 무엇인가요?

청소년들의 안전이 가장 중요하지요. 안전 업무를 맡는 사람을 뽑을 때 우리는 매우 신중하게 결정합니다. 안전 요원과는 별도로 아이들과 동행하고 아이들이 일에 집중할 수 있도록 돕는 가이드, 카운슬러도 필요해요. 세미나 기간에는 아이들을 여러모로 지원하는데, 수업 스케줄을 잘 따라갈 수 있게 도와주고 식사도 감독합니다. 하지만 무작정 통제하기보다는 어떤 것도 강요하지 않으면서 그것을 해야 하는 이유를 잘 설명할 수 있는 방법을 찾아야 해요. 아이들에게 우리가 어떤 역할을 하고 있고, 어떤 목적으로

세미나에 왔는지 잘 설명해야 하죠. 세미나를 조직하기 위해서는 관여해야 하는 영역이 많기 때문에 큰 규모의 팀이 있어야 합니다. 기술, 교육, 행정, 음악 이외에도 운송이나 사무에 필요한 업무들이 많거든요. 악보든 뭐든 무엇 하나 잃어버리는 것 없이 일을 처리해야 해요. 공부하는 청소년들을 위해서는 교수와의 수업 및 활동 스케줄을 짜줘야 하고요. 악기를 수리할 인원도 현악기와 관악기 각각 최소 한 사람씩은 필요합니다. 신경이 많이 쓰이는 일은 호텔 예약 등의 숙박 문제와 교통, 식사, 간식을 해결하는 건데요, 이 문제에 관해서는 엘 시스테마의 총무부에서 많은 도움을 받고 있습니다.

의료 서비스팀 역시 엘 시스테마에서 없어서는 안 되는 부서다. 이 팀은 세 의사 마리차 두란(Maritza Durán), 루이스 파라다스(Luis Paradas), 욜란다 바로니(Yolanda Baroni)로 구성되어 있다. 그들은 평소 엘 시스테마에서 활동하는 모든 어린이, 청소년을 위해 일하며 공연 여행 도중에는 응급처치 이상의 일들을 한다. 2년 전 팀장이 된 욜란다 바로니는 7년간 피아노를 배웠고, 오케스트라가 처음 만들어졌을 때부터 모든 콘서트에 참여했다.

"나는 파라다스, 두란과 함께 수년간 오케스트라를 위해 일해왔어요. 우리는 응급 상황이 발생했을 때도 불려가고, 이틀 이상의 세미나나 공연 여행 중에도 불려가지요. 엘 시스테마의 인원수가 계속 늘어나는 추세라 이제 다른 종류의 의학적 관심이 필요합니다. 특히 어린이 오케스트라가 점점 더 많아지고 있으니, 엘 시스테마는 전국에 걸쳐 이들에게 필요한 의학적 지원을 강화해야 합니다."

엘 시스테마의 행정 스태프들은 공연 여행이나 세미나 기간 동안 아이들이 먹을 음식을 조직적으로 운송하고 배분한다.

바로니는 월요일에서 금요일까지 오전 9시부터 엘 시스테마의 본부에서 일한다. 그녀의 스케줄은 어떤 오케스트라의 어떤 아이와 어떤 병원을 방문하느냐에 따라 매일 달라진다. 환자가 발생하는 모든 경우를 체크하고, 환자를 돌보는 데 자신이 직접 관여할 수 있도록 해당 병원의 의사들과 협의해 스케줄을 잡는다. 국내외 공연 여행이나 세미나로 120명 이상의 어린이, 청소년이 이동하게 될 경우에는 의료 인력을 추가로 고용해 이들과 동행하도록 한다. 감기, 위염, 설사, 구토 등으로 갑자기 아픈 아이들에게 필요한 의약품 리스트를 만들고, 특별한 처치가 필요한 어린이를 위한 특별 의약품 목록을 만드는 것도 그녀의 일이다.

"세미나를 가거나 공연 여행을 할 때면 의사가 호텔에 머물면서 24시간 대기 상태로 일합니다. 의학적 도움이 필요한 환자가 발생하면 우리는 그를 위한 별도의 방을 만들어 수시로 관찰하고 그 환자가 가능한 한 빨리 음악 활동에 복귀할 수 있도록 돕지요. 취침시간이 되면 우리는 아이들이 투숙하고 있는 모든 층, 모든 방을 돌아보며 모두 괜찮은 상태인지 체크합니다. 가장 흔한 증상은 감기, 알레르기, 복통인데 가끔 더 복잡한 상황이 발생하기도 하지요. 2001년 이탈리아 공연 여행을 갔을 때의 일인데요, 열한 살 먹은 소년이 급성 맹장염에 걸렸어요. 곧 수술을 해야 했는데 이미 밤 10시였고, 이튿날 비행기를 타고 다른 도시로 떠나야 하는 일정이었지요. 그래서 우선 소년의 부모에게 이 사실을 알리고, 오케스트라가 공연 여행을 계속하는 동안 마담 페레스와 내가 소년 곁에 머물렀습니다. 소년이 병원에서 수술을 받고 퇴원한 뒤에는 바닷가에 데려가 맑은 바람 속에서 편히 쉬면서 회복할 수 있도록 했지요. 소년에게도 멋진 경험이었을 거예요."

바로니의 일이 일반적인 의사의 일과 다르다면 그것은 그녀가 만나는 환자의 특성, 상태 때문일 것이다. 많은 아이들이 공연을 앞두고 긴장감과 스트레스를 호소한다. 또 악기를 다루면서 특정 부위의 뼈와 근육을 과도하게 사용하기 때문에 통증을 호소하기도 한다.

"이곳에서 음악을 하는 아이들의 상당수가 저소득층 출신이기 때문에, 일부는 빈혈도 있고 영양 결핍 상태이기도 해요. 또 일부 특수한 경우에는 부모들이 무시하거나 부주의해서 아이가 아프다는 사실을 깨닫지 못하기도 하고요. 우리는 세미나와 콘서트에서 아이들을 정기적으로 관찰하기 때문에 부모가 미처 몰랐던 증상들을 발견할 수 있습니다. 이런 일이 발생할 때마다 나는 아이의 보호자를 만나 내가 관찰한 것들을 들려주죠. 이런 방식으로 우리는 아이들에게 적절한 처방을 내릴 수 있습니다. 때로는 아이를 병원에 데려가거나 전문의에게 보이기도 하고요. 그 밖에도 엘 시스테마에서 하는 일은 매우 광범위해요. 가정 파탄이나 다른 사회경제적 이유로 심리적인 문제를 안고 있는 아이들에게 음악은 매우 뛰어난 치료약입니다. 아이들 인생에 다른 의미를 부여하지요. 아이가 더 이상 고립감을 느끼지 않는다면 가족생활도 달라져요. 아이는 음악 활동에 몰두하기 시작하면서 보살핌을 받는다고 느끼죠. 이어서 가족들도 참여하기 시작합니다. 다른 말로 하면, 엘 시스테마에서 일하는 사람들은 사회 활동가이자 동시에 심리 치료사이기도 해요. 우리는 중재자로서 그들을 돕고 후원하지요."

의사 바로니의 일은 여기서 그치지 않는다. 그녀는 엘 시스테마에 약품 기부를 받기 위해 여러 실험실과 접촉하고 있고, 예방접종을 요구하는 나라로 여행을 갈 때면 아이들에게 예방접종을 하는 일도 맡고 있다. 그뿐 아니라 내륙의 병약한 음악인들을 돌보는 것도 그녀의 책임이다.

"예를 들면, 지금 내륙 지역에 3명의 암 환자가 있습니다. 각각 어른, 청소년, 아이인데 지금까지 이들은 화학 요법 치료에 매우 잘 반응하고 있습니다. 엘 시스테마가 보건사회개발부와 연계돼 있기 때문에 이들을 위한 치료약을 구하는 일에서도 도움을 받고 있지요. 그리고 나는 성교육, 약물 남용 금지, 예방접종 등의 캠페인을 조직하고 만남의 자리를 만들기도 합니다. 이곳에서 우리의 목표는 '예술 의료 센터'를 만들어 엘 시스테마의 모든 음악인을 돌보고, 아이들의 신체적, 정서적 문제를 해결해주는 것입니다."

#4

엘 시스테마,
세계를 움직이다

나는 내가 테레사 카레뇨 극장에 있다는 걸 믿을 수 없었다.
천상의 목소리와 오케스트라의 소리를 들었을 때
나는 마치 천국에 온 듯한 기분이었다.
그런 강렬한 감정은 처음이었다.
정말 압도적이었다. 나는 눈물을 흘렸다.
그 아이들과 젊은이들이 연주하는 모습을 보면
울지 않을 도리가 없다.
세계 어디에서도 이처럼 웅장한 경험은 없었다.

– 플라시도 도밍고

여러분은 전 세계를 위한 아주 독특한 모델입니다.
어떤 다른 나라도 이와 비슷한 일을 한 적이 없지요.
이 활동은 라틴아메리카의 음악 수준을 높이는 데
큰 역할을 할 것입니다.

– 대니얼 바렌보임

1995년 아브레우 박사는 첫 어린이 오케스트라와 함께 국제무대를 향해 출발하면서 자신의 20년 전 꿈이 이뤄졌음을 전 세계에 증명할 때가 왔다고 생각했다. 엘 시스테마의 가장 어린 음악가들이 까다로운 관객을 기쁨의 축제로 인도할 준비를 마치고 바다와 국경을 넘으려 하고 있었다. 장난꾸러기 천사들, 에너지 넘치는 청소년들, 베네수엘라 국기의 삼색 옷을 입은 아이들이 이전에는 꿈도 꿔보지 못했던 무대를 가득 채웠다.

그 이전에도 이미 국제 음악계는 시몬 볼리바르 청소년 오케스트라를 잘 알았고 그 매력에 빠져들고 있었지만, 노련한 귀를 가진 사람들은 엘 시스테마가 키운 다른 음악가들에게도 관심을 기울이기 시작했다. 국립 어린이 오케스트라는 이때부터 전 세계를 도는 긴 공연 여행을 시작했다. 1995년에는 워싱턴과 뉴욕, 1996년에는 마나우스와 산티아고, 1997년에는 멕시코시티, 리우 데 자네이루, 브라질리아, 상파울루, 1998년에는 파리, 밀라노, 나폴리, 피렌체, 아나니, 로마, 2000년에는 하노버, 마그데부르크, 뮌스터, 베를린, 뒤셀도르프, 메르겐트하임, 뮌헨, 자마이카의 킹스턴을 여행했다.

1996년 국립 어린이 오케스트라의 콘체르티노 알레한드로 카레뇨가 베네수엘라 어린이를 대표하여 교황 요한 바오로 2세의 카라카스 방문을 환영하고 있다(왼쪽). 국립 어린이 오케스트라는 1997년 브라질의 리우 데 자네이루를 방문한 교황 요한 바오로 2세를 위해 또 한 번의 공연을 열었다(오른쪽).

2000년 베네수엘라를 대표해 독일의 하노버 엑스포에 참가한 오케스트라의 아이들(왼쪽 위). 2000년 구스타보 두다멜의 지휘로 독일 하일브론의 하모니 콘서트홀에서 공연하고 있는 국립 어린이 오케스트라(오른쪽 위). 2000년 독일 뒤셀도르프의 톤할레 콘서트홀에서 공연하고 있는 국립 어린이 오케스트라(아래)

미국

멕시코

브라질

칠레

1995년 가을 – '청소년과 음악에 바치는 축하'라는 이벤트의 일환으로 워싱턴 D.C.의 케네디 홀에서 데뷔. 로시니, 미요, 라르손, 베토벤의 곡을 연주하고, 끝으로 구스타보 메디나(Gustavo Medina)의 지휘로 미국 국가를 연주.

"온몸에 전율이 느껴지는 믿을 수 없는 연주였습니다. 나는 그 무대가 어린이들을 통해 베네수엘라 사람들의 생명력과 창의력, 힘을 보여주었다고 생각합니다."
– 엔리케 이글레시아스(Enrique Iglesias),
전 미주개발은행 총재

1997년 2월 – 라파엘 칼데라(Rafael Caldera) 베네수엘라 대통령의 공식 방문 행사의 일환으로 예술 궁전에서 공연.

"우리의 베네수엘라 형제들은 이런 어린이 오케스트라를 가진 것을 자랑스러워해야 합니다. 이 아이들은 두 나라의 젊은 음악인들이 협력을 증진하고, 영구적인 교류 협정을 맺어야 하는 최상의 이유입니다."
– 에르네스토 세디요(Ernesto Zedillo),
전 멕시코 대통령

1996년 5월 – 라파엘 칼데라 대통령의 공식 방문 스케줄의 일환으로 마나우스의 아마존 극장에서 공연.
1997년 10월 – 리우 데 자네이루의 마라카나 스타디움, 국립극장의 비야 로보스 홀, 브라질리아의 타구아팅가 스포츠 센터, 상파울루의 세(Se) 성당 등에서 공연.
2000년 8월 – 차베스 대통령의 남미정상회담 출장길에 동행하여 이타마라티 궁전에서 갈라 콘서트. 이어서 레시페 시와 페르남부코 시의 컨벤션 센터에서 열린 공연을 통해 전 세계 문화 및 외교 관련 인사들의 열렬한 갈채를 받음.

"엘 시스테마 프로그램의 커다란 사회적 영향 때문에 브라질에서도 어린이 오케스트라 운동을 시작하는 것이 중요하고 시급한 과제가 되었습니다. 브라질에도 버림받은 아이들이 많으니까요. 우리는 음악을 통해 그들에게 삶의 대안을 제시할 수 있습니다."
– 호세 호아킴 마르케스 마리노(José Joaquim Marques Marinho), 전 아마존 문화 사무소 감독

1996년 11월 – 산티아고 하얏트 호텔에서 열린 라틴아메리카 6개국 정상회담 기간에 차이코프스키의 〈1812 서곡〉을 비롯해 여러 곡을 연주.

"나는 세계의 모든 어린이가 이들처럼 연주하고 이러한 경험에 참여할 기회를 가질 수 있기를 바랍니다. 축하합니다!"
– 스페인의 소피아 여왕

1998년 5월 – 파리의 유네스코 본부에서 비제, 차이코프스키, 베르디, 바그너, 히나스테라의 곡을 연주. 이 자리에서 아브레우 박사는 유네스코 대사의 칭호를 받았으며, 어린 음악가들은 '평화의 예술가들(Artists for Peace)'로 임명됨.

"이 자리에는 번역가, 통역사가 필요하지 않습니다. 깊은 감동을 받은 우리는 이 오케스트라가 상징하는 위로와 힘, 즐거움의 메시지를 전하기 위해 이 아이들이 유럽에 다시 올 수 있도록 주선하기로 결정했습니다. 이와 같은 모범 사례를 만들어 세계에 보여준 베네수엘라에 경의를 표합니다. 하나의 사례가 천 번의 설교보다 훨씬 가치 있습니다."

– 페데리코 마요르(Federico Mayor),
전 유네스코 사무총장

2000년 9, 10월 – 독일 청소년어린이가족부 장관과 클라우디오 아바도의 후원으로 하노버 엑스포에서 열린 세계 청소년과 어린이를 위한 콘서트에서 연주. 이어서 베를린 필하모닉 콘서트홀, 뒤셀도르프의 톤할레 콘서트홀, 배드 메르겐트하임의 반델 콘서트홀, 하일브론의 하모니 콘서트홀, 뮌헨 필하모닉 콘서트홀에서 연주.

"노란색과 파란색, 빨간색이 넘실대는 음악의 바다 속에서 폭풍과도 같은 갈채가 먼저 들려왔다. 갈채가 지나간 뒤 완벽한 정적이 시작되었다. 젊은 지휘자 구스타보 두다멜이 무대에 올라 자신만만한 태도로 2백 명의 어린 음악인들 앞에 섰을 때 청중들은 놀라움 속에서 침묵으로 빠져 들었다. 이 어린 음악가들이 다이빙하는 돌고래처럼 바이올린을 켜며 생생하게 표현해낸 아름다움은 거장과도 같은 연주 솜씨와 결합해 그곳에 모인 모든 사람을 놀라게 하면서 공연장 전체로 퍼져나갔다."

– 카롤리나 벤델(Carolina Wendel), 음악 평론가

1998년 5월 – 밀라노의 주세페 베르디 음악원, 나폴리의 산 카를로 극장, 피렌체의 베르디 극장, 로마의 산타 세실리아 음악원, 바티칸의 클레멘티나 채플에서 연주.

1999년 5월 – 몬테바고, 타오르미나, 피우지에서 공연. 피우지에서는 마에스트로 주세페 시노폴리(Giuseppe Sinopoli)의 지휘로 시립극장의 재개관에 맞춰 연주.

"이 일은 문화를 초월해 더 넓은 스펙트럼을 가진 사회적 프로젝트가 되었습니다. 이탈리아 어린이들에게도 음악에서의 훈련과 노력의 가치를 일깨우는 사례입니다."

– 카를로 마에르(Carlo Majer), 산 카를로 극장 예술 감독

엘 시스테마, 꿈을 연주하다

두다멜과 그의 음악가들, 세계를 유혹하다

국립 어린이 오케스트라와 시몬 볼리바르 청소년 오케스트라는 1993년에 받은 유네스코 국제 음악상을 비롯하여 그들이 받아온 좋은 평가 덕분에 2000년 이후 전 세계 더 넓은 지역의 수많은 무대에 설 수 있었다. 특히 2002년은 시몬 볼리바르 청소년 오케스트라에게는 기념비적인 해라고 할 수 있다. 2002년에 이들은 괄목할 만한 실력으로 두 번의 공연 여행을 했다. 그때까지 국립 어린이 오케스트라가 치러낸 성공적인 공연 여행을 이어가는 이탈리아 여행, 그리고 세계의 가장 중요한 무대들에서 공연할 기회를 얻은 독일과 오스트리아의 여행이 그것이다. 그에 앞서 남미로 공연 여행을 떠나 자신들의 기량을 시험해보기도 했다.

세계의 이목을 집중시킨 이 청소년 오케스트라를 이끈 지휘자는 오랜 음악 경력을 자랑하는 나이 지긋한 거장이 아니었다. 그는 오케스트라의 단원들보다 한두 살 많거나 적은 또래 음악가로, 뿜어져 나오는 젊음의 에너지만큼이나 뛰어난 실력으로 세계를 놀라게 한 구스타보 두다멜이었다. 두다멜은 자신을 믿고 존중하는 친구들과 함께 세계의 여러 무대에서 기쁨과 즐거움, 생명력으로 가득한 음악을 연주하며 엘 시스테마의 별이자 세계 클래식 음악계의 스타로 자리 잡았다.

세계의 최상급 오케스트라들이 욕심내는 그는 여전히 카라카스의 친구들 곁에 머물러 있다(두다멜은 미국 로스앤젤레스 필하모닉 오케스트라의 2009~2010 시즌 최연소 상임 지휘자로 임명됐다). 자신이 언제라도 돌아와야 할 곳은 자신에게 악기를 주고 음악을 가르쳐준 베네수엘라라고 말하는 그를 카라카스의 테레사 카레뇨 극장에서 만났다.

소녀들이 다가와 사인을 해달라고 할 때도 늘 겸손한 태도를 보이는 사람, 잘생긴 데다가 탐날 만큼의 젊음과 신선함을 갖춘 사람. 구스타보 두다멜이 카라카스의 길을 걸어 그가 일상의 대부분을 보내는 곳이자 마에스트로로 거듭날 수 있었던 곳인 테레사 카레뇨 극장이 있는 중앙 공원 쪽으로 향하는 모습을 지켜보며 우리는 그런 인상을 받았다. 두다멜이 오케스트라 앞에 서서 섬유 유리로 된 지휘봉을 들어 올릴 때면 그와 어린 음악가들에게서 특별한 매력이 흘러나와 끝없는 강처럼 흐르고, 청중들은 그 흐르는 떨림에 귀를 기울인다.

1981년 라라 주의 바르키시메토에서 태어난 이 베네수엘라 청년은 현재 라틴아메리카에서 가장 중요하고 전도유망한 지휘자로 평가받고 있다. 그는 엘 시스테마가 '수확한' 가장 뛰어난 결과물 중 하나다. 이는 그가 단지 독일 밤베르그에서 열린 '2004 구스타프 말러 지휘 콩쿠르'에서 우승했기 때문만은 아니다. 그가 엘 시스테마에서 만든 음악 교육 모델의 거의 모든 분야에서 수준을 상승시켰기 때문이다.

일곱 살에 바이올린을 배우기 시작한 두다멜은 열 살 때 하신토 라라 음악원에 다녔으며, 호세 루이스 히메네스 교수의 학교에서 배웠다. 그 후 베네수엘라 국립 어린이 오케스트라 제1바이올린 섹션의 멤버가 되었다. 또한 바르키시메토 청소년 오케스트라 멤버로도 발탁됐으며 이 두 그룹과 함께 미국, 칠레, 멕시코, 브라질, 프랑스, 이탈리아를 여행하면서 공연했다. 그의 공연에서 하이라이트는 마에스트로 비토리오 네그리(Vittorio Negri)의 지휘로 스페인의 저명한 바이올리니스트 펠릭스 아요(Félix Ayo)와 함

엘 시스테마의 주목할 만한 성과와 베네수엘라의 밝은 미래를 상징하는 젊은 지휘자 구스타보 두다멜

께 안토니오 비발디의 〈두 대의 바이올린을 위한 협주곡〉을 연주한 것이다.

두다멜은 작곡에도 재능이 있었다. 그는 열두 살 때부터 작곡을 시작해 〈트롬본을 위한 콘서트 제1번〉, 〈호른을 위한 콘서트 제1번〉, 〈젊은이를 위한 서곡〉 등을 작곡했다. 그러나 1999년 그의 음악가로서의 운명, 그가 은밀히 키워온 꿈과 이미지가 무대 위에서 만개하기 시작했다. 그해에 두다멜은 오케스트라 지휘자로서 첫발을 내디뎠으며 곧바로 국제 무대에서의 활동을 시작했다. 그가 지휘하는 국립 어린이, 청소년 오케스트라는 이탈리아, 독일, 프랑스, 미국 그리고 라틴아메리카의 여러 나라를 순회했다.

두다멜은 공연 여행을 다니며 클라우디오 아바도나 사이먼 래틀 같은 거장들 앞에서 자신의 능력과 오케스트라 지휘자로서의 전망을 보여주었다.

그는 거장들의 격려, 엘 시스테마와 아브레우 박사의 후원으로 2004년 5월 독일 밤베르그에서 열린 제1회 구스타프 말러 지휘 콩쿠르에 과감하게 도전장을 내밀었다.

바이에른 주 북쪽에 있는 7개의 언덕에 세워진 도시로 목가적인 풍경과 훈제 맥주가 유명한 밤베르그에서 두다멜은 왼손에 지휘봉을 든 채 오른손으로 성호를 그었다. 엄격한 심사위원들과 작곡가의 손녀인 마리나 말러(Marina Mahler)가 참석한 가운데 그는 베네수엘라가 음악적으로 우수한 나라라는 것을 보여주어야 했다.

거장의 풍모를 지닌 두다멜이 상을 타게 되었다는 것을 알아차리기도 전에 갑자기 박수갈채가 터져나왔다. 그 소리는 점점 강해져 마치 손뼉으로 연주하는 교향악처럼 들렸다. 두다멜이 유럽에서 가장 유서 깊은 오케스트라 중 하나인 밤베르그 심포니 오케스트라를 지휘하면서 보여준 말러, 슈베르트, 알데마로 로메로의 곡에 대한 정확하고 감동적인 해석으로, 독일과 세계는 이 젊은 베네수엘라 지휘자가 앞으로 중요한 국제 무대에 자주 등장할 인물이라는 걸 알아차렸다. 또한 그에게 13개국에서 온 15명의 뛰어난 경쟁자들을 물리칠 능력이 있다는 걸 알아보았다.

비평가인 폴 무어는 이 콩쿠르에 대해 다음과 같은 흥미로운 글을 썼다.

"이 콩쿠르를 세계에 널리 알리려는 노력 끝에 43개국에서 299명의 새로운 인재들이 지원했다. 이들은 밤베르그 심포니의 감독인 요나탄 노트(Jonathan Nott)가 이끄는 팀에게 1차 심사를 받았고, 이 가운데 오직 16명의 참가자만이 밤베르그에 초청받았다. 이들 중 4명의 최종 후보, 즉 베네수엘라의 두다멜(23), 우크라이나의 옥사나 지니프(Oksana Jyniv, 26), 일본의 마츠누마 토시히코(松沼俊彦, 34), 불가리아의 이보 벤코프(Ivo Venkov, 35)의 지휘를 보기 위해 나는 그곳에 갔다. 두다멜이 심사위원들의 만장일치로 1등에 뽑혔다. 그가 말러 교향곡 제5번 4악장 아다지에토를 연주하기 시작했을 때 나는 소리 이외의 모든 자극을 몰아내기 위해 눈을 감았다. 곡의 끝 부분에 이르렀을 때 내 눈 속에 눈물이 고였고 마지막 음이 연주될 때 기어이 나는 눈물을 흘리고야 말았다. 내가 이 비밀을 심사위원 중 한 사람에게 털어놓자 그는 자신도 그랬다고 매우 부드럽게 인정했다."

이 상을 받은 뒤 두다멜의 앞날은 활짝 열린 지평선과도 같았다. 콩쿠르에서 수상하고 난 뒤인 5월 말, 두다멜은 베를린 필 지휘자인 사이먼 래틀의 초대를 받아 잘츠부르크에서 래틀, 베를린 필과 함께 모차르트의 〈코시 판 투테〉를 지휘했다. 그는 베를린 필의 음악 감독에게 초청받은 최초의 라틴아메리카 지휘자다. 이후 래틀은 베네수엘라를 방문하여 두다멜에 대해 이런 말을 했다.

"만약 그에게 시간적 여유가 생긴다면 우리는 그를 다시 베를린에 데려가기 위해 노력할 것입니다. 내가 보기에 그는 순식간에 세계적인 지휘자로 도약할 것 같습니다. 그러니 두다멜이 여기 있을 때 그의 공연을 마음껏 즐겨야 해요. 세계 최고의 무대가 언제 그를 훔쳐갈지 모르거든요."

래틀이 예언한 대로 두다멜의 미래에는 더 많은 것들이 기다리고 있다. 두다멜은 카라카스 청소년 오케스트라의 지휘자로 있으면서 바이올린 연주 테크닉을 연마하기 위해 마에스트로 호세 프란시스코 델 카스티요에게 수업을 받았고, 수많은 세계무대로부터 연주 요청을 받는다. 아래에 두다멜과 나눈 짧은 대화를 소개하겠다.

2001년 11월 시몬 볼리바르 청소년 오케스트라는 라틴 아메리카에서 가장 중요한 무대 중 하나인 부에노스아이레스의 콜론 극장에서 관객들의 열렬한 박수갈채와 환호를 받았다(왼쪽). 2002년 시몬 볼리바르 청소년 오케스트라는 베네치아의 산 마르코 광장에서 마에스트로 주세페 시노폴리에게 헌정하는 공연을 열었다(오른쪽).

2002년 독일 쾰른의 필하모니(위), 비엔나의 콘서트하우스(왼쪽 아래), 드레스덴의 십자 교회에서 공연하는 장면(오른쪽 아래)

우승했다는 소식을 들었을 때 당신의 첫 반응은 무엇이었나요?

그들이 나를 우승자로 호명했을 때 나는 뭐가 뭔지 모르고 있었어요. 독일어로 말했으니까요. 그런데 갑자기 사람들이 나를 껴안기 시작했고 그 순간 나는 혼잣말로 물었지요. "내가 우승했나?" 이 상을 받은 것은 나 자신을 위해서뿐만 아니라 베네수엘라, 엘 시스테마, 아브레우 박사를 위해서도 진정한 성취라고 생각합니다.

독일 신문들이 보도하기를 콩쿠르에서 가장 감동적 순간은 말러의 손녀인 마리나가 자리에서 일어나 당신을 축하하러 간 거라고 하더군요.

마리나 말러는 밤베르그 심포니의 감독인 요나탄 노트와 함께 심사위원을 맡고 있었죠. 나는 그날 지휘했던 곡 중 하나에서 불과 몇 초 차이이긴 해도 마지막 부분을 느리게 끝내기로 마음먹었어요. 우리가 그렇게 연주를 끝내자 침묵이 흘렀고, 조금 뒤 객석에서 박수 소리가 들려왔어요. 그때 마리나가 갑자기 내게 다가오는 것을 보았지요. 그녀는 눈에 눈물이 맺힌 채 내게 키스했어요. 나는 그녀의 눈에 어린 표정을 결코 잊지 못할 것입니다. 그것은 콩쿠르에서 가장 아름다운 순간이었습니다.

2001년 11월 – 두다멜의 지휘로 부에노스아이레스의 콜론 극장에서 공연. 어린이, 청소년 오케스트라 육성을 위해 베네수엘라와 아르헨티나가 협력하기로 합의.

아르헨티나

우루과이

칠레

2001년 11월 – 몬테비데오의 소드레 극장에서 공연.

"베네수엘라의 음악 운동에 대해 이미 잘 알고 있다고 생각했는데, 이제 새로운 세대가 또 다른 성취를 이뤄낸 것을 보니 또 한 번 놀랍고 행복합니다. 아브레우 박사는 6, 7년 전 몬테비데오 청소년 오케스트라를 설립한 장본인이기도 하지요. 우리는 아직 시몬 볼리바르 청소년 오케스트라의 수준에 도달하지는 못했습니다. 그러나 이번 콘서트는 우리가 올바른 길 위에 서 있는 건 분명하다는 사실을 보여주고 있습니다."
– 안토니오 마스트로조반니(Antonio Mastrogiovanni),
작곡가

2001년 11월 – 비냐 델 마르의 시립 극장에서 콘서트 개최. 산티아고의 마포초 문화 센터에서 세계 명작곡가들의 레퍼토리 연주.

"몇 달 전 이곳에서는 주빈 메타의 지휘로 이스라엘 필하모닉 오케스트라의 공연이 열렸어요. 그들의 콘서트는 완벽했지요. 그러나 베네수엘라 청소년들의 공연은 그보다 더 열정적이고 더 환상적인 밤을 만들었습니다. 주빈 메타의 공연에서 청중들은 마에스트로 메타에게 10분간 박수를 보냈지요. 베네수엘라 청소년 오케스트라는 30분간 박수갈채를 받았습니다."
– 후안 몬테로(Juan Montero),
비냐 델 마르 시립 극장의 문화 감독

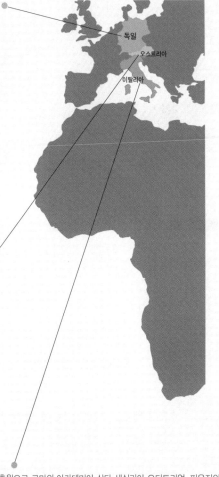

2002년 9, 10월 – 퀼른의 필하모니, 뒤셀도르프의 톤할레 콘서트홀, 베를린의 필하모니, 드레스덴의 십자 교회, 라이프치히의 게반트하우스, 뮌헨의 필하모니에서 공연.

"오케스트라는 뒤셀도르프의 학생들을 위해 라틴아메리카 음악을 한 시간 동안 연주했다. 이 자리는 청소년들을 위한 청소년들의 콘서트였다. 남미 음악의 열정적 기질은 대륙과 언어의 경계를 뛰어넘어 모든 사람의 열광을 자아냈다. 무대에서 뿜어져 나온 열기는 객석의 아이들에게로 빠르게 번졌다. 정적인 관람은 여기서 끝이었다. 아이들은 의자 위로 뛰어올라 음악의 리듬에 맞춰 몸을 흔들고 바이올린 켜는 자세를 흉내 내면서 손뼉을 치고 발을 굴렀다. 마지막에는 귀가 멀 정도의 박수갈채와 '앙코르'를 외치는 소리가 이어졌다."
– 〈뒤셀도르퍼 슈타트포스트 Düsseldorfer Stadpost〉,
2002년 9월 25일자

2002년 10월 – 빈과 잘츠부르크에서 공연

"우리가 이 콘서트에서 경험한 것은 완벽함 그 자체였습니다. 이는 인간과 평화, 희망에 대한 헌사였습니다. 나는 빈 사람들이 오늘밤 공연에서처럼 뜨겁게 감동받는 것을 본 적이 없습니다. 베네수엘라는 이 보물을 매우 자랑스럽게 여기고 잘 보살펴야 합니다."
– 마누엘 에르난데스 실바(Manuel Hernández Silva),
베네수엘라 출신 오케스트라 지휘자

2001년 5, 6월 – 이탈리아와 베네수엘라의 기업과 개인들의 후원으로 로마의 아카데미아 산타 세실리아 오디토리엄, 피우지의 코무날 극장, 피렌체의 베르디 콘서트홀, 베네치아의 산 마르코 광장과 산타 마리아 데 라 피에타에서 공연. 이탈리아 청소년 오케스트라와 상호 협력 프로그램에 대해 합의.

"나는 여기서 보고 들은 뛰어난 연주를 결코 잊지 못할 것입니다. 이탈리아에는 이와 같은 젊은이들의 오케스트라가 없습니다. 그래서 이는 우리를 위해서도 아주 모범적인 사례입니다. 단지 음악적 모범일 뿐 아니라 최상급 수준의 교육이라는 측면에서도 중요한 모범이죠."
– 알도 체카토(Aldo Cecatto), 밀라노 테아트로 데글리 아르침볼디 극장 대표

"나는 완성된 인간이 되고 싶어요"

Interview
에딕손 루이스

베를린 필의 최연소 단원인 베네수엘라의 더블베이스
연주자 에딕손 루이스

카라카스에 있는 가족과 친구들이 그의 행운을 빌며 기도하고 있을 때, 수천 마일 떨어진 베를린의 한 콩쿠르에서 심사위원들 손에 들린 참가자 명단 가운데 스페인이나 라틴아메리카에 속할 법한 이름 하나가 유난히 두드러져 보였다. 콩쿠르에 참석한 백 명 이상의 음악가들은 대부분 일본, 중국, 유럽, 북미 출신이었고 최상급 중에서도 최상급으로 꼽히는 연주자들이었다. 이들은 모두 세계에서 가장 들어가기 어렵다는 베를린 필의 더블베이스 섹션 자리를 두고 경쟁하는 중이었다.

그 자리는 베네수엘라에서 온 에딕손 루이스에게 돌아갔다. 루이스는 참가자 중 가장 나이가 어렸다. 심지어 아직 열일곱 살도 안 돼서 독일 오케스트라의 규칙으로는 오케스트라에 참여하기도 불가능했다. 그러나 그날 오후 베를린에서는 그런 건 문제가 되지 않았다. 중요한 것은 루이스의 엄청난 훈련, 피어나는 재능, 마법 같은 연주에 힘입어 그의 더블베이스에서 흘러나오는 천상의 소리였다. 그날 오후 카라카스에서 온 이 소년, 즉 엘 시스테마의 전국 센터 가운데서도 가난한 학생들을 위한 센터에서 교육받은 그의 이름이 최종 우승자로 발표되었다. 에딕손 루이스는 1887년 베를린 필 설립 이래 최연소 단원이 되었다. 베를린 필의 상임 지휘자 사이먼 래틀은 그를 이렇게 평가한다.

"베를린 필은 늘 특별한 사람을 찾습니다. 우리 오케스트라는 개성 있는 음악가들, 너무 개성이 두드러져 세계의 다른 오케스트라에서는 거절당하는 개인들을 찾는 경향이 있지요. 에딕손 루이스는 테크닉과 음악적 본능으로 모든 사람을 매료시켰어요. 뿐만 아니라 그는 아주 빨리 배우는 음악가입니다. 벌써 베를린 필의 특징 중 많은 부분에 적응해가고 있어요. 그는 이미 우리 가족의 일부입니다."

어떤 마음가짐으로 대회에 참가했나요?

그날 밤, 베네수엘라에서 나를 가르쳤던 펠릭스 페티트 선생님과 몇 달 전에 나를 그곳에서 훈련시켰던 베를린 필의 베이스 연주자 클라우스 스톨 (Klaus Stoll) 교수님이 이렇게 말씀하셨어요. 이 오디션의 목적은 이기고 지는 것이 아니라 내 음악 인생에서 아주 중요한 경험을 하는 거라고요. 합격을 하건 떨어지건 내게는 참가하는 것 자체가 중요했어요. 오디션이 열리는 이틀 동안 내 목표는 내 최상의 실력과 내가 어디에서 왔는지를 보여주는 것이었죠. 나는 그때까지 배운 것을 총동원하여 개성을 유지하는 가운데 최선을 다해 연주할 준비가 되어 있었습니다. 내 유일한 목표는 그저 연주를 잘하는 것이었죠. 내가 이길 거라곤 상상도 못 했어요. 도대체 내가 어떻게 유럽의 최고 연주자들을 이길 수 있겠어요. 그러나 신은 나를 축복해주었습니다. 내 나이와 능력, 배우려는 의지, 높은 수준의 훈련 그리고 베를린 필이 조만간 나를 훈련시키고 단련시킬 가능성까지 다 고려하면, 나는 아주 많은 혜택을 받았다고 생각합니다.

산 아구스틴 센터를 마칠 무렵엔 어땠나요? 어디서부터 시작했고, 그 시점엔 무엇을 하고 있었나요?

나는 엄마 친구들 중 누군가 무심코 던진 말에 엘 시스테마와 관계를 맺게 되었어요. 엄마 친구의 아이들이 음악을 공부하고 있었는데, 그분이 우리 엄마에게 내가 음악을 좋아하는지 한번 알아보라고, 음악을 배우면 내가 차분해질지도 모른다고 말씀하셨어요. 그때 열 살쯤이었던 나는 그룹 마냐를 매우 좋아했어요. 초등학교에 다니고 있었는데, 내 성적은 최고는 아니었지만 나쁘진 않았어요. 동네 아이들과 함께 축구, 야구를 즐겼고 가라테도 해봤고 수영도 하고 도자기도 만들어봤지요. 음악은 안중에도 없었지요. 그런데 어느 날 엄마가 나더러 음악을 해보라고 강력하게 권하시는 거예요. 엄마는 나더러 "해보고 재미없으면 그만둬도 된다"라고 말씀하셨어요. 센터에 간 첫날 나는 들어가자마자 더블베이스에 매료되었어요. 그 악기는 내게 매우 특별한 감정을 안겼죠. 나는 펠릭스 페티트 선생님의 수업을 듣기 시작했어요. 그는 지구상에서 가장 뛰어난 선생님이자 최고의 가이드이고, 내가 만난 최고의 프로페셔널이에요.

엘 시스테마에서 공부하는 것은 어땠죠? 당신의 목표는 무엇이었나요?

나는 베를린 필에 합류하겠다는 목표를 세운 적이 한 번도 없었어요. 내게 일어난 다른 모든 일처럼 신이 나를 이 길로 이끄신 거예요. 목표에 대해 말하자면, 엘 시스테마 안에는 매우 많은 성장의 기회가 있습니다. 나는 가슴 깊은 곳에서 늘 연주하길 원했어요. 그것이 나의 목표였습니다. 하느님 덕택에 나는 해외에 나갈 기회를 얻었고, 세계 최고의 음악 센터들에서 다른 가능성을 보고 분석할 수 있게 되었죠. 그런 과정 덕분에 나는 베를린을 꿈꾸게 되었어요. 하지만 아브레우 박사님의 지지와 비전, 엄마의 강력한 지원과 동기 부여, 페티트 선생님의 지도력, 엘 시스테마 안에서 했던 준비 과정이 없었더라면 나는 아무것도 아니었을 거예요.

왜냐고요? 간단히 말해서 아브레우 박사님은 청소년들이 작품을 제대로 접하고, 음악을 생생하게 또 직접적으로 해석하면서 동시에 연주하는 방법을 배울 수 있는 교육 방식을 만들었어요. 다른 나라에서 음악을 가르칠 때는 최소 3년간 이론을 배운 뒤에 악기를 연주하게 되잖아요. 우리는 그렇지 않아요. 예를 들어 내가 시몬 볼리바르 청소년 오케스트라와 함께 한 첫 번째 리허설에 초청받았을 때 나는 활을 어떻게 잡는지, 왼손을 어디에 둬야 할지도 잘 몰랐어요. 그런 설명을 들은 지가 얼마 안 됐거든요. 그런데 어느 순간 내가 차이코프스키 교향곡 제4번 악보가 펼쳐져 있는 악보대 앞에 서 있는 거예요. 이런 경험은 나뿐만 아니라 엘 시스테마의 다른 모든 어린이와 청소년들이 순식간에 도약할 수 있도록, 즉 매우 빠른 속도로 음악을 배울 수 있도록 해주었지요. 이런 방법으로 나는 악보 읽는 법을 배우고, 왼손과 오른손의 속도를 높여갈 수 있었어요. 베를린의 동료 중에는 아직도 그 문제로 고심하는 사람들이 많아요. 내가 말하고 싶은 건 엘 시스테마의 교육 방법이 세계에서 가장 빠르고 직접적이고 효율적이라는 거예요. 베를린 필과 다른 음악 센터의 교수들은 엘 시스테마 소속 젊은이들이 보여주는 풍부한 재능과 탁월한 훈련 경험에 놀라곤 합니다.

베를린 필은 내게 진정한 음악인이 되라고 요구합니다. 그건 내가 지금도 열심히 도달하려 노력하는 목표이기도 해요. 그들은 또한 한 리허설 다음에 또 다른 리허설, 한 프로그램 다음에 또 다른 프로그램, 한 콘서트 다음에 새로운 콘서트 같은 식으로 각각의 목표에 내가 완벽하게 헌신할 것을 요구합니다. 매주 새로운 경험, 새로운 연주, 새로운 시즌이 이어져요. 그것들은 전부 다른 종류의 경험이라 저는 동시에 많은 것을 배울 수 있습니다. 나는 모든 나날을 음악에 바치고 있어요. 아침 10시부터 저녁 7시까지 필하모니에서 일하고, 이전에 연주해보지 못한 새로운 더블베이스 곡들을 연주할 기회도 누리고 있어요. 그중에는 아르투로 마르케스(Arturo Márquez)가 나를 위해 쓴 곡이라든가, 내가 카라카스에서 시몬 볼리바르 청소년 오케스트라와 함께 연주한 블라스 아테오르투아(Blas Atehortúa, 콜롬비아의 작곡가)의 곡 등이 있지요. 또한 나는 하인츠 홀리거(Heinz Holliger, 스위스의 오보이스트이자 작곡가, 지휘자)와 같은 중요한 음악가들의 초청으로 바로크와 르네상스 체임버 음악을 연주하는 행운도 누렸고, 종종 유럽의 그룹들과 함께 솔로이스트로 연주하는 자리에 초청받기도 해요. 신은 내 삶을 더 나은 것으로 만들어주었습니다. 나는 이 모든 기회에 매우 감사합니다. 이런 경험은 내가 매일 더 나은 모습이 되기를 꿈꾸게 했어요. 나는 완성된 인간이 되고 싶습니다. 나는 할 수 있는 모든 방식으로 더 나은 사람이 되기 위해 이 세상에 왔다고 생각해요.

오케스트라로 가득 찬 아메리카를 꿈꾸다

베네수엘라는 엘 시스테마를 통해 음악, 예술 및 사회적 교육 모델의 개척자가 되었고, 중장기적으로 측정 가능한 결과를 지닌 사회문화적 교육 모델의 수출국이 되었다. 베네수엘라는 이제 아메리카 대륙에서 문화 운동의 선봉에 서 있다. 아브레우 박사는 2004년 3월 카톨리카 안드레스 베요 대학에서 명예박사 학위를 받을 때 수락 연설에서 이렇게 말했다.

"라틴아메리카 음악의 새로운 세대는 우리 대륙에서 어린이, 청소년 합창단과 오케스트라 활동을 통해 패러다임에 근본적인 변화가 일어나고 있음을 목격하고 있습니다. [⋯] 그 패러다임이란 대륙의 문화적 통합이 이제 막 태어나려고 하는 이 새로운 세대에 달려 있다는 것입니다. 유럽인들이 어떻게 그토록 오랜 세월 동안 아메리카에 대해 무지할 수 있었는지 이해하기 어렵다고들 하지만 우리 자신 역시 마찬가지입니다. 우리 역시 5백년 안팎의 시간 동안 우리가 대체 누구이고, 어떤 존재였으며, 어떤 존재여야 하는지를 마음속 깊은 곳에서 분명하게 발견하는 능력을 갖추지 못했습니다."

엘 시스테마가 처음부터 민족주의적 소명을 가졌던 것과 마찬가지로 미주 기구(OAS, Organization of American States)는 베네수엘라의 제안을 대륙적 규모의 과제로 받아들였다. 미주 기구는 1982년 엘 시스테마의 음악 교육 모델을 라틴아메리카와 카리브 해 지역으로 확장하기 위한 다국적 프로젝트를 추진하는 결의안을 통과시켰다.

1982년 이래 미주 기구와 각국 정부의 지원으로 아메리카 대륙의 20개

엘 시스테마, 꿈을 연주하다

국 이상에서 베네수엘라의 모델을 본뜬 어린이, 청소년 오케스트라 시스템이 만들어졌다. 이는 유럽에까지 확장되었다. 어린이, 청소년 오케스트라를 만든 나라와 지역은 아르헨티나, 볼리비아, 브라질, 콜롬비아, 칠레, 에콰도르, 트리니다드 & 토바고, 페루, 멕시코, 자메이카, 니카라과, 온두라스, 엘살바도르, 푸에르토리코, 파나마, 코스타리카, 우루과이, 바베이도스, 도미니카공화국, 과달루페, 미국, 쿠바 등이다. 엘 시스테마의 교수들은 이 나라들에서 오케스트라를 만들어내는 일에 헌신했다. 특히 프랑크 디 폴로, 플로렌티노 멘도사, 울리세스 아스카니오, 발데마르 로드리게스, 로페 바예스는 베네수엘라 모델이 반영된 새로운 오케스트라를 준비하고 음악가를 양성하는 일에 모든 것을 바쳤다.

과테말라에서는 정말 대단했어요. 도시의 음악원에 도착해보니 아름다운 홀을 갖춘 매우 낡은 건물이었지요. 원장이 바로 우리에게 전화를 해서 그곳의 모든 선생과 모임을 갖게 되었는데, 꼭 심문받는 것 같았어요. 그들은 우리가 아이들에게 베토벤 교향곡 제5번을 연주하게 할 수 있다는 걸 믿으려 하지 않았어요. 그 곡이 아이들에게는 너무 어려운 곡이라고 생각했기 때문이지요. 우리는 그들과 매우 열띤 논쟁을 벌였습니다. 일에 대한 헌신과 확신에 힘입어 우리가 이겼지요. 하지만 이 싸움에서

진정으로 승리한 것은 음악입니다. 얼마 후 과테말라 어린이, 청소년 오케스트라가 데뷔했거든요. 이들의 공연은 그 나라의 다른 어떤 프로페셔널 오케스트라보다 훌륭했지요.

가장 힘들었던 기억은 파라과이에 갔을 때예요. 시몬 볼리바르 청소년 오케스트라 소속 교수 14명과 함께 갔는데, 그곳에 도착해보니 학생이 3명밖에 없는 거예요. 그런데 그게 끝이 아니었어요. 오케스트라 창립 공연을 대통령 앞에서 하기로 일정이 잡혀 있다지 뭐예요. 우리는 아브레우 박사에게 배운 대로 가능한 한 신속하게 아이들을 모으는 일에 착수했지요.

프랑크 디 폴로는 새로운 연주자를 찾기 위해 경찰 밴드를 뒤지고 다니며 내륙 지역에 전화를 걸었고, 베네수엘라 대사관의 도움도 받았어요. 우리는 심지어 파라과이 대통령의 영부인과도 이 문제에 대해 이야기를 나누었어요. 아브레우 박사가 이곳에 아는 사람이 좀 있었던 덕분에 연주자를 모으는 데 도움을 받았지요. 아이들을 간신히 모아 연습을 하는데, 전체적인 움직임이 늘 긴장된 상태였어요. 파라과이 문화계의 모든 사람이 우리를 주목하고 있었으니까요. 그들 중 일부는 우리에게 반대 의사를 표명하기도 했고, 음악원에서는 우리의 움직임에 대한 저항도 있었지요.

그러다 마침내 150명의 아이들이 청소년 오케스트라와 어린이 오케스트라로 조직되어 라 아순시온 성당에서 오늘날까지 기억되는 콘서트를 열었지요. 내부적인 문제 때문에 두 오케스트라는 얼마 후 해체되었어요. 그러나 여러 개의 어린이, 청소년 오케스트라가 내륙 지역에 조직되어 지금까지 잘 유지되고 있습니다. 여기서도 우리는 성공했다고 생각합니다. 파라과이처럼 내륙 지역에 한계가 많은 나라가 오케스트라를 만들기 위해 애를 쓰는 것 자체가 곧 위기에 처한 아이들을 구하는 데 오케스트라가 특효약일 수 있다는 걸 보여주기 때문이죠.

미주 기구는 또한 전미 청소년 오케스트라(Youth Orchestra of the Americas)의 창립을 위해서도 일했다. 전미 청소년 오케스트라는 구스타보 두다멜과 테너 플라시도 도밍고, 영화 제작자 크리스토퍼 윌킨슨(Christopher Wilkinson)의 감독으로 2000년 뉴욕에서 데뷔했다. 이 흐름의 선례라 할 만한 것은 1997년 제7차 이베로 아메리칸 정상회담에서 체결된 안드레스 베요스-유네스코 협약의 후원으로 만들어진 이베로 아메리칸 청소년 심포니일 것이다.

2000년 안데스개발공사는 창립 30주년을 맞이하여 엘 시스테마의 도움으로 '순회 안데스 음악원(CAI, Conservatorio Andino Itinerante)'을 창설하

안데스 청소년 심포니 오케스트라가 리바스 홀에서 리허설하는 장면(왼쪽). 전미 청소년 오케스트라의 뉴욕 데뷔 공연 당시의 아브레우 박사와 플라시도 도밍고, 구스타보 두다멜(오른쪽)

엘 시스테마의 교사들은 아메리카 대륙에 어린이, 청소년 오케스트라 네트워크를 만들기 위해 대륙 전역을 돌며 음악 교육에 힘쓰고 있다.

면서 엘 시스테마에 대한 지지를 표시했다. '순회 안데스 음악원'은 안데스 지역의 음악가 160명으로 구성된 앙상블로서 14~26세 청소년들이 국가별로 32명씩 포함됐다. 이들은 2000년 6월 6일 카라카스의 테레사 카레뇨 문화 콤플렉스의 리오스 레이나 홀에서 성공적인 창립 콘서트를 가진 뒤 같은 해 10월 안데스 공동체 소속 국가들, 즉 보고타, 에콰도르, 페루, 볼리비아 등을 순회하는 공연 여행을 떠났다.

이후 안데스개발공사는 이 성공적인 경험을 안데스 지역을 위한 영구적인 사회문화적 프로젝트로 전환하기로 결정하고, 엘 시스테마를 교육 컨설턴트로 두는 '순회 안데스 음악원'을 상설 기구로 설립했다. 이 기구는 안데스개발공사 회원국들의 음악 교육을 강화하기 위해 1년에 세 차례씩 각 회원국들에 대표단을 보내 엘 시스테마의 교사들이 진행하는 집중 워크숍을 연다. 이렇게 시스템을 강화한 결과 소속 국가들은 자체적으로 계획을 세우고, 각자의 정체성을 지닌 음악 문화 운동을 펼쳐나가게 되었다. CAI 프로젝트하에서 2년간 집중적이고 조직적인 오케스트라 훈련을 거친 끝에 2002년 안데스 청소년 심포니 오케스트라가 다시 조직되었다. 이들의 탁월한 음악 해석력은 곧 널리 인정받게 되었다.

안데스 청소년 심포니 오케스트라의 성공으로 CAI 프로젝트는 2003년 이후 또 다른 프로그램을 낳았다. 예를 들면 젊은이들에게 악기 제작 기술을 가르치는 순회 악기 제작 워크숍 프로젝트나 안데스 성악 합창단 프로젝트가 그것이다. 안데스 성악 합창단을 통해 2004년 안데스 청소년 합창단이 만들어졌다. 마리아 기난드가 이끄는 이 합창단은 엘 시스테마와 긴밀히 협력해 합창 교향악 레퍼토리의 중요한 작품들을 공연한다.

Interview

플로렌티노 멘도사
— 엘 시스테마 해외 조직 담당자

카리브 해에서 우리의 과제는 트리니다드 & 토바고에서 시작되었어요. 미주 기구의 협약이 체결되기 이전이라서 유일한 지지자는 베네수엘라 외교부뿐이었지요. 그 섬에 오케스트라 시스템을 만드는 건 쉽지 않은 일이었어요. 그곳에도 대중음악과 교향악 분야 모두에 오랜 전통을 지닌 음악 그룹들이 있었기 때문이지요. 하지만 결국 미주 기구의 후원으로 트리니다드 & 토바고의 청소년 어린이 오케스트라가 만들어져 지금까지 활동을 지속하고 있습니다. 그런 다음 우리는 소방서와 경찰 밴드의 도움으로 세인트루시아 섬과 바하마 군도에도 오케스트라를 만들었습니다. 우리가 잘 준비해서 일을 진행한 결과 그 오케스트라가 지금도 여전히 그곳에 있어요. 이후 또 다른 동료들이 자마이카와 과달루페에도 오케스트라를 만들었지요.

처음 오케스트라 조직을 시작하는 사람들에게 카리브 해는 아름답지만 힘든 곳이라고 말해야겠네요. 그곳 사람들은 매우 재능이 뛰어나지만 경제적 요인부터 환경적 요인까지 일을 힘들게 하는 요소들이 너무 많아요. 예를 들면 카리브 해 섬들을 위해 악기를 사서 나눠주자는 캠페인이라도 벌여야 할지 몰라요. 바다로 둘러싸인 환경에서는 악기를 보존하기 어렵거든요. 영국 식민 지배의 영향으로 거주민들이 규율이 잘 잡혀 있고, 공부할 준비가 되어 있다는 것은 긍정적인 요인이지요. 카리브 해 지역은 전역에 걸쳐 의심할 여지없이 음악적 재능의 금광 지대라고 할 수 있습니다.

엘 시스테마의 음악 교육 모델을 실행하기에 부적절한 곳은 없습니다. 독일에서도 엘 시스테마가 실현해온 가치에 매료되어 우리 시스템을 도입하고 있어요. 즉 개발도상국뿐만 아니라 유럽에도 해결해야 할 사회적 과제들이 있고, 그 과제들을 해결하는 데 엘 시스테마 모델이 유용한 수단으로 여겨지고 있습니다. 베네수엘라의 엘 시스테마는 이제 제3세계만을 위한 해결책으로 여겨지지 않는다는 것이죠.

첫 번째

사이먼 래틀, 8백 명의 어린 음악가들과 '부활'을 노래하다

향이 짙은 베네수엘라의 커피를 몇 모금 마시지도 못한 채, 그리고 자신을 초대한 사람들과 의례적 인사를 미처 나누기도 전에 베를린 필의 지휘자 사이먼 래틀은 느닷없는 찬사의 회오리바람에 휩쓸렸다. 베네수엘라 사람들에게 흥이 많다는 말을 그가 종종 들었는지 모르겠지만, 아마 마이케티아 국제공항에 착륙하자마자 음악으로 환영받게 되리라곤 상상도 하지 못했을 것이다. 래틀의 얼굴은 환하게 밝아졌다. 2004년 7월 18일은 엘 시스테마가 사이먼 래틀 경에게 음악을 선물하는 첫날이었다. 아브레우 박사 그리고 여러 명의 외교관들과 동행한 래틀은 마리아 기난드가 지휘하는 어린이, 청소년들의 합창을 듣고 여행의 피로를 순식간에 떨쳐냈다. 이들은 베네수엘라의 노래로 래틀에게서 기쁨에 찬 박수를 얻었다. 그 뒤 베네수엘라 브라스 앙상블이 마에스트로 토마스 클라모어의 지휘로 헨델의 〈왕궁의 불꽃놀이〉의 한 소절을 연주했다. 베를린 필의 제1트럼펫 주자인 토마스 클라모어는 정감 어린 포옹으로 자신의 지휘자를 맞이했다. 자기 아이들을 데리고 온 래틀은 이 환영 행사에 깜짝 놀란 듯 보였다. 그는 아브레우 박사의 환영사에 귀를 기울였다.

"마에스트로 래틀은 음악에 대한 사랑과 지혜, 신념을 우리와 나누기 위해 이곳에 왔습니다. 더 나은 세계를 만드는 데 도움을 주기 위해 이곳에 왔습니다. 우리는 당신과 함께 사랑과 예술, 존중의 연대를 만들고 싶습니다. 어린이, 청소년들에게 그들이 꿈꿀 권리를 누릴 수 있는 더 나은 세상, 당신이 이미 자신의 일과 관용의 마음으로 건설하고 있는 세계를 열어주고 싶습니다. 당신이 베네수엘라에 보여준 마음을 우리는 결코 잊지 못할 것입니다. 당신이 우리 젊은이들을 돕기 위해 여기까지 온 것에 깊은 고마움을 전하고 싶습니다."

카라카스에서 사이먼 래틀의 일정은 엘 시스테마에서 배운 아이들의 음악적, 예술적 잠재력을 확인하고, 라틴아메리카의 독보적인 사회적 프로그램으로서 엘 시스테마가 제공하는 여러 가지 혜택을 직접 경험하는 시간으

사이먼 래틀은 비행기에서 내리자마자 마리아 기난드가 이끄는 어린이, 청소년 합창단과 토마스 클라모어가 이끄는 베네수엘라 브라스 앙상블의 깜짝 공연이라는 풍성한 환영 인사를 받았다.

로 짜였다.

래틀이 도착한 다음 날인 월요일은 감동적인 하루였다. 리허설을 위해 테레사 카레뇨 극장에 도착한 래틀은 극장의 모든 열린 공간이 아이들로 이루어진 거대한 오케스트라로 가득 차 있는 것을 보았다. 래틀과의 만남을 위해 라라, 아라구아, 카라보보 지역의 청소년 오케스트라에서 온 아이들로 임시 구성된 대형 오케스트라는 엘가의 〈위풍당당 행진곡〉을 연주했다. 프로그램은 거기서 끝나지 않았다.

래틀이 호세 펠릭스 리바스 홀에 들어서자 이번에는 구스타보 두다멜이 마법과도 같은 지휘봉을 휘두르며 말러 오케스트라를 이끌고 영국 작곡가 벤자민 브리튼(Benjamin Britten)과 윌리엄 월튼(William Walton)의 곡을 들려주었다. 그러나 이것조차 이날 아침 카라카스와 로스 테케스의 청소년 오케스트라에서 온 아이들이 준비한 놀라움에 비하면 서곡에 불과했다. 그들은 래틀에게 멕시코 작곡가 유헤니오 투상트(Eugenio Toussaint)가 편곡한 라틴 음악 〈포푸리 페레스 프라도〉를 들려주었다.

래틀에게 라틴아메리카 음악과 연주자들의 기량을 소개하는 잇따른 연주는 엘 시스테마를 대표하는 그룹이자 이제는 이 음악 운동의 창립 멤버들이 다음 세대를 위한 교사로 활동하고 있는 시몬 볼리바르 청소년 오케스트라의 연주에서 절정을 이루었다. 구스타보 두다멜이 지휘하고 피아니스트 가브리엘라 몬테로가 연주하는 가운데 래틀은 먼저 라흐마니노프 피아노 협주곡 제3번 D단조, 비야 로보스(Villa-Lobos)의 합창곡 제10번을 감상했다. 두 번째 파트에서는 안토니오 에스테베스가 작곡한 〈라 칸타타 크리올라〉를 통해 베네수엘라 평원 지대의 에너지를 느낄 수 있었다.

사이먼 래틀이 엘 시스테마의 주요 센터들을 둘러보던 일정의 하이라이트는 몬탈반 아카데믹 센터에서 음악을 듣던 순간이었다. 몬탈반 센터에서 악기를 손에 들고 악보대 앞에 앉은 어린 음악가들은 베를린 필의 여섯 번째 감독인 래틀과의 만남에서 긴장감을 감출 수 없었다. 그 긴장감은 기다림을 영원처럼 느껴지게 했다. 그토록 간절히 기다리던 순간이 마침내 다가왔을 때 몬탈반 센터의 공기는 흥분과 열망으로 터져나갈 것 같았다.

사이먼 래틀의 방문은 그곳에 있던 1200명에 가까운 아이들의 기억 속에 영원히 새겨질 것이다. 래틀 앞에서 아이들은 자신들이 너끈히 해낼 수 있는 일, 순수한 음악을 만들어내는 일을 막 보여주려 하고 있었다. 잠시 후 웅성거리던 분위기가 가라앉고 침묵 속에 모든 사람이 래틀의 등장을 기다렸다. 자신의 두 아이 그리고 아브레우 박사와 함께 마침내 나타난 래틀은 온화하고 친근해 보이는 인상이었다.

엘 시스테마의 모든 사람이 흥분 속에서 래틀을 맞이한 까닭은 이번 방문이 2000년 독일에서 그가 베네수엘라에 오겠다고 했던 약속을 실행하는 것이기 때문이기도 했다. 래틀은 약속을 지키기 위해서뿐 아니라 베네수엘라의 놀라운 음악 모델이 실제로 어떻게 작동하는지 자세히 지켜보고, 또 시몬 볼리바르 청소년 오케스트라를 직접 지휘하기 위해 바쁜 일정 속에서 열흘간의 휴가를 뒤로하고 베네수엘라에 온 것이었다.

래틀이 도착하자마자 9~15세의 아이들로 구성된 브라스 앙상블이 앙헬 칼데라(Ángel Caldera)의 지휘로 조반니 가브리엘리(Giovanni Gabrielli, 16세기 이탈리아의 작곡가이자 오르가니스트)의 〈칸소나 셉티미 토니〉를 연주하기 시작했다. 이들의 아름다운 연주는 래틀에게서 첫 감탄사를 자아냈으

마에스트로 울리세스 아스카니오와 구스타보 두다멜이 지휘하는 카라카스, 라라, 아라구아, 미란다 청소년 오케스트라는 사이먼 래틀을 위해 테레사 카레뇨 극장의 야외무대에서 멋진 공연을 펼쳤다.

몬탈반 아카데믹 센터에서 열린 마노스 블랑카스 합창단의 공연은 지켜보는 모든 이의 눈시울을 뜨겁게 했다(왼쪽). 사회적 약자들을 위한 프로그램에 속한 시각장애 학생들은 사이먼 래틀 앞에서 그들이 엘 시스테마 덕분에 아무런 장애 없이 음악을 배우고 있음을 보여주었다(오른쪽).

며, 래틀이 그곳에 머물던 시간 내내 그의 얼굴에서는 감탄과 미소가 사라지지 않았다.

청각장애 어린이들의 타악기 앙상블 연주가 다음 차례였다. 이 앙상블은 엘 시스테마가 듣지 못하거나 앞을 보지 못하는 등 장애가 있는 어린이들을 사회에 적응시키고 통합시킨 값진 사례다. 타악기 앙상블 연주가 끝난 뒤 그날 오후의 가장 감동적인 순간이 찾아왔다.

90명에 이르는 시각, 청각장애 청소년들로 구성된 '마노스 블랑카스 합창단'이 마에스트로 나이베스 고메스(Naybeth Gómez, 수화 지도), 루이스 친치야(Luis Chinchilla, 음성 지도), 호니 고메스(Jhonny Gómez, 음악 지도)가 이끄는 가운데, 모두의 눈에서 눈물이 흐르게 할 정도로 감동적인 노래를 들려주었다. 앞을 보지 못하거나 듣지 못하거나 말을 하지 못하는 아이들이 하얀 장갑을 낀 손으로 동료들의 노래를 몸짓으로 바꿔내면서 페드로 엘리아스 구티에레스(Pedro Elías Gutiérrez, 베네수엘라의 작곡가)의 〈알마 야네라〉를 공연하는 것을 바라보며 래틀은 다정하게 미소 지었다. 무척 감동받은 듯한 이 영국인 지휘자는 먼저 자기 아이들의 반응을 보려고 몸을 돌리더니 이윽고 베네수엘라 아이들의 잊지 못할 연주에 아낌없는 박수갈채를 보냈다.

그러나 그날 오후의 음악 향연은 여기서 끝이 아니었다. 엘 시스테마가 베네수엘라의 아이들에게 선물한 특별한 기회에 감동한 채로 래틀은 곧 옆방으로 안내되었다. 그곳에서는 수잔 시만이 이끄는, 5~10세 어린이 3백 명으로 구성된 대규모 시립 어린이 오케스트라가 기다리고 있었다. 어린 나이인데도 아이들은 그럴 듯한 포즈로 악기를 잡고 멀 아이작(Merle Isaac, 미국의 음악 편곡자)의 〈집시〉처럼 복잡한 곡을 연주하면서 잘 훈련된 화음을 보여주었다. 이 영국인 지휘자가 할 수 있는 말은 "정말 감동적이군요"가 전부였다.

이어서 디트리히 파레데스(Dietrich Paredes, 베네수엘라의 지휘자)가 이끄는 체임버 오케스트라가 비발디의 D장조 협주곡을 연주했고 여섯 살 때부터 이 센터에서 공부해온 케네스 존스(Kenneth Jones)가 바이올린 솔로이스트로서 갈고 닦아온 연주 기량을 선보이며 관심의 초점이 되었다. 그 연주에 대한 감사의 표시로 래틀은 존스를 포옹하고 함께 기념 촬영을 했다.

"난 이 일을 믿을 수가 없어요. 그는 세계에서 가장 위대한 지휘자 중 한 사람이잖아요!"

케네스는 그 순간의 감동에 몸을 떨며 말했다. 그 뒤 래틀과 방문객들은 악기 제작, 수리, 유지를 위한 전문 인력을 키우는 악기 제작 아카데믹 센터의 숙련된 장인들이 만든 바이올린, 기타, 쿠아트로, 만돌린, 반돌라(bandola, 6현을 가진 베네수엘라 만돌린) 등을 둘러보았다. 래틀은 여기서 베네수엘라 전통 악기인 쿠아트로를 선물로 받았다. 그는 이 악기가 "나의 스페인어를 향상시키는 데" 큰 도움이 될 거라고 말했다.

이날 펼쳐진 음악 향연의 피날레는 래틀과 동행할 기회를 얻은 운 좋은 사람들 모두에게 감동적인 행사였다. 구스타보 두다멜의 지휘로 시립 어린이 오케스트라가 들려준 차이코프스키의 〈슬라브 행진곡〉과 멕시코 작곡가 아르투로 마르케스의 춤곡들은 래틀과 란코 마르코비치(Ranko Markovic) 빈 음악원장, 리첼 토마스(Rietchel Thomas) 프랑크푸르트 음악원장, 미하엘 란덴부르거(Michael Landenburger) 베토벤 생가 대표, 독일 저널리스트 카롤리나 폰그리에스(Carolina Vongries) 등 방문자들의 첫날 일정을 훌륭히 마무리해주었다.

두다멜은 자신의 예술적 재능을 최대치로 끌어낸 듯 8백 명의 어린이와 청소년으로 구성된 오케스트라에게서 완벽하게 조율된 선율을 이끌어냈다. 래틀은 완벽한 하모니와 연주자들의 뛰어난 기량에 놀랐을 뿐 아니라 두다멜의 지휘에서도 눈을 떼지 못했다. 그는 주저하지 않고 두다멜을 자신이 아는 가장 유능한 지휘자 중 하나로 꼽았다. 얼마 후 그는 기자회견에서 이날의 경험을 다음과 같이 말했다.

사이먼 래틀과 구스타보 두다멜

"오케스트라의 연주는 정말 굉장했습니다. 마치 꿈과 같았죠. 8백 명의 음악가들이 내가 알고 있는 그대로 차이코프스키를 연주할 뿐 아니라 첫줄부터 마지막 줄까지 긴밀하게 소통하며 정확한 구절법에 따라 연주하는 모습을 보는 건 몹시 드문 경험입니다. 나는 그들 모두의 얼굴에서 내가 음악이란 이래야 한다고 언제나 믿어왔던 것을 보았습니다. 그것은 바로 소통과 순수한 즐거움입니다."

그날 오후 몬탈반 아카데믹 센터를 방문했던 모든 사람은 마치 시간이 멎어버린 것과 같은 느낌을 받았을 것이다. 이 아이들이 매일같이 갈고 닦아온 음악적 수련의 결과를 직접 목격하는 경험은 곧 음악의 미래를 믿고 꿈꿀 수 있는 곳으로 초대받는 일과 같기 때문이다.

몬탈반 아카데믹 센터에서의 행사가 끝나고 15분 뒤, 리오스 레이나 홀도 래틀을 기다리는 어린 음악가들로 북적였다. 래틀의 지휘로 말러 교향

래틀의 요청으로 두다멜은 말러 교향곡 제2번의 사전 리허설을 이끌었다.

곡 제2번을 공연하게 될 시몬 볼리바르 청소년 오케스트라 단원들이 래틀
과 함께하는 두 번째 리허설을 기다리는 중이었다. 래틀은 악보를 의자에
두고 지휘봉을 악보대에 얹은 채 매우 심각한 표정으로 단원들 앞에 섰다.

"젊은 친구들, 내가 여러분과 함께 뭘 하려고 하는지 잘 모르겠어요."

순간 음악가들은 뭔가 잘못되었고 래틀이 화가 났다는 생각에 바짝 긴
장했다. 그러나 래틀이 다음과 같이 고백했을 때 이들 사이에는 다시 찾아
온 기쁨과 행복감이 넘쳐흘렀다.

"리허설에 늦어서 미안해요. 그들이 내게 계속 더 많은 음악을 들려줘서
어쩔 수 없었어요. 나는 정말 환상적인 센터를 방문해 8백 명의 젊은이들이
연주하는 〈슬라브 행진곡〉을 들었습니다. 아마 여러분은 그 연주에 익숙할
겁니다. 여러분은 모두 엘 시스테마 안에서 자랐으니까요. 그러나 내게는

매우 감동적인 장면이었습니다. 몬탈반에서 연주를 들을 때, 나는 너무나도 훌륭한 어린이 오케스트라 앞에서 아이처럼 울어버리고 싶었답니다. 하지만 나를 지켜보는 카메라가 너무 많았기 때문에 우는 건 보기 좋지 않을 거라 생각했지요. 나는 혼자 속으로 생각했어요. 지금 음악계에서 여기 베네수엘라에서 일어나고 있는 일보다 더 중요한 일은 없다고. 여러분은 굉장한 행운아들입니다. 우리 역시 여러분에게 무수히 많은 것을 배울 수 있으니 복 받은 사람들입니다. 나는 곧 유럽과 미국으로 돌아가게 됩니다. 분명히 말하건대, 그곳에 돌아가면 나는 많은 사람들에게 지금 여기서 벌어지고 있는 일들에 대해 들려줄 것입니다."

"음악의 미래는 베네수엘라에 있다"

Interview
사이먼 래틀

래틀의 베네수엘라 방문은 많은 사람들에게 미스터리였다. 2002년 봄 베를린에서 베네수엘라 어린이, 청소년 오케스트라의 연주를 들으며 감동받았던 이 사나이는 베네수엘라에서 어린 음악가들을 지휘하고, 그들과 함께 시간을 보내고, 그들의 연주를 반복해 들으면서 자신이 왜 이곳에 왔는지를 분명히 했다. 그 자신의 말마따나 래틀의 카라카스 방문은 베네수엘라의 젊은 음악인들에 대한 그의 연대와 인생을 건 헌신을 굳건하게 다지는 일이었다.

래틀이 기자회견을 위해 베네수엘라 매체들 앞에 서서 그렇게 많은 말을 하리라고는 누구도 생각지 못했다. 그는 자신을 초대한 사람들의 의견을 구하지 않고 즉석에서 자신의 의견을 먼저 발표하는 걸 삼갈 정도로 신중한 태도를 보였다. 그가 베네수엘라에서 열린 기자회견을 위해 심사숙고했다는 것은 분명해 보였다. 기자회견 내내 그는 성실하고 투명한 자세를 보였다.

기자회견 내내 '경'이라는 호칭으로 불린 그는 카리스마 넘치는 개성을 최대한 보여주면서 베네수엘라의 엘 시스테마 운동에 대한 찬사를 거리낌 없이 드러냈다. 그는 자신이 베네수엘라에서 겪은 직업적, 개인적 경험이 전 생애에서 가장 풍요로운 경험 중 하나였다고 고백했다.

베네수엘라에서 연주할 곡으로 말러 교향곡 제2번 〈부활〉을 선택한 이유는 무엇입니까?

〈부활〉은 내가 지휘자가 되고 싶다는 생각을 하게 한 곡입니다. 내 인생을 바꾼 곡이지요. 그리고 베를린에서 시몬 볼리바르 청소년 오케스트라의 연주를 들었을 때 내게는 그 역시 부활이라는 생각이 매우 분명하게 들었습니다. 여기서 벌어지고 있는 이 중요한 일들이 이 곡과 잘 맞는다고 생각했고요. 만약 누군가 내게 클래식 음악의 미래를 위해 중요한 곳이 어디냐고 묻는다면 나는 주저 없이 이렇게 말하겠습니다. 여기, 베네수엘라라고. 여러분은 이 일을 30년간 지켜봤기 때문에 이러한 상황에 아마 익숙할 것입니다. 그러나 외국에서 온 나 같은 사람에게는 믿을 수 없을 만큼 강력한 감정을 불러일으킵니다. 내 눈과 귀를 믿기까지 시간이 필요했을 정도예요.

여기서 나는 전 세계를 위한 음악의 미래를 목격했다고 덧붙이고 싶어요. 말러도 이 자리에서 이 광경을 봤더라면 하고 바랄 뿐입니다. 어쩌면 그는 지금 보고 있을지도 몰라요!

어제 나는 가족과 함께 몬탈반에 갔는데 그곳에서 우리는 말 그대로 천상의 소리를 들었습니다. 시각, 청각장애 어린이들의 놀랄 만한 합창, 손으로 그려내는 아름다운 합창을 보았습니다. 가장 뛰어난 지휘자 중 한 사람인 두다멜이 지휘하는 세계에서 가장 큰 오케스트라의 〈슬라브 행진곡〉도 들었습니다. 영국인들은 감정 절제를 잘한다고들 알려져 있지요. 그래서 나는 내가 오케스트라 앞에서 아이처럼 울어버리지 않은 것이 매우 자랑스럽습니다. 하지만 우리 모두가 미니버스로 돌아가서 실컷 울었다는 사실은 고백해야겠네요. 모두 감정이 북받쳐 오를 만큼 감동했거든요. 내 아이들은 손수건을 달라고 할 정도였어요.

나는 이제부터 전 세계에 베네수엘라 어린이, 청소년 오케스트라를 알리는 중요한 후원자가 될 것입니다. 그들은 세계에서 가장 중요한 음악 축제 중 하나인 영국 런던의 프롬나드 콘서트(Promenade Concerts)에 이미 초청받았어요. 또한 미국 작곡가 존 애덤스(John Adams)가 베네수엘라의 오케스트라와 함께 작업하기 위해 방문하고 싶다는 의사를 밝혔고, 프랑스의 유명한 피아노 듀오인 카티아 라베크(Katia Labeque)와 마리엘 라베크(Marielle Labeque)도 조만간 베네수엘라 청소년 앙상블과 함께 콘서트를 열기 위해 방문할 계획입니다.

그뿐 아니라 세계의 다른 곳에서도 이 프로그램을 공부하러 올 것입니다. 나는 향후 몇 년간 베네수엘라에서 벌어진 이야기로 내가 아는 모든 음악가를 감동시키기 위해 백방으로 노력할 것입니다. 아마 음악가들이 베네수엘라에 관심을 갖게 하는 것보다 그들을 베네수엘라로부터 떼어놓는 게 더 어려운 일이 될지도 몰라요. 우리는 꿀단지 주변을 맴도는 벌꿀이 될 겁니다. 이와 같은 보물을 발견한 다음에는 거기서 멀리 떨어져 있는 것이 불가능하니까요.

이 젊은 베네수엘라 음악가들이 세계에 무엇을 가르칠 수 있다는 것입니까?

나는 늘 음악이란 사치품이 아니라 우리 모두의 삶을 위한 일상용품이라고 생각해왔습니다. 많은 이들에게 음악은 우리가 숨 쉬는 공기와도 같은 것입니다. 우리는 베네수엘라가 세계에서 가장 음악적인 나라 중 하나라는 것을 어느 정도는 알고 있지요. 그러나 내가 여기 와서 본 것은 엘 시스테마의 일이 단지 예술로서 음악을 다루는 것이 아니라 매우 깊은 차원의 사회적 프로그램이라는 점입니다. 나는 엘 시스테마가 많은 사람들의 삶을 구했고, 앞으로 더 많은 사람들을 구하리라는 걸 알고 있습니다. 엘 시스테마는 또한 사람들에게 의사소통의 다른 수단, 세계를 이해하는 다른 방법, 행복의 다른 형태를 보여줍니다. 오늘날 우리에게는 인류를 구원하기 위한 예술, 모든 종류의 예술이 필요하다고 생각합니다.

당신이 카라카스에 와서 베네수엘라 어린이, 청소년 오케스트라를 직접 경험해야겠다고 결심하게 된 계기는 무엇입니까?

나는 바그너의 〈리엔지 서곡〉을 좋아하지 않습니다. 그 곡을 연주할 때마다 문제가 생겨요. 그런데 베를린에서 베네수엘라 청소년 오케스트라가 그 곡을 연주하는 것을 들었을 때는 눈물을 흘리며 나 자신에게 말했어요.

'오, 이건 기적이야!' 그들의 연주가 끝났을 때 베를린 필의 바이올린 주자 한 사람이 내게 와서 말하기를 '우리가 이 아이들에게서 배울 게 무척 많군요'라고 하더군요. 그래서 나는 언젠가 이 아이들을 만나러 베네수엘라에 와야겠다고 생각했어요. 기회는 내가 생각했던 것보다 빨리 왔지요. 이곳에서 열린 리허설 첫날, 몇 년 전에 독일 정부가 후원한 협력 프로그램의 하나로 이곳에 집중 세미나를 하러 왔던 베를린 필의 연주자 몇 명이 내게 여러 이야기를 들려주었어요. 한 사람은 "실제로 난 가르친 게 없다. 그저 도왔을 뿐"이라고 말했고, 다른 사람은 "그들이 내 인생을 바꿨다"고 말하더군요. 이것이 베네수엘라의 젊은 음악인들이 우리에게 미친 영향입니다. 이전에도 말했듯 뭔가 특별한 일이 이곳에서 진행되고 있어요. 그것이 우리가 여기에 와서 우리가 가진 모든 것을 주고 그들을 도와야 할 이유입니다. 우리는 본능이 말을 해야, 또 가슴에서 우러나와야 일하는 사람들입니다. 우리가 베네수엘라에 주고 싶은 것도 바로 그것이지요. 나는 특히 예술과 교육 분야에서 많은 어려움을 겪고 있는 미국이 이곳에서 벌어지는 일들을 주의 깊게 봐야 한다고 생각합니다. 나는 이 일을 미국의 음악가들에게 전파하기 위해 내 힘으로 할 수 있는 모든 일을 할 것입니다.

당신이 이곳에서 함께 연주한 베네수엘라 청소년 오케스트라의 음악 수준은 어느 정도라고 평가하십니까?

그들은 프로페셔널로서 최고의 수준을 갖추고 있습니다. 사실 그들은 내가 요구한 거의 모든 것을 매우 잘해냈어요. 오케스트라는 나의 친애하는 동료 두다멜에 의해 믿을 수 없을 정도로 잘 훈련돼 있어요. 8백 명이나

사이먼 래틀이 카라카스에서 보여준 거장의 풍모

되는 오케스트라가 차이코프스키를 그토록 완벽하게 연주할 뿐 아니라 모두가 나무랄 데 없이 정확하게 각 악구를 나누어 연주하고 앞줄부터 뒷줄까지 원활하게 소통하는 모습은 매우 인상적이었습니다. 여기서 나의 일은 그들만의 소리와 특별한 스타일을 찾아주는 것입니다. 나는 이들에게 음악이 말하는 것과 음악이 어떻게 보이는지만이 아니라 음악이 무엇을 의미하는지를 말하러 왔습니다. 그들이 새로운 깊이의 소리를 만날 수 있게 돕고, 그들에게 다른 색채를 주는 것과는 별개로 말이지요.

베네수엘라의 음악인들이 자신의 수준을 높이기 위해 무엇을 배우기 바라나요?

나는 내가 할 수 있는 최대한의 노력을 기울여 내 경험과 사랑, 음악에 대한 지식을 나눠주기 위해 애쓰고 있습니다. 당신의 질문에 답하기 위해 내가 좋아하는 브람스의 말을 인용하고 싶군요. 언젠가 음악을 하는 한 무

리의 학생들이 브람스에게 어떻게 하면 더 잘 연주할 수 있느냐고 묻자 브
람스가 이렇게 대답했답니다. "매일 한 시간 덜 연습하는 대신 그 시간에
좋은 책을 읽어라." 베네수엘라의 젊은 음악가들도 한 음이 얼마나 많은 의
미를 내포할 수 있는지를 배우는 게 중요합니다. 여기 베네수엘라에는 그
것을 배울 수 있는 최상의 하부 구조가 갖춰져 있다고 생각합니다. 그리고
나는 이 음악가들이 사람들에게 돈으로 환산할 수 없는 값진 선물을 주고
있다고 믿습니다.

베네수엘라의 음악 레퍼토리에 대해 잘 알고 계십니까?

나는 이곳에 와서 가장 멋진 방식으로 에스테베스의 음악 세계를 알게 되
었어요. 물론 아직도 탐구할 게 많다는 걸 잘 알고 있습니다. 세계는 계속 변
하고 있습니다. 이는 대단히 멋진 일이죠. 다른 대륙에도 중요한 음악가와 작
곡가들이 많다는 것을 우리 유럽인들이 점차 이해해가고 있으니까요.

국제합창연합의 회장이자 안데스 합창단 대표이며 경험 많은 음악가인
마리아 기난드는, 사이먼 래틀이 지휘하는 말러 교향곡 제2번 〈부활〉을 위
해 무대에 올랐던 경험을 설명할 때 마치 무대에 처음 선 사람처럼 "내 인
생에서 가장 멋진 순간"이었다며 얼굴을 붉혔다. 자신이 설립한 합창단과
함께 전 세계를 여행하고, 세계에서 가장 유명한 무대에서 공연하기로 계
약을 맺은 예술가이자 합창 교향곡의 발전에 중요한 역할을 해온 사람이 말

하는 경험담은 허투루 들리지 않았다.

"이제 나는 사람은 결코 배움을 멈추지 않는다고 진심으로 말할 수 있어요. 젊은이들과 함께 무대에 서는 일은 흥분 그 자체였어요. 사이먼 래틀과 같은 지휘자가 존재한다는 사실도 대단히 감동적이었고요. 그토록 오랜 세월 일을 해왔는데도 마치 내가 처음으로 사람들 앞에서 노래하기 위해 무대에 선 듯한 기분이었어요. 사이먼 래틀 같은 재능 있는 지휘자와 함께 일하게 된다면 누구나 그럴 수밖에 없겠지만 말이죠. 우리도 경험이 많은 사람들이었지만, 이번에는 특별히 더 열심히 공연을 준비했어요. 우리 합창단은 서로 다른 배경을 지닌 사람들로 구성되어 있습니다. 매우 세련되고 직업적인 성악가들부터 어린이 합창단 출신까지 다양하지요. 이는 다양한 스펙트럼의 목소리가 함께 있다는 것을 뜻합니다. 나는 그들 모두에게 우리가 음악과 노래에 대한 완벽한 이해를 보여줘야만 하는 사람 앞에서 공연하게 될 거라고 설명했어요. 어려운 과제였지만 모든 준비가 차질 없이 잘 진행되었습니다. 이 경험이 우리 합창단의 성장에 큰 도움이 되었다고 생각합니다."

마리아는 음악의 언어와 오케스트라의 언어 그리고 합창의 언어가 각기 다른 색과 향, 디테일로 이루어졌음을 깨닫게 해준 것이 래틀이 준 가장 값진 선물이라고 말했다.

"이번 작업에서 래틀은 말러 교향곡 제2번 안에 담겨 있는, 겉으로 드러나지 않은 말들을 우리가 표현해내도록 이끌었지요. 그는 오케스트라가 여러 가지 방식과 다양한 톤으로 말할 수 있도록 유도했습니다. 그는 오케스트라가 말을 하게 하고, 숭고함을 느낄 수 있게 해주었어요. 이는 래틀이 위

시몬 볼리바르 청소년 오케스트라는 사이먼 래틀의 기대를 만족시켰을 뿐만 아니라 그의 마음을 완전히 사로잡았다.

대한 화가이기 때문에 가능한 일이라고 생각합니다. 그는 자신의 붓질로 이야기를 들려주는 사람입니다. 이번에는 그의 붓 옆에 우리 젊은 음악인들이 있었지요."

모든 위대한 사건이 그렇듯 음악적으로 기념비적인 사건이 막 벌어지려고 할 때도 시간은 마치 도화선에 불을 붙이고 로켓이 발사되기를 기다릴 때처럼 긴장감 속에 흐른다. 2004년 7월 23일 밤이 바로 그러했다. 베네수엘라의 수도 카라카스에서 가장 중요한 극장인 테레사 카레뇨에서는 이상할 정도로 잔뜩 긴장한 청중들이 독특한 음악적, 예술적 선물을 받기 위해 리오스 레이나 홀을 가득 채웠다. 사이먼 래틀 경이 지휘하고 베네수엘라의 젊은 음악인들이 연주하는 말러의 〈부활〉이 바로 그 선물이었다.

무대에서는 터질 듯한 감정의 흐름이 250명 이상의 베네수엘라 청소년 오케스트라 단원들을 사로잡았다. 우레와 같은 환영 박수가 울려 퍼진 뒤 지휘봉을 든 래틀은 잠시도 틈을 주지 않고 음악 축제를 지휘해나갔다. 오케스트라의 단원들과 마리아 기난드가 이끄는 합창단, 소프라노 케이트 로열(Kate Royal)과 메조소프라노 이사벨 팔라시오스는 다섯 차례의 리허설에서 래틀이 했던 모든 지시와 충고, 요구를 기억하면서 천상의 메시지, 세계 최상급 오케스트라의 베테랑 연주자들만이 성취해낼 수 있는 깊이, 풍부한 뉘앙스를 내포한 공연을 만들기 위해 노력했다.

래틀이 좋아하는 곡인 구스타프 말러의 교향곡 〈부활〉은 카라카스에서 보기 드문 조화를 이루어냈다. 한편에는 명료하고 정확한 소리를 세공해내기 위해 모든 움직임과 각각의 곡, 각 줄의 악기들이 제때 정확하게 음을 만들어내도록 시계공처럼 일하는 감독의 기술과 오랜 연륜이 있었다. 다른 한편에는 담대하고 젊은 음악인들이 모여 부드럽고 달콤한 천사처럼 연주하다가 다음 순간에는 에너지 넘치고 강력한 연주자로 돌변하고, 다시 곡이 요구하면 생명력 넘치고 민감한 예술가로 돌아오는 오케스트라가 있었다. 이 둘이 어우러진 결과는 최상급 수준의 인재들이 빚어내고, 선택받은 청중들이 목격한 마법과도 같은 예술의 순간이었다.

말러가 자신의 가장 위대한 창조물에 안녕을 고하는 강력한 힘과 기쁨을 고스란히 전달하며 오케스트라가 마지막 악장을 끝내자 기립 박수가 시작돼 7분간 지속되었다. 이 박수갈채는 카라카스의 청중들이 감동적인 선물을 전해준 지휘자에게 감사를 표할 수 있는 유일한 방법이었다. 래틀은 이날 밤의 공연이 자신에게 매우 특별할 뿐 아니라 기자회견에서 자신이 "베네수엘라에서 일어나는 일은 진정한 부활"이라고 말했던 것이 틀리지 않았음을 확신하는 듯했다.

우레 같은 박수를 받기 위해 네 번이나 불려나온 이 지휘자는 연주자들을 일어서게 한 뒤 직접 단원들에게 박수를 보내고, 첫 줄의 트럼펫, 플루트, 클라리넷 연주를 특별히 언급했으며, 처음부터 그의 심장을 앗아간 바이올린과 비올라, 더블베이스, 타악기 연주를 칭찬했고, 이어서 합창단의 기여와 성악가들의 완벽하게 조화로운 목소리를 언급하며 감사를 표했다. 한목소리로 외치는 "브라보!"가 청소년 오케스트라의 젊은 음악가들과 사이먼 래틀이 빚어낸 그 굉장한 밤에 안녕을 고했다.

사이먼 래틀과 케이트 로열, 이사벨 팔라시오스 그리고 시몬 볼리바르 청소년 오케스트라가 함께 연주한 말러의 〈부활〉

이날 밤은 엘 시스테마의 역사에서 숱하게 지나온 또 하나의 그저 그런 밤이 아니었다. 베네수엘라의 어린이, 청소년 오케스트라가 국제 무대에서 예술가로서의 존재감을 보여주고 인정받는 길로 들어서는 문을 열어 젖힌 순간, 즉 역사의 새로운 장이 시작되었음을 알리는 순간이었다.

클라우디오 아바도와 함께한
엘 시스테마의 서른 번째 생일 파티

베네수엘라 국립 어린이, 청소년 오케스트라가 위대한 지휘자 주세페 시노폴리와 사이먼 래틀 경을 사로잡았던 것과 같은 매혹이 이번에는 지휘자 클라우디오 아바도의 가슴에서 일어났다. 20세기 가장 뛰어난 음악인 중 하나로 손꼽히는 아바도는 베네수엘라를 두 번째로 방문하면서 단 며칠 간 머무는 짧은 여정이 아니라 여러 주 동안의 장기 체류를 결심했다. 그는 풍부한 경험을 얻을 거라는 확신으로 엘 시스테마 창립 30주년 기념 공연을 지휘했을 뿐 아니라 그가 칭찬해 마지않던 베네수엘라의 음악적, 사회적 현실과 관계를 맺기 시작했다.

아바도의 일정은 2004년 12월 30일 카라카스의 테레사 카레뇨 극장에서 말러 체임버 오케스트라와 함께하는 콘서트로 시작됐다. 이 행사에서 베네수엘라의 청중들은 아바도의 장인다운 실력에 대한 경외감으로 가슴에서 우러나오는 찬사를 보냈다. 아바도 역시 이 콘서트에 앞서 열린 중서부 청소년 오케스트라와 시몬 볼리바르 청소년 오케스트라의 젊은 단원들이 그에게 헌정한 환영 공연 덕택에 이미 감사의 마음으로 충만한 상태였다. 그는 아마 이번 베네수엘라 방문이 5년 전 그가 엘 시스테마의 음악가들을 처음 만났을 때 못지않게 자신에게 풍요로운 경험이 되리라 예감했을 것이다.

로시니, 베르디, 헨델의 〈할렐루야〉는 그 뒤에 이어진 아브레우 박사의 환영사와 완벽한 조화를 이루었다. 아브레우 박사는 베네수엘라 어린이, 청소년 오케스트라에게 아바도가 얼마나 중요한 존재인지 강조했다. 그토록 경험 많은 예술가와 함께 음악을 연주한 경험은 아이들에게 엄청난 동기 부여가 될 것이고, 아바도의 지도와 조언은 엘 시스테마에 새로운 차원의 국제 무대를 열어줄 것이기 때문이다.

아브레우 박사는 베네수엘라의 젊은이들과 베를린 필 사이에 맺어진 친밀한 관계는 아바도의 추천 덕분이었다고 회상했다. 이런 친밀함 덕분에 독일 오케스트라의 최상급 교사들이 서너 달마다 한 번씩 베네수엘라에 와서 아이들을 가르치게 되었을 뿐 아니라, 두다멜이나 에딕손 루이스 같은 전도유망한 음악가들이 세계무대에 도전하고 경쟁이 치열한 유럽의 음악 환경에서 명성을 쌓을 수 있는 기회를 얻게 되었다.

엘 시스테마가 30주년을 맞은 2005년, 아바도는 엘 시스테마를 위해 많은 중요한 일들을 이루어냈다. 무엇보다 엘 시스테마의 오케스트라들이 거의 두 달간 이 위대한 이탈리아 지휘자와 함께 리허설을 하고, 추천과 지지를 얻고, 지혜를 배운 경험은 이들이 받을 수 있는 최고의 선물이었다. 아바도가 2005년 1월 카라카스에 머물면서 제일 먼저 했던 일은 라틴아메리카 청소년 오케스트라를 만들고 데뷔시키는 일이었다. 이 오케스트라는 중남미와 카리브 해 섬나라에서 온 16~24세의 젊은이들 260명으로 구성됐다. 나중에 라틴아메리카 청소년 심포니의 중추 역할을 하게 될 이들은 안데스개발공사의 후원을 받아 구성됐다. 아바도는 1월 22일과 23일 테레사

클라우디오 아바도는 2004년 12월 30일 테레사 카레뇨 극장에서 말러 체임버 오케스트라와 첫 콘서트를 열면서 카라카스에서의 일정을 시작했다.

카레뇨 극장에서 두 번에 걸친 창립 기념 콘서트를 지휘하기로 약속했다. 또한 그는 안데스개발공사가 후원하는 순회 안데스 음악원의 2005년 첫 워크숍의 감독직을 수락했다. 그와 함께 리허설을 하고 오케스트라 데뷔를 위한 프로그램을 준비한 사람들뿐 아니라 쿠바와 아이티에서 온 음악가들도 참여한 이 프로그램은 학생들은 물론 지도자급 음악가들에게도 음악이라는 하나의 언어로 말하는, 그 무엇에도 견줄 수 없는 축제였다.

카라카스에서 아바도의 스케줄에는 시몬 볼리바르 청소년 오케스트라와의 리허설뿐 아니라 더 광범위한 일정이 포함돼 있었다. 그는 학생들이 그룹 단위로 음악을 함께 공부하고 연습하는 곳으로, 보건사회개발부의 후원을 받아 운영되는 도시의 서로 다른 오케스트라와 합창 센터들을 방문했다. 이를 통해 아바도는 장애 어린이를 위한 음악 프로그램에 깊은 관심을 갖게 되었다. 소수자협회(Institute for Minors)의 후원으로 운영되는 이 프로그램은 버림받은 소수자들과 거리의 청소년들에게 음악과 문화를 통해 동기를 부여하는 활동과 오리엔테이션으로 구성돼 있었다. 그 밖에도 아바도는 문화부와 국립문화원의 후원으로 유지되는 초·중·고등학교와 도시의 저소득층 지역의 어린이 청소년 센터를 방문했다.

그러나 이 영예로운 음악가가 할 말을 잊게 만든 건 몬탈반의 어린이 아카데믹 센터가 그를 위해 특별히 준비한 행사들이었다. 수업이 있는 오후가되면 아이들의 얼굴에 나라의 희망과 미래가 선명하게 드러나는 이곳에서아바도는 자신의 감정을 억제할 수 없었다. 몬탈반의 아이들은 이곳에 올때 악기뿐 아니라 미래에 대한 기대를 함께 가지고 온다. 몬탈반 센터는 카라피타, 카리쿠아오, 안티마노, 프로파트리아, 라 베가처럼 매우 가난한 지역에서 온 어린 음악가들이 한데 어울리는 곳이다. 그들 대부분은 다섯 살무렵 이곳에 와서 여러 오케스트라를 거쳤다. 그중에는 단원이 8백 명인 시립 심포닉 오케스트라의 멤버인 사람도 있다. 이곳에 도착하고 얼마 뒤 아바도는 어린 음악가들이 만들어내는 음악의 수준에 찬사를 퍼붓기 시작했다. 특히 백 명의 청각, 시각, 언어장애를 지닌 어린이들이 포함된 '마노스블랑카스' 합창단이 공연할 때는 흐르는 눈물을 감추지 못했다.

우아하고 신중한 발걸음이 인상적인 클라우디오 아바도의 행동에는 늘기품이 배어 있다. 그가 사람들 앞에 설 때면 현자의 면모가 보인다. 숱한 공연 여행을 치러낸 그의 손을 잡고 악수를 할 때, 그는 자신이 그저 여러 음악가 중 하나에 불과하다는 듯 따뜻하고 흔들림 없는 태도로 인사에 응했다.

그가 2004년 12월부터 2005년 3월까지 카라카스에 머문 일은 바쁜 일정 가운데 하나가 아니라 스스로 자신을 위해 직접 선택하고 계획한 것이었다. 아바도가 개인적으로 엘 시스테마에 빠져들었던 이 시기는 마침 엘 시스테마의 30주년과도

겹쳤다. 이 결합이 낳은 많은 행사들은 아바도에게 엘 시스테마의 본질을 탐구할 기회를 주었다. 이후 그는 전 세계를 돌아다니며 베네수엘라에서 발견한 음악의 풍성함과 가치를 노래했다.

클라우디오 아바도의 커리어에 친숙한 사람이라면 이 축복받은 지휘자가 일과 도전을 향해 보이는 열정, 특히 재능 있는 젊은이들을 돕고 예술 분야에서 소외를 낳는 모든 장벽을 부수고자 하는 의지가 새삼 놀랍지는 않을 것이다. 그의 과거는 이러한 특징을 보여주는 에피소드로 빼곡하게 채워져 있다. 자신이 탄 상금을 음악가로서의 커리어를 지속하기 위해 후원이 필요한 사람들에게 주는 것을 보아도 그의 열정적 면모가 잘 드러난다.

아바도는 유럽공동체 청소년 오케스트라, 그중에서도 구스타프 말러 청소년 오케스트라의 설립자다. 2000년부터 건강상의 이유로 공식 활동을 줄였지만 그는 여전히 재능 있는 음악가들을 세계에 알리는 데 열심이다.

이를 위해 레코드 프로젝트를 기획하거나 저명한 오케스트라와 함께하는 자신의 콘서트에 젊은 음악가들을 솔로이스트로 초청하기도 한다. 그의 이런 면 때문에 아브레우 박사는 "아바도는 세계의 어린이와 젊은이들을 돕는 데 모든 노력을 쏟고 있다. 이는 예술이 인간에게 줄 수 있는 가장 고귀하고 중요한 제스처"라고 평했다.

엘 시스테마와는 어떻게 관계를 맺게 되었습니까?

5년 전 내가 구스타프 말러 청소년 오케스트라가 연주하는 콘서트를 보러 카라카스에 왔을 때 구스타보 두다멜이 지휘하는 국립 어린이, 청소년 오케스트라의 연주를 들을 기회가 있었어요. 나는 가난한 지역에서 온 아이들과 젊은이들을 돕는다는 엘 시스테마의 아이디어에 놀랐지요. 이 운동은 지난 몇 년간 24만 명 이상의 소년소녀를 구원해온 효율적인 음악 방법론에 의해 수행되어왔습니다. 나는 스스로에게 말했어요. '이건 정말 특별하고 세계의 다른 어떤 곳에서도 볼 수 없었던 일이야.' 그때 나는 시몬 볼리바르 청소년 오케스트라를 베를린에 초청하기로 결심했지요. 그리고 베를린 필에 엘 시스테마를 돕는 스폰서십을 제안했는데, 그들은 그 프로젝트를 즉각 받아들였습니다. 그때부터 나는 엘 시스테마의 굳건한 후원자가 된 거죠.

어린이, 청소년 오케스트라와의 첫 만남 이후 어떤 일이 일어났나요? 베네수엘라에 다시 돌아온 지금은 엘 시스테마에 대해 어떻게 생각하십니까?

행복합니다. 여기 도착한 직후부터 매우 큰 감동을 받고 있어요. 아브레우 박사가 여기에서 지금까지 해왔고 지속적으로 하고 있는 일은 매우 위대하고 환상적이고 독특하고 음악적이며 동시에 문화적, 사회적, 인간적인 일이기 때문입니다. 내가 있는 곳 그리고 내가 앞으로 여행할 세계 어디에서든 나는 이 일에 대해 이야기하고 다닐 겁니다. 모든 나라, 전 세계의 중요한 음악, 예술 도시들에서 말입니다. 그들은 음악과 예술을 통해 가난한 젊은이와 아이들을 도와온 이 계획에 대해 알아야 해요. 나는 이 재능 많은 베네수엘라 청년들이 성취해낸 것을 목격하고 깊이 감동받았습니다.

라틴아메리카의 어린이, 청소년들과 함께 음악을 하는 일은 당신이 지금까지 쌓아온 커리어에서 어떤 의미를 지니나요?

우리 음악인들은 여러 사람과 함께 자신을 표현할 수 있는 특별한 수단을 갖고 있습니다. 손과 눈을 통해, 그리고 더 심오한 음악을 통해 만들어내는 깊은 소통이지요. 우리는 장벽이나 전선, 나이, 선입견에 상관없이 우리를 가르는 대륙들을 뛰어넘어 모두 함께 음악을 만들 수 있습니다. 신이 우리에게 이 땅에 살면서 무엇인가를 할 수 있도록 시간을 허락한 이래 음악을 만드는 일은 인류를 위해 어떤 초월적인 과제를 완수하는 것이라고 생각합니다. 이것이 내가 베네수엘라 아이들과 함께 일하는 것이 행복한 까닭입니다. 이 일은 내게 새로운 에너지이자 내 커리어에서 새롭게 경험하는 감정입니다. 그것이 바로 우리가 말은 더 적게 하고 더 많은 음악을 만들어야 하는 이유이지요.

마에스트로, 당신은 엘 시스테마와 비견할 만한 다른 음악 운동을 알고 있나요?

세계 어디에서도 이에 필적할 만한 것은 본 적이 없어요. 베네수엘라에서 여러분이 하는 일은 보기 드문 모범 사례이며 이탈리아, 유럽, 나아가 전 세계에서 수행되어야 합니다. 이 일로 생긴 많은 혜택은 특히 사회적, 경제적 불평등이 심각한 나라들에서 더욱 확산되어야 해요. 이 프로그램이 라틴아메리카의 다른 나라들에서도 시행되고 있어서 기쁘게 생각합니다. 이는 이 대륙의 독창성과 풍요로움을 반영하는 거라고 생각해요. 또한 음악을 가르치고 오케스트라를 구성하는 이 모델이 세계에서 가장 중요한 움직임 중 하나라는 걸 언급해야겠습니다. 다른 나라들이 이와 같은 종류의 예술적 기구를 만들 능력이 없어서가 아닙니다. 엘 시스테마가 칭찬받아 마땅한 일은 바로 전체 시스템이 다른 누구보다 젊은이와 어린아이들을 위해 만들어지며, 그들과 함께 구축되고 존재한다는 점입니다. 이것이 내가 베네수엘라와 쿠바에 온 이유입니다. 여기서 두다멜을 포함한 여러 나라의 젊고 우수한 음악인들과 함께 연습하고 콘서트를 할 수 있기 때문이지요. 나는 이 탁월한 오케스트라들이 전 세계를 여행할 수 있는 새로운 프로젝트들이 차질 없이 실현될 수 있기를 바랍니다.

문화적 관점에서 베네수엘라를 어떻게 생각하시나요?

베네수엘라는 산유국이고 풍부한 자원을 지닌 나라지만 그 이상의 뭔가가 있어요. 초목이 있고 빛과 사람들의 관대함이 있습니다. 또한 베네수엘라가 문화 강국이라는 것을 확인시켜주는 뭔가 더 큰 것이 있지요. 그것은 이 나라 예술가들의 재능과 어린아이부터 가장 경험 많은 사람에 이르기까지 모든 음악가가 지닌 열정입니다. 이는 세계에서 가장 존중받는 음악 수도들에서도 좀처럼 보기 어려운 현상이지요.

음악을 통해 어린이와 젊은이들에게 사랑을 고취시킨다는 것은 오늘날 좀처럼 보기 어려운 일이지요. 내가 이 경험에 참여하는 것은 큰 영광이자 기쁨입니다. 나는 악기 연주를 배우기 위해 노력하는 젊은 음악가들을 많이 봐왔어요. 그러나 엘 시스테마에서 내가 가장 감동한 부분은 이 조직이 사회적으로 해온 일들입니다. 즉 음악이 어떻게 덜 혜택 받은 아이들을 돕고, 영적으로 풍요롭게 하며, 사람을 부단히 성장시키는지를 보여준 것입니다. 내 친구 아브레우 박사가 실현해낸 일을 목격하는 건 정말 대단한 일입니다. 엘 시스테마는 젊은이들에게 더 인간답고 쾌적한 삶을 선사했습니다. 가난한 지역, 하루하루가 생존 투쟁과 같은 가정에서 태어난 아이들과 함께 일하고, 그들이 악기를 배우고 가질 수 있는 기회를 제공하고, 문화를 익히고 정상적인 일상생활을 할 수 있게 돕는 일은 전 세계에 본보기가 될 것입니다. 나를 매혹시킨 또 다른 면은 이 젊은 음악가들이 콘서트 연주자나 오케스트라 멤버로서 자신의 커리어를 희생하지 않으면서도 얼마나 빨리 음악을 가르치는 교사가 되는지를 지켜보는 것입니다. 그들이 도시에서 일자리를 얻는 걸 자랑스러워하면서도 동시에 고향이나 내륙의 다른 마을에서 일하는 것에도 아무런 거리낌이 없다는 것을 당신도 느낄 수 있을 거예요. 정말 대단한 일이지요.

기적이라고 할 수 있습니다. 사회적 관점에서 볼 때 엘 시스테마가 장애 어린이를 위해 지금까지 해왔고 앞으로 할 수 있는 일은 말 그대로 기적입

아바도는 베네수엘라에 머문 두 달 동안 시몬 볼리바르 청소년 오케스트라와 함께 강도 높은 오케스트라 리허설을 진행했다.

니다. 이것이 바로 다른 세계가 이 시스템을 경험해봐야 하는 이유입니다. 21세기에는 이와 같은 방식으로 일해야 한다는 것을 알아야 해요. 나는 베네수엘라와 라틴아메리카가 거둔 풍성한 수확을 전 세계에 알리기 위해 이 음악가들을 로마, 파리, 그리고 세계의 다른 중요한 음악 페스티벌에 데려갈 계획을 세워두고 있습니다.

엘 시스테마와 관련하여 당신이 품고 있는 장래의 계획은 무엇입니까?

이 프로젝트에는 한계가 없으며 베네수엘라 사람들이 지금까지 해온 것과 같은 관용과 집중력, 열정으로 계속 수행되어야 합니다. 나는 이 대단한 젊은이들과 함께 일하고, 새로운 아이디어를 내기 위해 할 수 있는 한 자주, 가급적 해마다 이 나라에 올 생각입니다. 내가 할 수 있는 기여는 보잘것없는 수준이겠지만 전 세계에 엘 시스테마를 소개하는 일이 될 거에요. 나는 아브레우 박사가 베네수엘라와 라틴아메리카에서 어린이들, 젊은이들과 함께 하고 있는 이 중요한 일을 전 세계의 모든 사람에게 알리고 싶어요. 우리는 우리가 할 수 있는 모든 방법으로 그를 도와야 합니다. 이 오케스트라들의 모든 사람, 베네수엘라의 어린이와 젊은이들 안에서 더 나은 세계에 대한 희망이 꿈틀거리기 때문입니다.

마침내 모든 사람이 기다리던 엘 시스테마 창립 30주년 기념 콘서트가 열리는 날이 되었다. 전국 각지에서 모여든 음악가의 대다수는 엘 시스테마의 창립 멤버들이었다. 그들은 30년 전 꿈을 안고 이 도시로 와서 인생에서 가장 중요한 발걸음을 내딛고, 음악과 베네수엘라에 평생을 헌신한 사람들이었다. 이들은 시간이 모든 세대를 신비롭게 통합하는 가운데 하나의 순간을 함께했다. 마치 첫 번째 콘서트라도 되는 양 모두가 들뜬 상태였다. 그들은 처음 일을 시작할 때는 자기가 하는 일이 무엇인지조차 분명히 몰랐으면서도 엘 시스테마에 매혹되어 탄생의 밑거름이 되어준 음악가들이었다. 이들뿐 아니라 새롭고 젊은 얼굴들, 즉 창립 멤버의 아이들, 다음 세대의 음악인들도 콘서트에 참석했다. 이 모든 일에 영감을 불어넣은 창조적인 천재 아브레우 박사도 물론 참석했다.

2005년 2월 13일 베네수엘라 중앙 대학의 대강당. 이 시간과 이 장소는 영원히 기억될 것이다. 이 콘서트는 베네수엘라 어린이, 청소년 오케스트라 운동에 처음부터 함께했던 마에스트로 헤수스 소토를 기념하는 공연이

엘 시스테마가 지난 30년간 연주하고 투쟁해온 역사를 기념하는 이날, 시몬 볼리바르 청소년 오케스트라는 모든 세대를 아우르는 260명 이상의 음악인들이 한 무대에 올라 공연을 펼쳤다.

기도 했다. 이 행사의 의미가 워낙 컸기 때문에 아바도는 카라카스에 더 머물기로 결정했다. 국제적으로 저명한 피아니스트 가브리엘라 몬테로, 러시아 첼리스트 타티야나 바실리에바(Tatjana Vassilieva)가 솔로이스트로 참석한 이 특별 콘서트에서 아바도는 매우 감동적인 공연을 펼쳐 보였다.

엘 시스테마의 모든 위대한 공연이 그랬듯 다른 프로젝트 그룹들도 공연에 동참했는데 엘 시스테마의 형제나 마찬가지인 베네수엘라 합창 운동도 전국에서 온 5백여 명의 멤버와 함께 이 자리에 참석했다. 마에스트로 알베르토 그라우(Alberto Grau), 마리아 기난드가 이끄는 합창단은 시몬 볼리바르 청소년 오케스트라(이번에는 260명의 멤버가 무대에 올랐는데 그중 17명은 창립 멤버였다)를 뒷받침하며 1975년의 첫 콘서트에 버금가는 프로그램을 만들어냈다. 바그너의 〈탄호이저 서곡〉, 〈트리스탄과 이졸데〉의 전주곡과 '사랑의 죽음', 차이코프스키의 〈로미오와 줄리엣 환상 서곡〉, 라흐마니노프의 〈파가니니의 주제에 의한 랩소디〉, 베르디 오페라 〈아이다〉의 개선 행진곡, 로시니의 〈윌리엄 텔 서곡〉 등이 이날 공연된 주요 레퍼토리였다. 아바도는 마에스트로 소토에게 개인적 헌사를 바치기 위해 베르디의 〈테 데움〉을 레퍼토리에 추가했다. 베네수엘라의 음악인들이 30년 전에 꿈꾸었던 영감, 목표, 투쟁이 현실로 이루어진 상태에서 열린 이 행사는 실로 위대한 공연이었다.

그들은 음악이 세상을 바꿀 수 있을 거라 믿었다

'클래식 음악이 어떻게 폭력에 노출된 가난한 아이들을 구원할 수 있을까? 게다가 처음부터 개인 교습이 아닌 그룹 단위로 클래식 음악을 가르치는 게 가능한 일일까?'

음악으로 가난한 아이들의 삶을 바꾼 엘 시스테마에 대해 처음 들었을 때 진한 감동에 뒤이어 떠오른 의문이었다. 나 자신이 문외한인지라 클래식 음악은 소수에 국한된 취미라는 편견이 있었던 데다, 잠깐 피아노를 배웠던 경험으로 미루어 봤을 때 개인 교습이 아닌 방식으로 어떻게 악기 연주를 배울 수 있는지 감이 오지 않았기 때문이다. 그 사소한 호기심이 결국 이 책을 찾아내 우리말로 옮기는 인연으로까지 이어졌다.

이 책은 엘 시스테마의 열렬한 후원자인 베네수엘라의 카리베 은행이 엘 시스테마 창립 30주년을 기념하여 발간한 것이다. 이 책을 우리말로 옮기면서 나는 그들의 30년 역사가 '연주하라, 그리고 싸워라(Play and Fight)'라는 모토만큼이나 음악을 연주하는 동시에 음악 교육에 대한 고정관념에 도전하고, 빈곤과의 싸움에서 새로운 모델을 만들어내기 위해 분투한 시간임을 절감했다. 지금까지 국내에선 아브레우 박사가 음악이라곤 접해본 적이 없는 거리의 아이들을 모아 엘 시스테마를 창립했다고 알려졌지만 책을 읽어보니 그렇지 않았다. 처음의 기획은 클래식 음악을 공부해도 써먹을 데가 없던 젊은이들과 함께 엘리트 음악 교육을 뒤집겠다는 혁명적 발상에서 비롯되었다. 그 기획이 자연스럽게 빈민층 아이들을 구원하는 거대한 사회적 프로젝트로 이어진 것은 클래식 음악이 부유층의 전유물이 아니라 모든 사람의 것이라는 신념이 바탕에 있었기 때문이다.

원서가 5년 전 발간된 '엘 시스테마 창립 30주년 기념 헌정' 책이라, 엘 시스테마에 직접 묻고 자료를 뒤져 내 나름대로 이해한 엘 시스테마의 교육 방식, 현황에 대한 설명을 덧붙이고자 한다.

엘 시스테마는 이제 베네수엘라를 뛰어넘는 국제적 프로젝트로 성장했다. 현재 세계 25개국 이상에서 엘 시스테마를 모델로 한 프로그램이 운영되고 있으며, 2009년에는 미국의 저명한 음악 학교인 뉴잉글랜드 컨서버토리(New England Conservatory), 지식 공유를 목적으로 한 비영리 재단 TED 등이 힘을 모아 엘 시스테마 교육 방법의 세계적 확산을 목적으로 한 '엘 시스테마 USA'를 설립했다. 뉴잉글랜드 컨서버토리는 엘 시스테마의 오케스트라 운영, 교육 방법을 가르치는 1년 코스의 대학원 과정 '아브레우 펠로우십(Abreu Fellowship)'을 개설해 운영한다.

엘 시스테마는 창립 이후 베네수엘라의 정권이 일곱 번 바뀌는 사이에도 꾸준한 지원을 받아왔는데, 우고 차베스 현 대통령의 집권 초기에는 정부 지원이 끊길 뻔했다고 한다. 민족주의적 성향이 강한 차베스 대통령의 눈에는 엘 시스테마가 유럽 문화의 유산인 클래식 음악을 주로 가르치는 것이 못마땅했기 때문이다. 그럼에도 엘 시스테마에 대한 지원이 중단되지 않았던 것은 빈곤과 싸우는 모델로서 이 조직이 쌓아온 성과 때문이었다. 1998년 유엔개발계획(UNDP)은 엘 시스테마가 빈곤 감소를 위한 사회 운동에서 괄목할 만한 모범 사례라고 추천하기도 했다.

엘 시스테마는 빈곤을 야기한 경제, 사회 구조까지 건드리진 않지만, 가난을 대물림하게 하는 빈곤의 문화에 맞서 싸워왔다. 아브레우 박사는 2009년 2월 TED가 수여하는 'TED 프라이즈'를 수상한 뒤 인터뷰에서 테레사 수녀의 말을 인용해 이렇게 말했다.

"가난과 관련하여 가장 참담하고 비극적인 일은 일용할 양식이나 거처할 공간이 부족한 것이 아닙니다. 스스로가 아무것도 아니라는 느낌, 아무것도 안 될 거라는 느낌, 존재감의 부재, 공적인 존중의 부재야말로 가장 비참한 일입니다."

엘 시스테마가 빈곤의 문화에 맞서 싸우는 과정에서 무엇을 지향하는지를 잘 설명해주는 말이다. 엘 시스테마를 거쳐간 아이들이 모두 음악가가 되는 것은 아니다. 그러나 아이들은 이 조직 안에서 스스로가 소중한 존재라는 것을 서서히 자각하고 미래를 꿈꾸기 시작한다. 아브레우 박사는 "가난한 집의 한 아이가 음악을 배우는 순간부터 아이를 둘러싼 가족과 이웃이 변화하기 시작한다"고 했다. 아이가 자신이 중요한 사람이라는 걸 알게 되면, 스스로 더 나아지기를 추구하고 부모에게도 희망의 싹을 틔우기 때문이다. 이런 점에서 아브레우 박사는 "음악은 폭력과 마약, 성매매, 나쁜 습관 등 아이의 삶의 질을 떨어뜨리는 모든 것을 막아주는 제1의 예방책"이라고

했다.

빈곤을 낳는 구조 자체를 바꾸지 않고 빈곤의 문화와 싸운다고 해서 어떤 효과가 있을지 회의하는 사람이 있을지도 모르겠다. 그와 관련해서는 빈민에게 인문학을 가르치는 클레멘트 코스의 창시자 얼 쇼리스(Earl Shorris)가 《희망의 인문학》에서 했던 말을 들려주고 싶다. 클레멘트 코스를 창시하기 전 그는 빈곤에 대한 책을 쓰려고 뉴욕의 한 교도소에서 8년째 복역 중인 여죄수에게 "사람들이 왜 가난한 것 같나요?"라고 질문했을 때, 이런 답을 들었다고 한다.

"그 문제는 아이들 이야기에서부터 시작해야 합니다. 우리 아이들에게 '시내 중심가 사람들'의 정신적 삶을 가르쳐야 해요. 가르치는 방법은 간단해요. 아이들을 연극이나 박물관, 음악회, 강연회 등에 데리고 다녀주세요. 그렇게 하면 아이들은 더는 가난하지 않게 된다니까요. 길거리에 방치된 아이들에게 도덕적 대안이 필요하다는 말이에요."

엘 시스테마의 철학을 떠올리게 하는 대목이다. 이 여죄수가 말한 '시내 중심가 사람들의 정신적 삶'이 뜻하는 것은 성찰적 사고 능력이다. 자신을 둘러싼 환경과 맞서 싸우기 위해서는 어떻게 살아야 할지를 스스로 생각하고, 스스로 행동을 결정하는 성찰적 사고 능력과 의지가 필요하다는 뜻이다. 이후 클레멘트 코스를 운영하면서 쇼리스는 그가 만나본 "빈곤에서 벗어난 사람들의 공통점은 무력의 포위망에 창조적, 적극적 대응을 했다는 것인데, 이는 계급투쟁이라는 개념보다 운명에 대항하는 자유의 성장과 더 많은 연관이 있는 것 같았다"고 썼다. 엘 시스테마가 가난한 아이들의 손에 악기와 함께 쥐여준 것도 이런 자유의 의지, 문화적 감수성, 성찰적 사고 능력이 아니었을까?

음악을 통해 아이들의 정신적 힘을 성장시키는 데는 개인이 아닌 그룹 단위로 교육하는 방식이 매우 중요했다. 엘 시스테마에서 그룹 교육은 선택의 대상이 아니라 이 프로젝트의 본질이라 할 만하다. 엘 시스테마는 교실에서 교사와 학생의 일대일 관계로 이루어지던 기존의 음악 교육을 연주자들의 커뮤니티, 지휘자, 관객과 수시로 접하는 역동적 관계의 집단 교육으로 바꿔놓았다.

2007년 저널리스트 마리아 엘레나 라모스(María Elena Ramos)와의 심층 인터뷰에서 아브레우 박사는 "클래식 음악 교육이 원래부터 솔로 퍼포먼스를 중심으로 하지 않았다는 점을 주목해야 한다"고 강조했다. 17세기 유럽에선 '솔로 리사이틀'이라는 개념은 희박했고, 음악가가 집단 안에서 어떤 기능을 하느냐가 더 중요했다고 한다. 음악교육은 집단적 방식으로 이뤄지고 연주자들은 집단 속에서 연주하면서 배운다. 그런 본질을 되살리자는 것이 아브레우 박사의 목표였다.

예컨대 엘 시스테마의 오케스트라는 2년간 60회가량의 공연을 치른다. 한 소년이 2년간 개인 레슨을 받는 것과 60회의 콘서트를 통해 배우는 것의 차이를 떠올려보라. 혼자서 클라리넷을 연습하면 제대로 연주하고 있는지 아닌지 알기 어렵지만, 오케스트라에서 조율을 배우고 귀를 훈련시키면 숙련의 시간이 단축된다는 것이다. 아브레우 박사는 자신이 어렸을 때 실력이 월등한 소녀와 함께 바이올린을 배우면서 3년 걸릴 과정을 1년 미만으로 단축했던 경험을 소개하면서, 하루에 몇 시간씩 자신보다 레벨이 높은 연주자 옆에서 연주해야 하는 상황은 아이들에게 파트너를 따라잡고 싶은 의욕을 부추긴다고 했다. 가능한 한 자주 관객 앞에서 연주할 기회를 가져야 연주가 자연스럽게 삶의 일부로 자리 잡는다는 것이다.

또한 처음부터 그룹으로 음악을 배우기 시작하면 '옳은 소리'가 나지 않을 때 겪기 마련인 두려움 대신, 음악은 함께 노는 즐거운 활동이라는 생각에 익숙해질 수 있다. "열정이 먼저, 숙련은 그다음"이 이들의 원칙이다. 노력을 통해 성취하도록 아이들을 자극하지만, 어떤 노력도 재미가 없으면 지속되기 어렵다는 것을 이들은 잘 알고 있다.

취학 전 아동이 엘 시스테마의 교육 센터에 오면 처음부터 악기를 만지는 게 아니라 우선 리듬에 맞춰 몸을 움직이는 법을 배운다. 악기를 연주하기 위해서는 몸에 밴 리듬 감각이 필수적이기 때문이다. 그렇게 춤을 추듯 또래와 어울려 놀다가 다섯 살이 되면 리코더나 타악기 중에서 첫 번째 악기를 선택하고 합창단에도 참여할 수 있다. 일곱 살이 되면 현악기나 관악기를 선택한다. 매주 '전체 앙상블', '섹션 수업', '개인 수업' 등 세 차원의 학습이 번갈아 이루어지는데 그룹 레슨과 개인 레슨을 대부분 같은 교사가 지도하기 때문에 아이들의 나쁜 습관을 빨리 발견해 교정할 수 있다.

엘 시스테마의 각급 교육기관이 학생을 선발할 때 기존의 음악 학교와 다른 점은 하루에 몰아서 보는 시험을 치르지 않는 것이다. 낯을 가리는 소심함 같은 심리적 이유로 인해 잠재된 리듬 감각이 낯선 환경에서 쉽사리 드러나지 않을 수도 있기 때문이다. 대신 음악적 환경에 노출시키고 다양한 기회를 제공하면서 관찰하는 방식을 택한다고 한다. 교육 과정에서 가장 먼저 가르치는 음악은 모차르트와 차이코프스키다.

지휘자는 아버지, 연주자들은 형제자매, 스태프는 어머니처럼 서로 밀접하게 교류하는 환경에서 아이들은 자신의 본래 가족과는 다른 가족, 폭력적이지 않고 높은 이상을 추구하는 새로운 가족을 체험한다. 이는 엘 시스테마의 그룹 교육이 빈곤 문화의 극복과 떼려야 뗄 수 없는 이유이기도 하다. 거리를 집으로 삼고 살아가는 불량 청소년들도 그들 나름대로 안전망을 만들기 위해 갱단에 가입한다. 엘 시스테마와 거리의 갱단 사이에 공통점이 있다면, 둘 다 소속감을 부여해 가난한 아이들이 스스로는 갖지 못했던 자긍심을 높여주고 인정받고 싶은 욕구를 충족시켜줄 수 있는 공동체라는 점이다. 거리의 '가족'인 갱단과 정반대의 대척점에서 엘 시스테마는 문화적 자본인 음악을 매개로 새로운 '가족'을 제공하고, 타인에 대한 배려, 집단의 목표를 이루기 위한 협동과 헌신을 가르친다.

엘 시스테마의 아이들 사이에서는 아브레우 박사에 대한 숭배가 상당하다. "눈을 감고 자다가도 오케스트라 단원 중 한 명만 음이 틀려도 반드시 알아채는 신비한 능력을 갖고 있다"는 등 그의 남다른 능력에 대한 일화가 전설처럼 회자되며, 단원들을 돌보는 그의 헌신에 대한 찬사가 끊이지 않는다. 반면 연주 레퍼토리를 아브레우 박사가 모두 결정하는 것이나 지나친 우상화 경향에 대한 비판의 목소리도 곧잘 흘러나온다고 한다. 그러나 그의 강력한 리더십이 오늘날의 엘 시스테마를 가능하게 했다는 것은 부인하지 못할 사실이다.

책 한 권이 만들어지기까지 숱한 사람의 노고가 보태지는 것이야 새삼스러운 일도 아니지만 특별히 감사를 표해야 할 사람은 베네수엘라의 호세

베르어(José Bergher)와 볼리비아 보토메(Bolivia Bottome)이다. 이들과의 인연은 2008년 겨울로 거슬러 올라간다. 그 무렵 나는 엘 시스테마 이야기를 더 알고 싶어서 인터넷을 뒤지다가 엘 시스테마를 후원하는 미국 단체의 웹사이트를 발견했다. '아님 말고'라는 심정으로 연락처에 나와 있는 사람 중에서 아무에게나 메일을 보내 엘 시스테마를 소개하는 영어로 된 책이 있느냐고 물었다.

다음 날 호세라는 사람에게서 답장이 왔다. 베네수엘라에서 출판된 책의 영어 번역본이 있긴 한데 절판이 되었다고, 하지만 자기가 스캐닝을 해놓았으니 원하면 보내주겠다고 했다. 보내주면 좋겠다고 답장을 보낼 때만 해도 압축 파일로 만들어 보낼 줄 알았다. 웬걸, 그다음 날부터 호세의 메일 융단 폭격이 시작됐다. 메일 하나에 책 한 페이지를 스캐닝한 파일을 하나씩 첨부해 잇따라 보내는 거였다. 그렇게 182페이지짜리 대형 판형의 책한 권을 받는 데 3일이 걸렸다. 나 같으면 귀찮아서 그냥 없다고 했을 텐데, 낯선 사람에게 엘 시스테마를 알리기 위해 3일간 182번이나 '보내기' 버튼을 누르는 '노동'을 하다니. 디지털 문서를 다루는 솜씨가 서툴러 그렇기도 했겠지만 그의 정성에 마음이 뭉클해졌다.

답례로 선물을 보내고 싶으니 주소를 알려달라니까 호세는 감사 메일로 충분하다면서 자신의 이야기를 들려주었다. 그는 은퇴한 첼리스트다. 미국에서 공부하고 첼리스트로 활동하다가 1980년 조국 베네수엘라로 돌아가 가장 오래된 오케스트라였던 '오케스트라 신포니카 베네수엘라'에서 20년간 일한 음악가다. 그는 조국 베네수엘라, 친구인 아브레우 박사, 엘 시스테마 그리고 무엇보다 그곳을 거쳐간 아이들에 대한 자부심이 대단했다. 남들 앞에 내세워 인정받으려는 종류의 자부심이라기보다는 순수한 기쁨으로 반짝이는, 이 이야기를 한 사람에게라도 더 들려주고 싶고 "너도 할 수 있어"라고 말하고 싶어 하는 자부심이었다. 책 한 권을 다 보낸 뒤에도 그가 베네수엘라에서 엘 시스테마에 관해 쓰인 글들을 영어로 번역해 계속 보내주는 바람에 내 메일함은 엘 시스테마에 관한 온라인 데이터베이스가 되어버렸다. 앞서 끼적인 설명도 호세의 메일 공세 덕분에 알게 된 것들이다.

볼리비아는 엘 시스테마의 국제 관계 담당 디렉터인데 2008년 12월 시몬 볼리바르 청소년 오케스트라의 내한 공연 때 느닷없는 나의 인터뷰 요청에 응한 '죄'로 거의 1년 반가량을 내게 시달린 사람이다. 호세와 거의 동시에 내게 영어판 책을 보내주었고, 한국어판 출간 제안을 아브레우 박사와 논의하고 카리베 은행의 담당자를 찾아 소개해주는 등 여러 실무적인 일들을 귀찮아하지 않고 성실히 주선해주었다. 딱 한 번 만났을 뿐인데 나 몰라라 해도 상관없을 사소한 질문에 일일이 답해주던 볼리비아의 친절 역시 엘 시스테마의 이야기를 한 사람에게라도 더 들려주고 싶은 열정에서 비롯했을 것이다. 그들의 선의와 온기가 이 책에 실려 독자에게도 전달될 수 있으리라 믿는다.

이 책을 우리말로 옮기는 동안 내가 가장 자주 들었던 음악은 구스타보 두다멜의 지휘로 시몬 볼리바르 청소년 오케스트라가 연주한 멕시코 작곡가 아르투로 마르케스의 〈단손〉 2번이었다. 이 음악을 들을 때마다 언젠가 시몬 볼리바르 청소년 오케스트라에 관한 다큐멘터리에서 보았던, 카라카스의 허름한 뒷골목을 걸어가는 어린 소녀의 뒷모습이 떠올랐다. 해가 쨍쨍 내리쬐는 어느 날, 아이 혼자 걷기엔 위태로워 보이는 거친 분위기의 골목에서 검은 머리를 찰랑거리며 걷던 소녀……. 음악을 들으며 그 장면을 생각할 때마다 나는 〈단손〉의 처연한 곡조가 보이지 않는 보호막처럼 그 아이를 부드럽게 휘감아 지켜줄 거라는 막연한 기대를 떠올렸다. 지금 이 땅의 구석진 곳에서 살아가는 아이들에게도 이런 말을 할 수 있게 되는 날이 오기를 감히 바란다. 네게 음악이 있어서 정말 다행이야, 라고.

2010년 여름, 김희경

엘 시스테마, 꿈을 연주하다

첫판 1쇄 펴낸날 2010년 8월 20일
8쇄 펴낸날 2017년 11월 15일

지은이 체피 보르사치니 **옮긴이** 김희경
발행인 김혜경
편집인 김수진
편집기획 이은정 김교석 이다희 조한나 김수연
디자인 박정민 민희라
경영지원국 안정숙
마케팅 문창운 노현규
회계 임옥희 양여진 신미진

펴낸곳 (주)도서출판 푸른숲
출판등록 2002년 7월 5일 제 406-2003-032호
주소 경기도 파주시 회동길 57-9번지, 우편번호 10881
전화 031)955-1400(마케팅부), 031)955-1410(편집부)
팩스 031)955-1406(마케팅부), 031)955-1424(편집부)
www.prunsoop.co.kr

ⓒ푸른숲, 2010
ISBN 978-89-7184-842-5 (03870)

이 도서의 국립중앙도서관 출판시도서목록(CIP)은 e-CIP 홈페이지(http://www.nl.go.kr/ecip)와
국가자료공동목록시스템(http://www.nl.go.kr/kolisnet)에서 이용하실 수 있습니다. (CIP2010002880)